人生禮讚

인생예찬

人生禮讚
인생예찬

인생예찬

人生禮讚

초판 발행 2006년 6월 15일
개정판 발행 2025년 1월 25일

지은이 김진섭
펴낸이 홍철부
펴낸곳 문지사
등록번호 제2510-000038호
주소 서울시 은평구 갈현로 312
전화 02)386-8451/2 팩스 02)386-8453

ISBN 978-89-8308-607-5 (03810)

값 16,000원

ⓒ2025 moonjisa Inc
Printed in Seoul Korea

人生禮讚

인생예찬

김진섭 지음

문지사

일러두기

* 2006년 4월에 첫 출간한 「인생예찬」을 재출간한다.
* 외래어 표기와 맞춤법은 현재 사용하는 표기법으로 수정하였다.
* 설명이 필요한 부분은 단어나 어절 옆 위쪽에 작은 글자로 주석을 달았다.

차 례

제2부

인생은 아름다운가?

제3부

내 삶에 피는 꽃

재출간에 즈음하여

우리나라에서 처음으로 본격적인 수필을 창작한 작가로 지목되는 김진섭은 수필이론가로서도 평가받고 있다.

1929년 동아일보에 「수필의 문학적 영역」을 발표하여, 이 글에서 그는 수필의 문학적 정립을 시도한다.

직접 「백설부白雪賦」, 「생활인의 철학」, 「주부송主婦頌」 등 경구적이고 사색적이며 분석적인 명수필을 잇달아 발표하여, 당시 수필 문단에서 이양하李敭河와 함께 쌍벽을 이루었다.

그가 쓴 수필은 서정적이다. 그러나 환상을 배제하고 사색적이고 논리적으로 이끌어가는 점이 특징이다.

호는 청천聽川이며, 1903년 8월 24일 전라남도 목포 출생이다. 관리였던 아버지를 따라 제주와 나주 등지로 옮겨 다니며 유년 시절을 보냈다.

나주에서 보통학교를 졸업하고, 서울로 와 1920년 양정고보를 졸업, 1921년 일본으로 건너가 호세이대학法政大學 법과에 입학했다.

이듬해 같은 대학 예과로 전과했으며, 1924년에 문학부 독문학과에 입학해 1927년 졸업했다.

유학 시절 손우성孫宇聲, 이하윤異河潤, 정인섭鄭寅燮 등과 '해외문학연구회'를 조직하고, 1927년 잡지 『해외문학海外文學』 창간에 참여하여 활동했다.

창간호에 「표현주의문학론」 외에 토마스 만Tomas Mann의 소설 「문전門前

의 일보一步」와 K. F. 메이야의 시 「모든 것은 유희였다」 등 독일소설과 시를 번역하여 소개하는 동시에 순수시 옹호 운동과 해외 문학 소개 활동을 했다.

귀국 후 경성제국대학 도서관 일을 보면서 1931년 윤백남尹白南, 홍해성洪海星, 유치진柳致眞 등과 '극예술연구회'를 조직하여 외국 근대극을 번역, 상연함으로써 신극 운동을 전개하기도 하는 등 연극 운동에 참여했다.

1930년대 중반부터 생활의 예지, 인생의 사색과 철학을 담은 중후한 수필을 본격적으로 창작하였다.

「창窓」, 「우송雨頌」, 「권태예찬」, 「주찬酒讚」, 「백설부白雪賦」, 「매화찬梅花讚」 등이 이때 쓴 수필들이다.

1945년 경성방송국, 1946년 서울대학교 중앙도서관장 및 서울대학교와 성균관대학교 교수를, 서울신문사 출판국장을 역임, 1920년대 중반부터 2백여 편의 평론과 수필을 발표했다.

저서로는 1947년 첫 수필집 「인생예찬」을 출간하고, 이어 1948년에 그의 필명을 떨치게 한 「생활인의 철학」을 발간하고, 1950년 평론집 「교양 문학」을 발행했다. 1958년 월탄月灘 박종화朴鍾和 주관으로 40여 편의 유고를 모아 「청천수필평론집聽川隨筆評論集」(신아사)이 발간되었다.

애석하게도 1950년 8월 서울 청운동 자택에서 납북된 이후, 오늘날까지 생사를 알 수 없다.

이하윤은 김진섭에 대해 평소 '과묵과 신중으로 일관'했으며, '원고의 필치'까지도 '알뜰하고 품위' 있었다고 술회한다. 작가에 대한 인상, 단정과 품위는 그의 글에서도 확인되는데, 문장은 물론 인식 태도와 서술 방식에 드러나는 품격은 김진섭 수필의 본질적 속성이다.

온후와 과욕寡慾의 성격, 시속의 변화에 거리를 두는 문사 기질은 김진섭의 글쓰기를 형성하는 근본적인 태도였다.

한학자였던 아버지에게서 받은 한학은 고전주의적 성향의 밑바탕을 이루었고, 일본 유학 시절에 접한 외국 문학은 김진섭 수필의 또 다른 토양이 되었다.

'해외문학파'로 명명되는 손우성, 이하윤, 정인섭 등 외국 문학 연구자들과의 유대는 김진섭 수필의 문학적 자산이자 배경이 되었다.

김진섭 수필에 들어있는 도시적 감수성과 섬세한 취향은 외국 문학 탐구 중에 체득한 감각과 연구자로서의 자의식에서 비롯되었을 것이다.

특히 독일 문학과 서구의 에세이는 새로운 글쓰기 형식과 방법의 모델로 삼기도 하였을 것이다.

'창'에서 서술한 화병 손잡이에 대한 지멜의 사회학적 탐구는 김진섭의 독서 경험과 구체적인 사물에서 사회 역사적 맥락을 읽어내려는 방법론의

연원을 짐작하게 한다.

1920년대 중반부터 발표한 2백여 편의 수필과 평론은 수필을 현대적인 문학 장르로 정착시킨 인물로 평가받게 했다. 일상의 삶과 철학적 사유를 아우르는 그의 글쓰기는 수필이 독자적인 장르로 자리 잡는 계기를 마련하였다.

김기림은 수필을 '조반 전에 잠깐 두어 줄 쓰는 글'로 치부하는 생각이 김진섭에 이르러 바뀌었다고 했다. 그는 김진섭의 수필에서 '소설의 뒤에 올' 새로운 '문학적 형식'의 가능성을 읽어내고, 김진섭은 수필이 신변잡기나 경험을 나열하는 글이 아님을 글을 통해 여실히 보여 준다고 평했다.

한편 박종화는 김진섭의 수필은 '생활'에서 출발해 '사념'으로 발전한다는 평가처럼 그의 수필은 현실의 구체적인 생활에서 근원적 가치를 추출하려는 사색의 산물이다.

김진섭 수필의 특색인 만연체 문장의 유려하고 장중한 표현 역시, 이러한 사유의 형식이자 숙고의 결과라고 할 것이다.

엮은이

제1부

·

자화상自畫像

나는 나의 얼굴을 모른다고 하지 않는다. 허
영에 들뜬 얼굴을 그리기 두려워함이라고는
말하고 싶지도 않다. 내 얼굴이 어떻게 생겨
먹었던가 여전히 꾸미기조차 어려운 얼굴,
내 보기가 부끄러우니 소개하기가 더욱 말할
수 없이 부끄러운 얼굴, 물론 이 역시도 하나
의 자화상임에는 틀림이 없다.

나의 자화상

꾸미기조차 어려운 얼굴, 내 보기도
부끄러워 소개하기가 어려운 얼굴,
이 역시 자화상임에는 틀림없다.

　자기 음성을 자기가 모른다는 것은 확실히 현명한 사람들의 비애悲哀가
아니면 안 된다. 그것은 우리가 말을 할 때, 우리 자신의 귀가 진동할
뿐만 아니라, 두개頭蓋가 함께 울리는 까닭이다.

　축음기 같은 것을 통하여 외부로부터 들려오는 자신의 음성을 우리가
들을 때, 그것이 퍽이나 소원한 것으로 들리는 까닭은 저반彼岸의 소식을
무엇보다도 잘 말하는 것이라 할 수 있다.

　그러나 우리가 모르는 것은, 물론 우리 자신의 음성뿐만이 아니다. 다른
사람이 우리의 얼굴을 인식하듯이 그와 같이 공명정대하게 우리 자신의
외관을 인식할 수 없다.

　거울이 우리 자신의 외관을 여실히 영사映寫하여 주는 사실을 확신하고
있다 하더라도, 거울 속에 보이는 이 형상形象이, 과연 다른 사람이 우리에
게서 본 형상과 부합된다는 것을 주장할 수는 없을 것이다.

　이 진묘한 착종감錯綜感 복잡하게 뒤얽힌 느낌에서 우리가 거울을 들고 번민치
않을 수 없는 것은, 거울에 대한 우리의 신망이 진리를 구하는 마음에서

유래하느냐, 혹은 허영을 탐내는 마음에서 유래하느냐는 문제에 놓여있는 것이 아니면 안 된다.

철학자 에른스트 마흐Ernst Mach는 일찍이 이에 대하여 그 자신의 체험을 고백한 일이 있다. 우리들이 도회의 거리거리를 지날 때면, 반드시 쇼윈도에 나타나는 각양 각태의 기묘한 형상에 시시로 놀랜 일속一束*의 경험을 가지고 있지만, 철학자 마흐는 어떤 날 호텔용 마차에 올라 마침 자리를 잡으려 할 즈음에, 자기 앞 의자에 어느 손님 한 분이 그와 같이 자리를 잡으려 하는 거동을 하고 있었다. 언뜻 보기에 마흐는 '웬 털털한 촌 학교 교장선생님이 타시는군!' 하였다. 그러나 알고 보니 그것은 실로 거울 속에 나타난 철학자 자신의 영상 이외의 아무것도 아니었다는 것이다.

호텔용 마차의 거울이 우연히 제공한 이 기회에 의하여 철학자 마흐는 그의 용모가 반드시 촌 학교 교장은 아니었을 것이라손 치더라도, 적어도 그가 그의 외모에 대하여 극히 근시안적이었다는 사실을 확연히 깨달음에 이른 것이다.

어찌 된 까닭인지 모르되, 항상 우리는 거울 앞에선 한없이 관대하여지는 자기를 본다. 우리는 있는 그대로의 우리 자신을 인식하려고 하지 않고, 우리의 외관과는 스스로 구별되지 않으면 아니 될 하나의 다른 외관을 기원한다.

하나의 보철補綴과 가공은 미술용의 원리가 되는 자이지만, 정신 미학적 견지에 있어서 이것은 아름다운 얼굴을 더욱 아름다웁게 할 수 있을 뿐만 아니라, 얼마나 망측하기 짝이 없는 풍경일지라도 그것을 망측하기 짝이 없는 경지에서 건져낼 수 있게 하는 것이다.

그러나 결국 사실에 있어서는 우리 자신의 음성이 알 수 없는 음성으로서 마이크를 통하여 세인의 귀에 방송됨과 같이, 우리 자신의 얼굴이 세상에 나타날 때 철학자 마흐의 예와 같이 뜻하지 않게 어느 뉘의 조롱을 받을지 알 수 없는 일이다.

여기서 마흐는 그 자신의 근원적, 감각적 인상을 보전하기 위하여 다시 한번 거울이라는 기물의 후작용을 완전히 물리치고, 자기의 육체를 자기의 눈으로 직접 인식하려 하였던 것이지만, 자기의 눈으로 본 자기 자신이란 한 개의 무두인간無頭人間 끝도 없이 집착하는 사람에 불과하여 자화상이란 초상화에 있어서처럼 하나의 '신기新奇'가 아니면 아니 될 것이다.

만일 우리가 거울을 유일한 진리의 통고자로서 신빙치 않는다면, 우리는 자신의 얼굴을 영원히 잃어버리고 말 것이다. 그러나 거울이란 다른 사람이 우리에게서 보는 것 같이, 우리의 외모를 그대로 보이는 사실만을 믿으려 할 때, 저 마흐의 촌 학교 교장은 우리의 낭만적 허영심에 한 개의 넘기 어려운 구덩이를 파고야 만다.

결국 참된 인간의 얼굴이란, 거울의 외부에서만 알 수 있는 것인가? 그리하여 우리는 영원히 우리 자신의 얼굴을 정당하게 평가할 수 없는 것인가?

서설序說이 끝나기도 전에 벌써 약속한 지면은 찼다. 사람은 무조건하고 본론을 바랄지는 모르겠지만, 나는 이러한 서론 없이 나의 자화상을 그릴 수 없다.

나는 나의 얼굴을 모른다고는 하지 않는다. 허영에 들뜬 얼굴을 그리기 두려워함이라고는 말하고 싶지도 않다. 내 얼굴이 어떻게 생겨 먹었던가 여전히 꾸미기조차 어려운 얼굴, 내 보기가 부끄러우니 소개하기가 더욱 말할 수 없이 부끄러운 이 얼굴, 이것마저도 웃음거리가 된다면, 본론으로 들어가겠는데, 지여紙餘 지면의 여유가 없으니, 희극은 다음 기회로 돌릴 수밖에 없다. 물론, 이도 한 개의 자화상임에는 틀림이 없지만.

(1937년 2월 「조선일보朝鮮日報」)

성북 동천洞天의 월명月明

나의 달에 대한 관심은 달라졌다. 새로운 의미를 갖는 이 달은, 이제 성북 동천에 발견하고, 지난 일 년간 때때로 원시적인 희열까지 경험하였다는 것은 생활의 이변이 아닐 수 없다.

사람은 환경의 아들이라 한다. 과연 이것이 사실인지 아닌지, 나는 이를 여기 규명하려는 것은 물론 아니다.

나는 오직 - 그것은 생각할수록 불유쾌한 일이지만, 사람이란 어떠한 경우에는 주소住所의 세력을 탈각脫却할 수 없다는 것을 이제 굳이 느끼고 있음에 불과하다.

독자 제씨는 성북동城北洞이라 하는 곳이, 어떠한 지역에 누워있으며, 또 어떠한 내용의 동리에 속하는 것인가를 대개 짐작은 하고 계실 것이다. 만일 모르시는 독자가 계신다면, 나는 이를 다행한 일이라 하고 싶다.

우연의 세勢에 끌리어 일찍이 한 번 이곳을 가본 이는 모르거니와, 장차 계획하여 찾을 땅은 결코 못되는 까닭이다.

높지는 않으나 상당히 긴 산을 사이에 두고 서울과 고을의 경계를 일부분 짓고 있는, 이 지대의 그나마 더 한층 궁벽한 귀퉁이에 무정견無定見한 생계生計를 벌린 지 일 년, 나는 어느덧 이번에 두 번째의 추석秋夕을 맞이하였다.

그동안 오늘에 이르기까지 많은 날을 새로이 할 적마다 무섭게 멀기도 한 곳이고, 실로 엄청나게 고요하기도 한 부락이라는, 오직 하나의 괴로운 감정밖에 갖지 않는 이 엄숙한 사실을, 나는 내일의 안락을 위하여 이제는 슬퍼하지 않을 수 없는 자이다.

적어도 한 번 이 성북고개를 넘어본 사람이면 다 경험한 일이겠지만, 그다지 높지도 않은 재 하나를 사이에 두고 이같이도 큰 문명의 차이가 있다는 것은 참으로 놀라운 일이다.

그것은 여름날의 소낙비가 지붕 하나를 끼고 앞마당에는 쏟아지되 뒷마당에는 내리지 않는 사실과 흡사한 무엇을 느끼게 한다.

일 년이라 하면, 그것은 사람의 일생에 있어서 결코 긴 시간은 아닐 것이다. 오직 내가 두려워하는 것은 사람이 한 번 현주소로 작성한 이상, 그 지소^{地所}의 원근을 가리지 않고 밤이 이르거나 늦거나 하루에 한 번은 그곳에 돌아가지 않으면 안 되는 군자^{君子}의 습관, 그것에 다름없다.

내가 지나간 일 년 동안 군자로서의 습관을 충실히 지키기 위하여, 이 고난의 산을 넘는 데 허비한 족로^{足勞}는 일 년이라는, 결코 길지는 않은 시간에 대한 보통의 평가로서는 적당히 환산될 수는 없다.

다리가 항상 빠질 듯이 아픈 의식과 괴로운 시간은 길다는 상대성 원리^{相對性原理}는 서로 안고 도와서, 성북동에 산 지 십 년 이상이나 되는 듯한 착각을 가지고 있다.

참으로 세속적 의무보다 무서운 물건도 드물다. 나는 흔히 야반^{夜半}의 사상에 몹시 취한 머리로 잠든 성북고개의 고르지 못한 흙을 밟으면서 몇 번이나, 이 철리^{哲理}에 대하여 생각하였는지 모르겠다.

그러나 오늘까지도 나는 내가 왜 이 산을 넘어 돌아가지 않으면 안 될까를, 아직 해득치 못하고 있다.

나는 모범적 군자 되는 이유가 오직 깊은 밤에 깊은 산을 넘는 데 있는 것은, 나의 확신이며 의심치 않는 바이지만, 내가 일찍이 지나간 일 년 동안 이 운명의 산에서, 나와 같은 종류의 군자를 한 번도 나 이외에 다른 인격에 있어 발견할 수 없었던 것은, 무어라 하여도 세간의 도덕을 위하여 크게 개탄할 일이었다.

만뢰구적萬籟俱寂 밤이 깊어 모든 소리가 그치고 아주 고요해짐한데, 산상에 홀로 깨어 서울 시가市街 일대의 야등夜燈 밤 불빛을 회고하고, 성북 동천의 성좌를 앙망하는 나의 감회는 확실히 복잡한 무엇이 없지 않을 수 없다.

이러한 때, 나는 취기를 내뿜으며 - '조용히 하라. 조용히 하라!'로 시작되는 일련의 축문을 송독하는 이, 삼 그람gram의 정신만을 잃지 않으면 좋은 것이다.

"조용히 하라. 조용히 하라! 이제 세상은 완전치 않으냐. 무엇인가가 이 세상에 일어났음이여! 초조한 바람, 흔적도 없이 가볍게 나래 털같이 가볍게 탄탄 해상海上에 춤추듯이 - 이같이 수면은 이 지상에 춤춘다."

나는 잠깐 이 늦은 시간에 어떤 선량해진 백성이 잠을 못 이루어 앙앙怏怏 마음에 차지 않음히 지상을 방황하지 않는가를 탐지하려는 수호신守護神과 같이, 혹은 수면의 완전에 최후로 참가하는 것의 명예를 고수하려는 것 같이 발을 멈추고 좌고우면左顧右眄 앞뒤를 재고 망설임한 후 산을 넘어선다.

그러나 나는 내 집의 대문만 열면 잠이 발끝까지 넘쳐, 누구보다도 더 하나의 사자死者에 가까운 상태를 정모呈하는 것이다.

'야경夜景'과 깨어있는 '밤'인 나라 하더라도 불행히 '태양'과 같이 깨어 있는 '아침'을 나는 잊어서는 안 될 몸인 까닭이다.

이와 같이 하여 계절이란, 나의 체득한 바에 의하면 동동히 왕래하는 노상路上의 감각일 뿐만 아니고, 실로 이제는 동동히 등강登降 오르내림하는 산상의 감각에까지 변전하여 버린 것이다.

집이 먼 데다가 술잔이나 더러 마시면 밤이 훨씬 깊어 산에 오르게 되니 잊었던 계후季候 계절과 기후가 돌연히 나타날 때가 많은 것이다.

그런 까닭으로 현재의 나에겐 성북고개를 넘고 안 넘는 것이, 나의 인생관에 매우 중요성을 가지고 있음은 두말할 것도 없다.

이제 본지本誌의 청함에 맡겨 '추야단상秋夜斷想'을 성북 동천洞天의 월명月明에 구하는 이유가 이곳에 있고, 또 그러므로 내가 이 우문愚問의 모두冒頭에 걸되, 사람이란 어떤 경우에는 주소의 세력을 면할 수 없다는 표어로서 한 것 역시 상술한 바 생활에서 유래한 것이다.

그러면 왜 성북동 같이 멀고 싫은 데까지 와서 사느냐고 누가 물으면, 나는 곧 대답할 말이 없다. 나를 아는 사람은 그것을 크게 비웃지만, 나에게는 확실한 전택벽轉宅癖 이사 기피증이라는 것이 있었는지 알 수 없다.

그러나 내가 불행히도 안주지처安住之處를 못 얻었으매, 이곳에서 저곳으로 천전遷轉 자리를 옮김을 자주 꾀함이 결코 나쁜 버릇의 소이는 아닌 성하다.

다른 사람들 눈에는 이미 있던 곳에서 다른 곳으로 옮길 이유가 없는 듯 보일지도 모르지만, 내 마음에는 한 군데 오래 묵을 이유 또한 없어 보였음에 불과하다.

그러나 이사도 독신獨身시대에 말이지, 이미 처자를 거느리고 부엌에 솥을 걸고 보면 처자의 반대가 구구하고 솥 떼고 붙이기가 몹시 번거로워 단장을 짚고 산보하듯이 이를 실행할 수가 없다.

예의 경솔한 습관에 지배되어 몇 달을 몸을 뉘일 장소로서는 성북동의 맑은 가을도 결코 나쁜 것 같지는 않기에 옮아온 것이다.

벌써 옮아오던 날부터 시작된 수난이 교통의 지리적 불편을 통하여 점점 증대해 감은 물론이요, 제일 서울의 인공적 잡답雜踏에 대한 절절한 향수가 이부자리에 스며들어 곤란이다.

깨어있는 동안은 항상 서울 먼지를 마시고 있는 나의 가슴에도, 그러나 먼 데를 가려는 여행자의 불안이 더욱 나를 괴롭혔다.

타는 여행이라면 멀어도 든든한 데가 있다. 그러나 성북동은 걷는 여행을 요구하니 딱한 노릇이다. 같은 돈을 내도 버스는 동소문까지밖에 실어다 주지 않는다.

평화로운 제諸 성북동 인人에게 대해서는 미안하기 짝이 없는 일이지만, 나의 최대 고통은 일찍이 소별장지小別莊地를 주택지로 오해하였음에 대한 후회감에서 온다.

이리하여 나는 어떠한 경우에도 집이 멀다는 것은 찬성할 일이 못됨을 알고 말았다. 운동을 위하여 걸을 필요를 갖는 사람에게 있어서도, 그것은 좋지 못하다. 집에 가는 길 이외에도 걸으려면 걸을 수 있는 길은 무수히 있는 까닭이다.

집이 멀면 될수록 일찍이 돌아갈 도리나 강구하면 좋은 일이지만, 가뜩이나 집이 먼 데다가 술을 좋아하니, 자연 밤은 늦게 되고 창량한 취각醉脚이 따라서 원로遠路 문제에 더욱 분규를 금할 따름이다.

또한 서울이 그리워 볼일이 끝났다 하여 그대로 갈 처지도 못 되는 것이다. 결국은 거의 매일, 나는 밤은 어둡고 길은 먼 비통한 최후에 봉착하고야 말았던 것이다.

여기서 나는 필연적으로 성북 동천의 명월에 나 자신의 통치를 위탁하게 되었다.

달! 나는 다행인지 불행인지는 모르나, 일찍이 달의 아름다운 세력을 신앙信仰한 일이 거의 없었던 것이다. 도회의 절대한 감화 밑에 자라난 나에게 달쯤은 벌써 문제가 되지 못하였다.

특히, 나는 사람들같이 자연 그것을 과장하여 상미(賞味)〔맛을 봄〕하는 태도를 본능적으로 싫어하는 자이다.

그러므로 나는 성북동에 옮겨온 직후 밤의 어둠을 완화시키려는 방책으로서 달의 편익을 생각하기보다는, 훨씬 먼저 그때, 마침 월명의 시일이 아니었던 관계도 있었지만, 회중전등 하나를 사서 낭중(囊中)〔주머니 속〕에 휴대함을 잊지 않았던 것이다.

그 후 이 전등은 물론, 약 이 개월간 형식적이지만 실익에 공(供) 한 바 없었다고는 할 수 없으나, 사실 취면(就眠)의 광명으로서는, 극히 약할 뿐더러 이를 일일이 작위적(作爲的)으로 이용할 정신도 없고 하여, 드디어 그 헛됨을 각성한 결과 방구석에 내버려두었더니, 이제는 어디로 갔는지 그 형적조차 없다.

회중전등의 번쇄(煩瑣)〔자질구레함〕와 무력에 비하면, 이런 비교는 일종의 모독인지도 모르나, 달은 있을 때는 있고 없을 때는 없는 불편은 확실히 있지만, 뜰 때는 저절로 떠서 넓은 면적에 향하여 보다 운치 있게 비춰주는 까닭으로 술이 대단히 취해 의식이 혼미한 때라도, 그 조명에 부지불식(不知不識) 중에 인도되는 경우도 있는 것이다.

틀림없이 나의 달에 대한 관심은 달라졌다. 새로운 의미를 내 앞에 갖는 이 달을, 나는 이제 성북 동천에서 문득 발견하고, 지난 일 년간 때때로 원시적인 희열까지를 경험한 일이 있었다는 것은, 참으로 생활의 이변에서 온 하나의 기관(奇觀)이 아니면 안 된다.

봄, 여름, 가을, 겨울 할 것 없이 일 년을 통하여, 그 삼분의 이는 거의 매일 매야(每夜)를 청승맞게도 이 운명의 고개를 넘은 나는, 눈에 이를 공리적으로 이용하는 심리가 치우치고 마는 까닭인지도 모른다.

모든 시절의 달이 무조건하고 고마웠고, 또 달이 왜 그나마 밤마다 없는 것이 불만이었지만, 아마 누구의 눈에도 그러하듯이, 나의 성북 동천에 있어서의 추석 명월의 이차 경험은 가을의 쾌적한 기온도 적용되어야 실로 초실리적超實利的 감동에 속할, 무엇이 여기는 있었다 할 수 있다.

성북 동천에 달이 반드시 없다 하더라도 봄 이상으로 가을의 절차는, 이 산을 넘는 자의 행운기幸運期의 좌자坐資 선두주자로서 손꼽혀야 할 것은 두말할 것도 없다.

겨울의 모진 바람, 여름의 심각한 발한發汗은 이 고개를 넘는 제 아무리 위대한 건각의 족로자足勞者에게도 성북 동천의 월명을 감상할 여유를 그다지 흡족하게는 해주지 않을 것이다.

이 위에 더 장용長宂 누누하다히 말함을 피하고, 나는 무엇보다도 시급히 집을 옮기던지 술을 끊던지, 양자 간 하나를 위하여야 될 상태에 있는 듯한데, 양자를 함께 처리함은 물론, 나의 무상無上의 이상일 것이다.

그러나 성북 동천의 월명을 중심 삼아 양자를 의연히 방치함도 있을 수 있는 일이다.

나는 나의 성질상, 그러나 내일을 보증하고 재명일再明日을 구속할, 그러한 생활에 대한 계획적 열의를 이제 갖고 싶지가 않다.

나는 오직 오늘과 내일 사이에 뻗쳐있는 알 수 없이 큰 힘에 몸을 맡기고 될 수 있는 데까지, 혹은 될 수 없는 데까지 '성북 동천의 월명'의 은총을 이왕이면 입고자 한다. 참으로 사람이 괴로움까지 최후에 미화美化하고 향락할 수 있다는 것은 비장한 일이다.

나는 이제 내가, 어느 날엔가 성북 동천을 떠나는 날, 그날이 곧 성북 동천이 월명을 망각하는 날이 아니기를, 나는 자연의 장엄을 위하여 진심으로 바라고자 하는 자이다.

그러나 나는 내가 한 번도 도회에 속하는 일실一室의 침대에 몸을 누릴 수 있음으로 의하여 월명의 편익을 이용하지 않는 밤, 그 밤에 곧 달의 영광을 누구보다도 먼저, 장사葬事 시체를 묻거나 화장하는 일할 것 같은 위험을 느껴 견딜 수 없다.

옛날은 모르거니와, 사실 이제 생존경쟁이 격렬한 우리의 생활무대에 대하여 달에서 흘러오는 광명은 너무도 응용될 힘이 없는 까닭이다.

도회의 포도鋪道에 잠깐 정립하여 의심쩍게도 이 달이 비치는 면적을 측정하여 보면, 이것은 확실히 우리 자신의 생활에 속할 광명은 아니고, 그것이 비치는 곳은, 우리의 생활에는 전연 상관이 없는 부차적 세계이다.

흔히 월광은 도회의 쓰레기통에 가득히 쏟아져 있거나, 혹은 좁은 골목 으슥한 곳에 행인이 오줌 누는 풍경을 감시하고 있음을 우리는 본다.

일찍이 달이 위성衛星으로써 명예를 가지고 널리 지배하고 있던 영역은, 이제 거의 전력電力에 의하여 더욱 명랑히 장색되어 있는 것이다.

그리하여 달은 긍지와 명예를 잃었을 뿐만 아니라, 주객전도主客顚倒의 격식을 빌어 이제는 차라리 쓰레기통, 좁은 골목이 달의 위성이 된 관觀조차 있다.

달의 널따란 가슴은 그네의 미묘한 호흡으로서 만천하의 인간 감정의 기복 많은 종종상種種相 종종이을 일찍이 출현시켰지만, 오늘에 벌써 전같이 오는 감동은 전무하다.

아침이 오면 태양이 그네의 면폭面幅을 빼앗고, 밤이 되면 전기가 이 과부寡婦를 학대하는 것이다. - 이리하여 성북 동천의 월명에 대한 나의 애정은, 어쩐지 차차로 그것이 주는 편익보다도 이 불행한 시대적 존재에 대한 동정으로 하여 심각하여 감을 나는 깨닫는다.

나도 불행하지만, 저 달도 사실 불행한 까닭이다.

(1935년 11월 「중앙中央」)

장편대춘보掌編待春譜

봄은 올 적마다 모든 사람에게 자기가 이곳에 온 뜻이 어떠한 것인가를 묻는다. 이에 쾌락과 함께 노동을 소박하게 선물로 받고, 그의 질문에 대답할 수 있다면, 행복한 사람이다.

겨울에 봄을 기다리는 안타까운 마음.
그것은 흡사 우리가 가본 일이 없는,
 어느 시골길을 찾아가는 것과 같다고나 할까.
즉 가다가다 만나는 마을 사람들에게,
그곳까지 몇 리나 되는가 하는 것을 물으면,
몇 리랄 게 뭐 있으리오.

얼마 안 가면 된다고 하므로
그 말에 용기를 얻어 두 다리를 빨리 놀리면
그다음엔 인가人家가 드문드문 나타나는 것 같은데,
얼마를 걸어가도 목적지는 나타나지 않을 때의
저 초조한 기분과 같다고 할는지.

참으로 겨울은 '지루'라는 글자 두 자에 그친다고 할밖에 없으니,

겨울에도 간간이 뜨신 날이 있어 봄도 과연,
올 날이 멀지 않았거니 하고 저윽이 마음을 놓으면 웬걸,
웬걸 겨울은 정해 놓고
매서운 복면^{覆面}을 또다시 심술궂게 나타내는 것이다.

단순히 피부의 고통으로부터 해방되기 위해서만이라도,
우리는 길고 긴 삼동^{三冬} 사이 몇 번인가 헛되이 봄을 기다리게 되는데,
봄은 마치 우리가 찾아가는 마을이 최후에야 뜻밖에 나타나듯이
실망한 나머지 기다리기에 지친 우리 앞에 문득 웃음 치며
하루아침에 나타나는 것이 일쑤이니
봄은 확실히 재미있는 장난꾸러기이다.
(1939년 4월 「여성^{女性}」)

공상 1제空想一題

공상 속에서 이미 없어진 사람을 잠
시 동안이라도 현존시킬 수 있는 능
력만 있다면, 고금의 영걸과 천재 가
인들까지를 모아놓고, 인간의 생활
을 논의하는 미학적 정신적 희열을
향락하고 싶다.

억세고 벅차서 꿈꿀 여지가 없는 이 세상이어늘, 엄청난 공상을 하나만
해 보라시니 과연 후의는 고맙소이다마는, 어처구니가 없사외다.

사람이란 원래 얼마든지 엄청난 것을 생각 못 해낼 바는 아니겠지요만,
결국 생각만 할 수 있을 뿐이요, 우리를 행동으로 이끌어다 주는 자는
우연뿐인가 합니다.

그런데 이 아름다운 우연의 여객旅客이라는 것이, 대체 우리를 별로 습격
해주는 일이 있어야 말이지요. 그런 까닭으로 나는 이런 우연을 생각할
때가 있습니다.

즉 어딘지 먼 곳에 티모르도島라든가, 벨류키스탄 같은 그러한 먼 곳에
홀로 사는, 극히 고적한 우인友人이 어떻게 모았는지 알 수 없을 만큼 무섭게
도 많은 재산을 가난한 동무인 나에게 남기고, 하루아침에 이 세상을 떠나
고 만 것입니다.

그때 나는 아마도 이 고적하고 기이한 벗의 죽음을 수없이 통곡하겠지
요. 그래서 처음에는 너무나 많은 이 재산을 어떻게 주무르고 수습해야

할지를 모르겠지요.

그러나 잠시 후에 나는 서슴지 않고 사람이 돈을 가지고 이 세상에서 할 수 있는 것을 한 번씩은 모조리 다 해볼 터이지요. 그래서 우리가 재물로서 살買得 매득 수 없는 것은 과연, 무엇이냐는 것을 알 수 있는 날까지 나는 이 인생을 한없이 향락할 터이지요.

로마인과 로마 황제들의 사치와 호화는 세계 낭비 사상에 그 유례가 없을 만큼 유명한 것이올시다마는, 일야一夜의 장연에 연하여 일현一縣의 공세貢稅 수만금을 탕진한 퀼리큘라와 네로Nero 로마의 황제, 폭군의 일락도 사람으로서, 또한 얼마 동안은 경험할 만한 일이 아니겠습니까?

폴리니우스C. Polinius의 말하는 바에 의하면 위대한 쾌락주의자요, 로마의 거부 가비우스아피씨우스는 어느 날, 그의 부를 검사한 결과 그것이 십만 세르테르첸에 달하지 못하는 것을 알자, '요런 소액의 재화'로서는 더 살 보람이 없음을 깨닫고 자살을 해버렸다고 합니다.

이러한 치기稚氣는 물론 나의 본뜨고자 하는 바 아니요, 나는 이러한 종류의 향락에는 포만을 느끼겠지요.

나는 이제 인생의 표면적 향락에는 아무 미련이 없게 되었으므로, 말하자면 월세계에 우화등선羽化登仙 사람의 몸에 날개가 돋쳐 하늘로 올라가 신선이 됨의 꿈이나 꾸겠지요만, 그것은 사람의 힘으로는 아직 될 수 없는 일이니, 이제는 속세를 잠깐 초탈하여 인생의 미와 인생의 지혜와 인생의 기이奇異를 세계에 구해서 순례의 길이나 떠나볼까 합니다.

그래서 만일 내게 이미 없어진 사람을 잠시 동안이라도 현전現前시킬 수 있는 힘만 있다면, 나는 아마도 고금의 성현 영걸과 절세의 천재 가인까지를 일당에 모아놓고, 이 현명한 인걸들이 인간의 생활에 대해서 논의하는 암시 깊은 기지에 찬 귀를 기울임으로 의해서 미학적, 정신적 희열을 한없이 향락할 터이지요.

사실 내가 이 세상에서 바랄 수 있는 최후의 열락과 위안은 괴테의 『탓소오』에 나오는 엘레오노레 본 에스테가 '사람의 가슴이 그같이도 친밀하게, 그같이도 무시무시하게 약동하는 힘과 서로 둘러싸고 우아하게 설화자의 입술이 희롱할 때, 나는 이들 현자賢者의 토론과 논쟁을 듣기를 즐겨한다.'고 하고 말한 것같이, 모든 이재異才를 배우로 하는 이러한, 말하자면 최대의 지혜가 공연하는 극을 고요히 관찰할 수 있는 데 있기 때문입니다.

그러나 이 세계가 가지고 있는 문명과 문화와 인지人智에는 아직도 불미한 점이 많을 뿐만 아니라, 인간 자체의 성질부터 개조할 점이 적지 않게 있는 까닭으로, 나는 불만을 가득히 가슴에 안고 십수 년 만에 구국을 결심한 터이겠지요.

그러나 귀로歸路의 인도양을 건널 때 폭풍우 때문에 난선難船을 당해서 난데없이 기묘한 섬에 표착할지도 모르겠지요. 그래서 나는 실로 우연히 이 지상에서는 일찍이 볼 수 없었던 하나의 조그만 이상향理想鄕을 발견하고 크게 감격하는지도 알 수 없겠지요.

나는 말하자면 이상향 나리타도島를 방문한 최초의 외래자로서 이 절해의 고도에 유토피아Utopia를 건설한 족장族長에게 배알하고, 이 섬의 모든 생활제도가 얼마나 완전한 것이고 바랄 만한 것인가 하는 것을 한 가지 한 가지 듣고, 그 우연의 힘이 나를 이곳까지 안내해 준 것을 한없이 기뻐하겠지요.

즉, 이 섬에는 생존경쟁이란 더러운 사실은 그 자취도 없고 노동하는 것이 곧 쾌락이어서 모든 주민은 그 연령과 성별, 이 두 가지 표준에 의해서 그에 상응한 업무를 서로 분담함은 물론이오, 상인이라든가 경찰이라든가 하는 모든 비인간적 형태는 일체 없고, 모든 것은 그 사람의 자유의지 하에 실행되며, 주민의 교육은 유시幼時부터, 가장 면밀히 시행되어 있는 까닭으로 조금도 법구法規에 주어지는 바가 없는, 이러한 종류의 높은 전형의 인간들로서 이 섬은 조직되어 있는 것입니다.

　나는 이 섬의 족장族長이 허락하기만 한다면, 그곳에 영구히 재주在住하기를 희망하겠지요만, 죄악과 문명과 무지에 대한 본능적 향수가 과연 나를 그들 사이에 매어두게 할는지, 그것을 나는 단연코 기피할 수는 없습니다.

　(1937년 10월 「여성女性」)

창

창은 우리에게 광명을 가져오는 자다. 창이란 우리에게 태양을 의미한다. 사람의 눈이 창이고, 집은 그 창이 눈이다. 인생의 눈은 우리의 마음이다.

창을 해방의 도道에 있어서 잠시 생각하여 본다.

이것은 내 생활의 권태倦怠에 못 이겨 창 측窓側에 기운 없이 몸을 기대었을 때, 한 갈래 두 갈래 내 머리로부터 흐르려던 사상의 가난한 한 묶음이다.

철학자 게오르그 짐멜Georg Simmel은 화병의 손잡이로부터 놀랄 만한 매력이 있는 하나의 세계관을 도출하였다.

이것은 하나의 유명한 사실임을 잊지 않는다. 이 예에 따라 나는 여기 한 개의 창을 관찰의 대상으로 삼으려 한다.

그러나 이것이 하나의 버젓한 세계관이 될지, 아니면 하나의 명색 '수포水泡철학'에 귀歸하고 말지 보증의 한이 아니다.

그 어떠한 것에 이 '창 측窓側의 사상'이 속하게 되든, 물론 이것은 나쁘지 않은 기도企圖에도 불구하고, 아직은 하나의 미숙한 소묘에 그칠 따름이다.

창은 우리에게 광명을 가져오는 자다.

창이란 우리의 태양임을 의미한다.

사람의 눈이 창이고, 집은 그 창이 눈이다. 오직 사람과 가옥에 멈출

뿐이랴. 자세히 점검하면, 모든 물체는 그 어떠한 것으로 의하든지 반드시 통로를 가지고 있음은 두말할 것이 없다.

우리는 사람의 눈에 매력을 느낌과 같이 집집의 창에 한없는 고혹을 느낀다.

우리를 이와 같이 견인(牽引)하여 놓으려 하지 않는 창 측에, 우리가 앉아 한가히 내다보는 것은 하나의 헛된 연극에 비교될 성질의 것은 아니다.

우리가 여기서 볼 수 있는 것은 너무나 많은 것 - 즉 그것은 자연과 인생의 무진장한 풍일이다. 혹은 경우에 따라 세계 자체일 수도 있는 것 같다.

창 밑에 창이 있을 뿐 아니라, 창 옆에 창이 있고, 창 위에 또 창이 있어 - 눈은 눈을 통하여, 창은 창에 의하여, 이제 온 세상이 하나의 완전한 투명체임을 볼 때가 일찍이 제군에게는 없었던가. 우리는 언제든지 창 옆에 머물러 있으려 한다.

사람의 보려고 하는 욕망은 너무나 크다. 이리하여 사람으로부터 보려고 하는 욕망을 거절하는 것만큼 큰 형벌은 없다.

그러므로 그를 통하여 세태를 엿볼 수 있는 유일한 기회를 주는 창을 사람으로부터 빼앗는 감옥은 참으로 잘도 토구(討究) 사람의 이치를 연구 검토된 결과로서의 암흑한 건물이라 할 수 있다.

그러나 우리가 창을 통하여 보려는 것이, 과연 무엇인가를 알지 못한다. 그럼에도 불구하고 우리는 보기를 무서워하면서까지, 그것을 보려는 호기심에 드디어 복종하고 만다.

그러므로 우리는 창을 한없이 그리워하면서도, 동시에 이 창에 나타날 것에 대한 가벼운 공포를 갖는 것이다. 창은 어떠한 악마를 우리에게 소개할지 사실 알 수 없는 까닭이다.

나라와 나라 사이에, 고을과 고을 사이에, 도로 산천을 뚫고 우리와 우리에 속한 것을 운반하기 위하여 주야로 달음질치는 기차, 혹은 전차, 자동차 – 그것은 단지 목적지에 감으로써만 의미가 있는 것일까?

　아니다, 적어도 나에겐 그것이 이 세상의 생활에 직접으로 통하고 있는 하나의 변화무쌍한 창으로서 더욱 의미가 있는 듯싶다.

　그러므로 우리는 항상 기차를 탈 때엔 조망眺望이 좋은 창을 선택하려는 것이다. 그러함에 우리는 흔히 하나의 풍토학風土學, 하나의 사회학에 참여하는 기회를 잃지 않으려는 것이다.

　여행자가 잘 이용하는 유람 자동차라는 것이, 요즈음 서울의 거리에서 서서히 조종되고 있는 것을 가끔 길 위에서 보지만, 그것을 볼 때, 나는 이것이 흥미에 찬 외래자의 큰 눈동자로서밖에는 느껴지지 않는다.

　모르는 땅의 교통과 풍속이 이러한 달아나는 차창에 의하여 얻어질 수 없다면, 여행자의 극명克明한 노력은 자둔自鈍한 다리와 발에, 언제까지 지불되어야 할 것이다.

　가령 비행기가 떴다 하자. 여기 어디서 불이 났다 하자. 그러면 우리는 가장 가까운 창으로 부산하게 몰린다. 그때 우리가 신사 체면에 서로 머리를 부딪침이 좀 창피하다 하더라도 관할 바이랴! 밀고 헤쳐서까지 우리는 조망이 편한 창 측의 관찰자가 되려는 것이다.

　점잖스럽게 창과는 먼 곳에 앉아 세간世間의 구구한 동태에 무관심을 표방하고 있는 인사人士가 결코 없지 않으나, 알고 보면 그인들 별 수가 없는 것이다. 비행기의 프로펠러 소리에 그의 조화調和는 완전히 파괴되어 있는 것이다.

　우리로 하여금 항상 창 측의 좌석에 있게 하는 감정을 사람은 하나의 헛된 호기심이라고 단정하여 버릴지 모른다.

그러나 사람이 보려 하는 참을 수 없는 행동은 이를 헛된 호기심으로만 지적하기에는 너무도 심각한 것 같다.

참으로 사람이란 자기 혼자만으로는 도저히 살 수가 없는 것이고, 그보다는 다른 사람의 생활에 의하여, 또는 다른 사람의 생활을 봄으로써, 오직 살 수 있는 엄숙한 사실에 우리가 한 번쯤은 상도想到하여 보면, 얼마나 많이 창 측의 좌석이 위급한 욕망에 영향을 제공하고 있는가를 용이하게 알 수 있다.

이리하여 우리가 달아나는 전차에 몸을 싣는다는 것은, 우리가 어떠한 목적지를 지향하고 있는 구실 밑에 달아나는 가로街路에 있어 구제하기 어려운 이 욕망의 충족을 꾀함을 의미하는 것이다.

많은 사람, 사람의 무리, 은성殷盛한 상점의 쇼윈도, 우리가 흔히 거리의 동화童話에 가슴의 환영을 여러 가지로 추리하는 기회를 여기서 가짐이 무엇이 나쁘랴.

도시의 가로는 그만큼 충분하고 풍부하다. 달아나는 창은 무엇보다도 그것을 더 잘 보여 준다.

(1934년 1월 「문학文學」)

없는 고향 생각

일찍이 한 고장의 자연 속에 친근할 수 없었다는 것은 큰 불행이었으니, 아버지의 관직에 따라 전전하는 동안 나는 고향을 완전히 잃어버렸다.

이 지상에서 가장 장엄한 것이 있다면, 그것은 고향故鄕일 것이다.

사람 마음속에 소멸되지 않는 것이 있다면, 그것 또한 고향일 것이다.

그러므로 우리가 고향을 생각하고 사랑하는 것처럼 가장 신성하고 가장 무사한 것은, 아마도 이 세상에는 없을 것이다. 왜냐하면 고향은 원래 인간적 이기주의를 떠난 존재이기 때문이다.

그것은 시간을 초월하여 언제까지든, 우리의 영원한 소년 시대 내지는 청춘 시대를 속 깊이 보호해 주는 존재이다.

우리 부모와 우리 애인의 머리는 드디어 백발白髮이 되고마는 때가 있어도, 고향산천의 얼굴은 옛모양 그대로 청청한 것이니, 우리들에게 있어 검은 수풀의 속삭임은 영원히 없어질 수 없는 음악이 되는 것이다.

전야田野에 빛나는 황금색 물결, 흐르는 시내의 고요한 모래, 땅에서 솟아나는 샘의 맑은 빛, 우리를 두 팔로 안아주는 힘차게 뻗친 산줄기, - 이 모든 것은 실로 놀랄 만한 단조로움을 가지고, 우리의 기억 속에 항상 새롭게 빛난다.

그것은 우리가 어느 곳에 있게 되든 간에 기회 있을 적마다, 혹은 초승달, 혹은 봄 잔디에 번져 우리의 마음은 고향 산천으로 멀리 달음질치는 것이지만, 나는 불행히도 고향에 대해서는, 극히 산만한 인상밖에 가질 수 없기 때문에 고향에 두고 온 이야기 역시 기억할 바가 없다.

아니 기억할 바가 없다느니 보다는 아주, 그런 이야기는 없을지도 알 수 없다.

아버지가 벼슬인가 한다고 이곳저곳을 전전하였기 때문에, 나는 고향인 경상북도 안동安東을 다 큰 뒤에, 겨우 몇 번 여름휴가를 이용해서 가보았을 뿐이므로, 그곳을 고향으로 체험할 수 있었다.

나는 목포木浦 태생으로 일곱 살까지 그곳에 있다가 아버지가 전근되는 바람에, 제주도濟州道 섬 백성이 되어 보통학교를 겨우 졸업하던 해에, 나주羅州로 온 후, 얼마 되지 않아서 서울로 공부를 하게 되었고, 또 동경東京에 몇 해 있다가, 다시 서울에 있게 되었으니, 어느 곳을 내 고향으로 삼아야 할지, 어느 곳에 대해서도 고향다운 신뢰를 느낄 수가 없다.

일찍이 한 고장의 자연 속에 깊이 친근할 수 없었다는 것은 나로서는 큰 불행이었으니, 아버지의 관직에 따라 전전하는 동안에, 나는 고향을 완전히 잃어버리고 만 것이다.

어머니 말씀으로 종종 생각나는 것은, 내가 어려서 목포木浦 살 적에 우리들 형제를 극진히 사랑해 주던 이웃집의 젊은 부인의 일이다.

형과 나 둘이는 이 고운 부인의 무릎 위에서 거의 살다시피 하면서, 자녀 없는 젊은 어머니의 사랑과 환대를 받을 대로 다 받았던 것이니, 이 부인이 우리에게 준 인상은 컸다.

이 부인이 준 인상은, 아직까지도 우리의 생활 속에 남아있다 할 수 있으니, 오늘까지 충실히 계속되고 있는 끽연은 이 아름다운 부인이 장난

삼아 우리에게 심어준 습관으로, 나는 일곱 살, 형은 아홉 살 때, 우리는 부인에 응대하는 애연가愛煙家였던 것이다.

제주濟州 사 년 동안 나의 소년 생활은, 이 특이한 환경 속에서 퍽이나 목가적이었을 것으로 생각하나, 그다지 굳센 인상을 얻지 못한 것이 이상하다.

여기서 나는 사랑하는 누이동생을 잃은 것, 달밤에 계집애들과 강강수월래를 했던 일, 바닷가에서 전복을 잡고 놀던 일, 풍부하게 열린 귤을 따 먹던 일, 제주도를 떠날 때 많은 사람들과 작별하면서 가마를 타던 일, 그때는 비사돌을 가지고 노는 장난치던 것이 대유행이어서 매일 밥만 먹으면 알뜰히도 비사를 치던 일이 생각난다.

아차 잊었군. 대체 우리들이 그때 붙들고 놀려먹던 우편소장郵便所長의 따님 '하루짱'은 지금 어떻게 되었을까?

그 후 나는 몇 번인가, 나의 제이 고향을 찾으려 하면서도, 아직 들르지 못하고 있다.

(1938년 12월 「여성女性」)

향수우발鄕愁偶發

도시 생활에 대한 애착은 나에게 치명적이다. 그 반면에 농촌에 대한 갈망은 순결하다. 나만의 집을 가져본 일이 없는 나는 향수에 위로받는 것이 버릇이 되고 말았다.

'우리는 대체 어디로 가느냐?'

이 인류의 영원한 우울의 회의에 대하여, 일찍이 독일의 낭만파 시인 노발리스Novalis는 '항상 집으로!'라는 해답을 내렸다.

과연 우리가 항상 집으로 가느냐 하는, 이 해명된 타당성에 대하여 물론 오인吾人 우리은 보증의 임任에 있지 않다.

처음부터 이 '집'이란 개념이 현대문명과 같은 생활 속에 있어서는 포착하기 어려울 만큼, 다多의 적이다. 아니다, 우리는 흔히 집조차 갖지 못하고 있다.

우리는 실로 우리의 피 속에 주소를 발무撥無 정확하게하는 바, 다분의 호보적 요소의 광용狂湧을 느끼지 않는가? 그러나 사람이 사死에 임함에 귀가본능의 활연한 각성을 경험하는 것도, 인간 영원의 정의가 아니면 안 된다.

호마胡馬가 북녘 바람을 향하여 울며, 월마越馬가 남쪽 가지를 좇아 사는 바, 이 향수가 어찌 사람에게 없어 옳으리오?

서울은 아직도 도회로서의 면모를 충분히 갖지 못하고 있다. 이 어수선

한 도시의 지면에는 농촌적 형태도 측견_{가까이} 봄된다. 그러나 그것은 서울이란 이름 밖에서 도회의 황진을 입은 농촌임에, 우리는 여기서 일체의 고향의 것을 느끼지 못한다.

그러나 우리가 잠시 여가에 세검정, 청량리 등 교외에 산보하는 기회를 드물게 갖게 되는 경우, 나는 내가 시골 사람이란, 단 한 가지 이유로써 한없는 향수를 이곳에서 느낀다.

이렇게 친근한 연접에도 불구하고, 돌연히 서울을 격리하는 이 맑은 자연과 이 고요한 산림! 내게 누이가 있어 매가妹家가 이곳에 있었으면 하는 나의 요구는 결코 적다 할 수 없다.

그러면 나는 나의 피곤한 몸을, 아니다. 나의 피로한 영靈에까지 조그만 안식을 제공할 수도 있을 것이니까.

나는 태생이 시골일뿐더러, 그 후 이십여 년간 시골 생활과 거취를 같이 하였음에도 불구하고, 남과는 다른 생활환경밖에 '집'이란 것을 가진 경험이 없다.

이제도 그러함과 같이 내가 산 집은 모두가 남의 집이었다. 그리하여 나는 '집'에서 지은 쌀을 씹는 일이 전연 없었다. 나의 삼십 년은 실로 순전히 돈 주고 산 쌀의 소치所致임에 틀림없었다.

시골서 살되 도회적으로 살지 않으면 안 될 운명에 있었던 나는 농촌 생활의 오의奧義_{매우 깊은 뜻}는커녕, 그 초단계도 참여할 수 없었음은 물론, 좀 창피스러운 고백이나 사실인즉, 내 무혜無慧하여 불능변 숙맥의 탄歎 _{한숨}까지도 없지 않는 현상이다.

도회에 대한 애착은 내게 있어서는 치명적이다. 그러나 그 반면에 농촌에 대한 갈앙渴仰은 더욱 순결하다. 자기의 집을 일찍이 가져본 일이 없는 나는, 어느 곳에 있는지 알 수 없는 나의 향수를 농農에 느끼고, 또 농에 의하여 위로함이 버릇이 되고 말았다.

오직 피로를 줄 뿐이요, 오직 갈증을 일으킬 뿐인 서울이 차차로 싫어져 가는 어제오늘에, 농촌이 어여쁜 꿈같이 내 앞에 전개되지는 않는다 해도 최후로 남은 반석盤石이, 나같이 나의 인생에 대한 신앙을 지지하여 감은 사실이다.

괭이를 들고 밭을 판다. 여기에서 다른 방면의 생명력이 싹틀지 모르는 것이다.

이것은 나에게 있어서는 실현되기 어려운 이상理想이 아닐까 한다.

망각의 변

인생 생활에 있어 망각이 중대한 생
명력과 치유력을 갖는가 하는 것은,
큰 슬픔, 큰 죄악, 큰 고민을 가져본
사람이 아니면 얼마나 소중한 것인
지 알지 못한다.

"Giuecklich ist, wer vergisst was nicht mehr zuaendern isr."

Johann strauss

사람이 이 세상을 떠나게 되매, 그를 한 내川로 인도하여 망각忘却 잊어버림의
물을 마시게 한다.

이 망각의 물은 그 물을 마신 자로 하여금 속세의 모든 체험을 그의
기억 속으로부터 일시에 상실하게 하는 특질을 갖는 것으로, 이와 같은
사전행사死前行事는 희랍의 신화에 보이는 바요. '레테'란 이 망각의 내川의
명칭에 다름없다.

만일에 사람의 일생이 지순지성至純至成한 체험의 연면連綿한 계열이 아니
요, 우리들이 현재에 현실적으로 경험하고 있는 것과 같이 그것이 고난과
오욕에 찬, 차라리 기억하고 싶지 않은 지리한 과정에 속한다면, 망각의
내인 이 '레테'는 우리의 현실 생활에 대해서는 그것을 유리하게 지속시키
기 위해서, 더욱 필요한 생명수가 아니면 아니 될 것이다.

그래서 사실 이러한 망각의 물이, 가령 한강 물이 우리 눈앞에 흘러가듯

이 그와 같이 어딘지 이 지상에 흐르고 있다면, 그 물속에 투신할 필요가 없음은 물론이요. 천금을 아끼지 않고 서로 다투어 이 물을 마심으로 하여 전생前生을 곱게 잊고 신생新生을 약속하려 하는 자는 실로 부지기수라 할 것이다.

물론 망각은 기억력의 쇠퇴에서 필연히 유래하는 일종의 정신적 소모 현상으로, 소위 건망증이 치료하기 어려운 난치병에 속하고, 이것을 우리가 윤리적 견지에서 본다 하더라도 망각은 반도덕적, 반양심적인 마비의 결과에 다름없다고 볼 수도 있겠지만, 그러나 인생 문제는 이와 같이 간단히 해결되지 않는다.

우리가 한 번 인생의 중대한 사실에 직면할 때, 시일이 경과하면 자연히 눈물은 마를 것이요, 슬픔은 가버릴 것이요, 혹은 양심의 가책도 그다지 심하지 않을 것이겠지만, 경우에 따라서는 그동안의 고통은 결코 적은 것이 아니다. 이 길고 괴로운 과정의 생략은 사死가 아니면 망각, 이 두 가지의 방법을 통하는 이외에 우리가 도달할 길은 없다.

인생 생활에 있어 망각이 얼마나 중대한 생명력을 갖는가 하는 것은 참으로 큰 슬픔, 큰 죄악, 큰 고민을 가슴에 품어본 사람이 아니면 넉넉히 짐작하지 못할 노릇이로되, 이러한 큰 경험을 가지지 못하는 사람에 있어서도, 어느 정도까지 망각은 모든 사람에게 잠이 필요한 것처럼 항상 새롭게 소생시켜 우리의 낡은 상처를 치유해 주는 것이다.

우리가 만일에 이 망각의 치유력의 보호를 떠나, 모든 것을 기억하지 않을 수 없게 된다면, 적어도 우리의 생활은 지극히 우울한 면모를 띠고 나타날 수밖에 없을 것이니, 잊을 수 없는 불행같이 더 큰 불행이 과연 이 세상에 있을 수 있을까?

여기서 우리가 잊을 수 없는 불행의 가장 처참하고 가장 감동적인 예를 든다면, 우리는 셰익스피어의 비극 '맥베스' 속에 나타난 저 향연의 장면을 들지 않을 수 없을 것이다.

귀신鬼神의 일당에 일석하고 있는 향연의 좌석에서 맥베스가 그에게 살해당한 빵코의 피투성이가 된 망령이 자기의 의자에 앉아있는 것을 보고 놀래어 실신하는 광경이 그것이다.

맥베스 부인 역시 그에 못지않게 이 잊을 수 없는 악마적 고민에 사로잡혀 두 손을 비벼대며 그 위에 묻은 피 - 사실은 있지도 않은 피를 헛되이 없애려고 하는, 저 몽유병 장면도 지극히 심각하다 할 수 있을 것이니, 적어도 이 비극을 보는 사람은 누구든지 망각이 우리의 생활에 얼마나 필요한가를 긍인할 수 있을 것이다.

확실히 어떤 종류인가의 기억 내지 추억은 사람이 앞으로 더 살아가기 위해서는 반드시 말살되지 않으면 안 된다.

잊을 수 없는 데서 오는 절망과 고통은 자고로 많은 문학자들의 묘사의 대상이 되어 생모生母인 줄 모르고 살해하여 복수의 신에게 박해를 입은 '오레스트'를 비롯하여, 자기의 소생을 살해한 죄악을 잊을 수 없었던 톨스토이Lev Nikolayevich Tolstoy의 '어둠의 힘'에 나타난 가련한 러시아의 농인農人에 이르기까지, 그 수는 참으로 매거枚擧 하나하나 들어서 말함하기에도 힘들만큼 많다.

이와 같이 극단의 예는 제외한다 하더라도, 우리의 통상적인 생활에 있어서 인생 자체는 우리의 기억을 말살하도록 강요하는 경우가 얼마든지 있다고 볼 수 있다.

우리가 우리의 생을 좀 더 행복되게 지속시키기 위해서는 반드시 말살되지 않으면 안 될 어떤 종류인가의 추억을 가지고 있는 것은 누구에게나 있을 수 있는 일이기 때문이다.

'어찌할 수 없는 일을 잊는 이는 행복하다'는 것은 요한 슈트라우스Johann Strauss의 평범한 시詩의 한 구절에 속하지만, 아무리 진부하고 무미하다고 하더라도, 이 시가 말하는 충고에 우리들이 생활의 방편 상 언제든지 복종하게 되는 것만은 사실이요, 진리요, 또 필연한 행동이라 할 수밖에 없다.

정신병 환자에 대한 모든 신경병 의사의 중심 과제는 환자의 정신병에 관련되는 추억을 물리치고, 그것을 그의 기억으로부터 완전히 추방하는 데 있다.

우리의 행복 능력이 대부분 잊을 수 있는 능력의 대소여하에 지배됨은 두말할 것이 없으니, 그것은 안면安眠 – 셰익스피어Shakespeare가 맥베스로 하여금 말하게 한 바에 의하면, '저 죄 없는, 마음의 얽힘을 좋도록 정돈해 주는 안면, 그날그날의 생의 적멸寂滅이요, 노고의 목욕이요, 상한 정신의 고약이요, 대자연이 주는 밥상이요, 이렇듯 생명의 중요한 자양물이라고도 할 안면'을 흠씬 즐길 수 있는 사람의 건강한 이유와 조금인들 다를 것이 없다.

이런 점에서 생각하면 기억력의 소모라든가 건망증 같은 것은 별로 한탄할 거리가 못 될지도 모른다. 망각은 실로 그의 좋은 일면, 그의 덕을 가지고 있음으로서다.

원래 쾌활하고 희망에 넘치는 사람이란 한 가지 일만 곱이 끼어서 언제까지나 해대는 사람을 이름이 아니요, 모든 불유쾌한 일은 담박하게 걷어치우고 쉽사리 그런 일을 잊어버릴 수 있는 사람을 말함이다.

그것도 다 천성이니 할 수 없다면 할 수 없지만, 사람은 너무도 잔상스럽게 아무것도 잊지 못하고 살 것은 결코 아니므로, 그 해독은 우리가 상상하기보다도 훨씬 큰 것이다.

테라피스트Therapist들은 서로 만나 인사할 때면, 으레 '우리가 죽는다는 것을 잊지 마오!' 하고 죽음에 대한 망각을 경고한다 하지만, 우리들 속인은 적어도 살아있는 동안만은 우리가 죽어야 할 것을 잊고 싶고 또 잊지 않고서는 안 되겠다는 까닭으로 사死를 잊고 사는 것이 보통이다.

아니다, 참으로 이 사死야말로 우리가 사는 동안 잊는 것의 필연을 가르쳐주는 엄격한 교사教師라 할 수 있을 것이다.

사死가 우리들의 사랑하는 이를 우리에게서 빼앗아갈 때, 그래서 우리들이 그 뒤를 좇아 순사殉死하지 못할 때, 우리들에게 남은 유일한 위안은 실로 망각, 그것밖에 없기 때문이다.

여기 앵속이라든가, 모르핀 같은 마취제의 의료적 가치가 처음 나타나는데, 만일 우리가 우리의 뇌리에 교착하고 있는 집요한 상편想片을, 혹은 제거해 주는 이러한 마약의 힘을 빌지 못한다면 인생 생활의 존립은 오늘날 불가능했을지도 알 수 없다.

이리하여 근심을 쓸어버리는 비箒인 술이, 모든 민족 사이에 높이 평가되는 것은 결코 이유 없음이 아니니, 술은 우리에게 망각의 천부天賦를 베풀어주며, 조장시켜 주며, 또 유지해 주기 때문이다.

술이란 수면제가 우리에게 수면을 가져다주듯이 기억력을 엄청나게 마비시키는 놀랄 만한 힘을 가지고 있으므로, 사분오열된 심장에도 이 진통제가 들어가서 축축이 침윤되면 견딜 수 없이 추악한 기억도 순식간에 세척되어 흔적도 없이 되는 것이다.

이 세상의 위대한 교사인 희랍인들은 술의 이와 같은 작용을 일찍부터 알고 있었던 것이다.

그러므로 저 인간 삼대의 풍로風露를 살아서 겪은 백발장로白髮長老는 트로야Troja, 'Troy'의 라틴어 이름 성이 일조에 함락되자, 열아홉의 아들에 가지加之하여 네 딸들과 함께 사랑하는 왕군王君들마저 잃고 절망에 울고 있는 헤큐바

여왕에게 술을 가득히 부은 주배^{酒杯}를 삼가 봉정하는 이외에 다른 위안의
방법을 알 바 없었던 것이다.

　(1939년 4월 「문장^{文章}」)

화제의 빈곤

대화의 빈곤을 타개하기 위해서는 생활의 여가를 즐기는 사람들과 자리를 같이하여 자기의 일상을 중심으로 화제로 삼을 때 생활철학의 좋은 표현이 될 것이다.

'요새 재미는 좋소?' 하고 묻는 것은, 우리가 아는 사람을 만났을 때, 항상 쓰이는 인사말이다.

그런데 이 인사말에 대해서 '재미라니, 무슨 별 재미있겠소 그저 그렇지요.' 하고 대답하는 것은 불행이지만, 혼자만이 쓰고 있는 말은 아닐 것이다.

'재미 좋소?' 하고 묻는 사람도, 무슨 별다른 변화가 그 사람의 생활 내부에 있을 것을 예상한 끝에 묻는 말이 아니다. '그저 그렇지요' 하고 대답하는 사람 역시 재미가 없으니까 재미가 없다고 정직히 고백함에 불과하지 예의를 표시코자 하는 겸손스러운 마음에서 재미있는 것을 잠시 숨겨 재미없다는 것은 아니다. 적어도 이것은 나 일개인의 경험에 의하면 참으로 엄숙하리만큼 현실적인 생활의 적나라한 토로에 속한다.

우리가 이것을 지나가는 첫인사의 무반성한 예로서 범연히 취급하여 버리면 문제는 이에 그치는 것이겠으나, 만일에 우리가 흔히 교환하는 이 짧은 최초의 대화 속에 우리 민족이 가지고 있는 생활철학의 좋은 표현을 구태여 찾아본다면 어떠할까.

나는 어찌 된 까닭인지 알 수 없으나, 이 평범한 대화 속에는 개인적 생활에 대한 진실한 흥미보다도 불우한 환경에 대한 애달픈 민족적 공감이 고요히 흐르고 있는 것이, 더욱 힘차게 느껴져 견딜 수 없는 까닭이다.

사람이란 어느 정도까지 마음에 없고 생활에 없는, 모든 아름다운 말을 할 수 있는가를 나는 알 수 없는 자이지만, 사람이 무엇인가를 가장 잘 그리고 가장 많이 말할 수 있다면, 그것은 확실히 자기와 자기 생활에 대한 보고를 중심으로 삼는 것이 아니면 안 될 것이라고 생각한다.

이리하여 우리가 생활의 여가를 아는 사람들과 자리를 같이 한 결과, 전술한 인사말로서 타개되는 우리의 회화會話가 어떻게 진행하며, 그 회화의 내용이 과연 무엇인가를 한 번 생각하여 본다면 어떠할까.

사람이 혼자 앉기는 견디기 어려우므로, 우리는 마음 맞는 벗을 구한다. 그와 함께 앉아 우리의 생활에 대하여 의견을 서로 교환코자 할 뿐만 아니라, 미학적 요설에 대한 인간의 요구는 상당히 거센 것이기 때문이다.

우리가 어느 날 친구를 만난다든지, 또는 사교장에 참여한다든지 하고 보면, 생활의 무의미한 내용과 여기서 유래하는 정신의 무기력은 우리의 표현적 의지에 동력을 주지 못하는 결과로부터 너무도 많이 우둔하고 무생명하고 영탄적詠嘆的인 시간이 계속된다.

나는 여기서 모든 종류의 설교는 만복滿腹의 결과에서 오는 것이란 말을 생각지 않을 수 없지만, 무위와 빈곤의 가항可航 운항이 가능은 사교와 회화술의 발달에 가장 부적당한 토양이다.

여러 말 할 것 없이 우리가 현재 가지고 있고 또 그것이나마 가지지 않았다면, 일상의 화제에 대하여 직접으로 반성하는 여유를 갖는다면, 우리는 이와 같이 화제라 할 만한 공통된 화제를 얻지 못하고 일찍이 충분하게 말함이 없었던 사실에 새삼스런 놀라움을 금치 못할 것이다.

나는 화제가 우리들 사이에 전혀 없다는 것이 아니다. 나는 실로 그것으로써 유래하는 바 우리들의 생활 곡선이 너무나 단일하다는 점을 여기서 잠깐 지적할 수 있으면 그만이다.

나는 모든 조선 사람이 조선이라는 특수한 생활환경 속에 속박되어 하등의 변화상을 보이지 못하고 있는 한 개의 가장 큰 생활을 도외시하고, 우리의 흥미와 사상이 집중되는 바, 일상의 화제를 단순히 규정할 수는 도저히 없는 까닭이다.

조선은 이제 하나의 큰 난관에 직면하고 있는 듯 보인다. 그리하여 무엇보다도 이 위급 속에서는 자기 자신의 육체를 건지는 것이 긴급한 일인 듯 보인다. 이러한 가운데서 우리는 과연 무엇에 대해서 장용^{長宂}히 말을 해야 될 것인가.

직업은 어떤 종류의 것이든 간에 우리에게 양식을 제공하는 까닭으로서 귀중한 것이지만, 다행히 우리가 이것을 붙잡을 수 있으면, 우리는 영원히 그의 경멸할 노예다. 그러나 우리가 불행히 이것을 붙잡지 못하면, 붙잡을 때까지 굶을 수밖에 없다.

확실히 그러한 사람의 일임에 틀림없지만, 문학^{文學}을 전공한 친구들이 문학으로서는 먹고 살 수 없는 까닭으로 전문에 어겨진 취직을 하고, 취직하는 그날부터 그만둔다 하는 사람들이, 그 후 십 년이 가까운 오늘날에도 어떠한 영달이 없고 승진이 없는 그 자리에서 쾌쾌불락^{快快不樂} 시원스럽게 즐겁하고 있는 것을 나는 잘 알고 있다.

그리하여 우리가 간혹 만나는 좋은 기회에 서로 하는 말은 무엇이냐 하면, 사람이 먹고산다는 것은 얼마나 어려운 일이냐 하는, 오직 한 가지 화제에 그친다. (1938년 7월)

범생기凡生記

일본에서 대학을 졸업하고 일 년을 집에서 노는 것이 억울하여 단 한 번 이력서를 낸 곳이 성균관대학 도서관 사서직이었다. 좀 더 공부를 해볼 작정으로 들어간 것이 십여 년이 지났다.

이력서란 원래 비밀에 속하는 것이라, 방문을 닫고 사람을 피해서 약간 흥분된 마음을 가지고, 모필로 묵흔이 선명하게 쓴 후 떨리는 손으로 남모르게 취직 처에 삼가 바쳐야 할 성질의 물건이다.

「조광지朝光誌」는 무슨 심담心膽을 가지고, 나에게 이력서를 청해서 천하에 공개하려는 것인지, 그것은 좋은 곳에 취직을 시켜줄 작정인가, 혹은, 단순히 독자의 호기심을 낚을 작정인가는 요량하기 어렵되, 여하간 요구에 응하기로 한, 나의 이력서curriculum vitae는 극히 평범하여 일독一讀 가치도 없을 것을, 나는 유감으로 생각한다.

나의 현세적 우울은 1903년 8월 24일로 시작된다. 본고향은 경상도 안동이었지만, 나는 멀리 떨어져 전남 목포木浦에서 생을 박았으니, 선친은 당시 그곳 감리서監理署의 관리였기 때문이다. 나와서 보니 나는 제이차 산물로 이미 두 살 위의 형이 있었다.

아버지는 한학자로 상당히 고명하였고, 어머니는 여가만 있으면 유원산록儒遠山麓을 파는 습관이 있었다. 우리 집이 바로 그 산 밑에 있었기 때문이다.

우리들 형제가 간간이 아버지 손에 잡혀 감리서에 가게 되면 어여쁜 일본 부인이 우리를 환대해 주는 것도 큰 재미였지만, 우리 이웃집에는 더 마음에 끌리는 아름다운 부인이 있었으니, 우리 형제는 그 집에서 거의 살다시피 하였다.

유치원에서는 아무것도 배운 것은 없으나 우리는 이 부인께서 흡연하는 것을 봐왔다. 나는 그때 일곱 살이요, 형은 아홉 살이었다.

바로 애연가愛煙家가 된 이 해에 우리는 배를 타고 제주도로 건너가, 다시 가마와 말을 타고 정의旌義에서 내렸으니, 아버지가 이곳으로 부임하게 되었기 때문이다. 때마침, 나는 학령學齡이었으므로 이곳 보통학교를 다니게 되었다.

동백꽃 피고, 귤이 열리며, 소와 말과 처녀와 어물이 흔한 이 땅의 목가적 공기는 오늘까지 잊을 수 없다.

내가 열한 살이 되던 해, 즉 보통학교를 졸업하려던 해에 아버지는 다시 나주羅州로 전근되었던 것이니, 제주에서는 사랑하는 누이동생을 지하에 묻는 대신 남동생을 다시 얻었다.

나주에서 나는 의미 없는 세월을 세 해나 보냈던 것이니, 나이가 어려서 고보高普 입학 자격이 없었기 때문이다.

열네 살에 상경하여 양정 고보養正高普에 들어가 1916년에 별로 실력도 갖추지 못하고 엉터리로 학교를 졸업했다. 보통학교에서나 양정에서나 공부는 하지 않았지만, 성적은 비교적 좋은 편이었다.

특히 나로서는 이상한 일로 주판이 내 득의得意의 과목이었다. 나를 아는 사람들은 거짓말이라 하지만, 아직까지도 이 주판만은 자신이 있다.

부모 말씀대로 돈 없는 집안에 태어났는지라, 그만 공부는 치우고 다른 짓을 했더라면 만사가 편했을 것을, 공연히 고집을 세워 무리하게 동경東京 재학생이 되었던 것이다.

양정 고보를 마친 이듬해 9월에 도일渡日하자, 법정대학 전문부 법과에 보결 입학한 것까지는 그래도 좋았으나, 어쩐지 법률이 딱딱해서 염증이 없지도 않던 차에, 어느 친구가 동 대학 예과豫科로 같이 들어가기를 종용함에 못 이겨 법대 일 년을 수업한 끝에 예과로 전과轉科하고 말았다.

예과를 마치고 공부를 좀 해보겠다고 독문학과를 택하고 말았으니, 물론 책권이나 읽자면 독일어도 알아두는 것이 필요했겠지만, 그것의 사회적 효용 가치效用價値를 생각할 만한 실제적 두뇌가 없었으니, 드디어 나는 변호사도 영어 교사도 중간에 놓치고 만 셈이다.

스물다섯에 대학을 졸업하고 일 년을 집에서 놀며 생각하니 대단히 억울하여 이력서를 단 한 번 써서 낸 곳이 성대成大 도서관인데 불행히도 채용되고 말았다. 공부나 해볼 작정으로 얼른 들어간 것이 함정이 될 줄은 몰랐다. 공부 안 되는 사실을 들어간 첫날에 깨닫고, 그날부터 그만둔다는 것이 어언간 십여 년이 지나도 내버리지 못하고 있다.

독문학獨文學 전공자로서 나를 평하지 말고, 누가 나의 다른 재주를 인정해 줄 사람은 없을까.

독일어 이외에 나는 주판도 잘 놓고 또 물론 특기할 만한 사실은 없다 해도 보통 사람에게 떨어지지 않을 정도면, 다른 재주도 충분히 있다고 나 스스로 생각하니까 말이다.

(1935년 9월 「조광朝光」)

내가 꾸미는 여인

나는 멋을 존경하는 여인을 사랑하
고 옆에 낀 한 권의 책이 문화를 말하
고 고상한 언어의 뉘앙스를 이해하
고, 인생과 예술에 대한 일가견을 갖
고 있으면 말할 수 없이 좋습니다.

이런 여인女人, 저런 여인, 다들 그 여인만이 가질 수 있는 고유한 아름다
운 세계를 가졌으매, 특히 이상理想의 여인을 꾸미라는 주문은 쉬운 듯
하나 결코 쉽지가 않소.

설사 그런 여인을 꾸며내기에 완전히 성공했다 하더라도 그런 여인을
그린 나에게 실물實物을 구해다 줄 리도 없는 일, 이것은 좀 사람을 골리는
수작이라 생각하오.

그런 줄 뻔히 알면서도 한 남자로서 아름다운 일언一言 한마디 말을 물리칠
수도 없는 처지라, 잠시 공상해 보았더니, 역시 그렇소. 꼭 그 여인이라야
만 된다는 주장은 나와는 그 거리가 퍽 먼 듯하오.

가령 말하자면, 키가 후리후리한 여인은 후리후리한 까닭으로 좋고,
오동통한 여인은 오동통한 까닭으로 좋으며, 또는 아무 굴탁屈托 눌림없이
항상 웃음 짓는 여인의 쾌활이, 우리의 마음에서 음지를 없애주는 까닭으
로 동감이라 해서, 우리는 결코 우울한 여인이 끌고 가는 사념의 미궁에
함락됨을 싫어하지 않는 까닭이요.

때로는 거만한 여자, 조폭^{粗暴}한 여자가 우리를 경탄시킬 수 있는 것이오. 그러나 뭐라 해도 내적 외적으로 전아^{典雅 사물에 맞는 모습}한 자유로운 여자를 만날 때, 일점천광 ^{點天光 한줄기 하늘의 빛}을 앙견^{仰見}하는 듯한 느낌을 받습니다.

여인의 머리털이 검고 고와야 할 것은 물론이지만, 혹은 한 잔의 차를 붓고, 혹은 아이의 손을 쥐고 가는 섬섬옥수는 마치 소매 끝에 앉은 백접^{白蝶} ^{흰나비}같이 우리를 감동시키기에 충분하며, 굽 높은 구두 속에 어쩌면, 그렇게 곱게도 담겼는지 알 수 없는 조그마한 불안스러움, 좌우로 흔들리는 두 발이 우리 눈앞을 미끄러져 갈 때, 우리의 사상^{思想}도 그 뒤를 밟아 아름다웁게 활주하는 것이오.

또 나는 '멋'을 존경하는 여인을 사랑하오. 그것은 내가 우리의 태양이어야 할 여성의 당연한 수단이라 생각하는 까닭이오.

그의 의상^{衣裳}이 그의 취미를 말하는 외에, 또한 한 권의 옆에 낀 책이 그의 문화를 말하면 더욱 좋을 것이오.

고상한 언어의 뉘앙스를 이해하고 인생과 예술에 대한 일가견이 있으면, 더욱 말할 수 없이 좋을 것이다.

이것이 다 여인의 아름다운 특질이며, 소질이며, 또 재능이겠지요. 여인은 키네마 여왕같이 성장할 필요가 조금도 없고, 또 '트레센토'가 예술사적으로 무엇을 의미하며, '시세로^{cicero 로마의 정치가, 철학자}'가 그의 시대에서 무슨 역할을 했는가를 알 필요가 없는 것이겠지요.

학식의 풍부를 바라지 않고 가사의 능함을 구하지 않소. 자태의 우미^{優美}를 또한 나는 취하지 않소.

참으로 나의 이상을 담아야 할 여인에 있어서 백 배나 천 배의 중요성을 갖는 물건이 뭐냐 하면, 그것은 퍽 간단한 사실이오.

그러나 퍽은 어려운 능력에 속한다고 보오. 즉 이 여인은 얼마나 사랑할 줄 아느냐 하는 문제가 그것이오.

해가 철마다 달마다 항상 새롭듯이 과연, 나의 여인은 그렇게 새로워질 재주를 가졌는가.

언젠가 나의 여인은 항상 따뜻한 마음을 가지고, 항상 신비로운 비밀을 가지고 그녀의 마음, 그녀의 비밀이 요구될 때는, 언제든지 이것을 물리침이 없이 발동할 수 있는 그러한 오묘한 모터^{motor} 전동기를 자기 자신 속에 가지고 있는가 없는가 하는 문제가 실로 그것이오.

(1931년 1월 「조광朝光」)

모송론母頌論

이 세상에서 생의 고향이라고 찾을
곳이 있다면 생명을 이어준 어머니
가 참된 향토이다. 또한 어머니는 삶
의 피난처이며, 인생의 동반자이다.

사람이면, 모두 그가 이 세상에 나오게 된 것을, 누구에게 감사할 이유
는 물론 없을 것입니다. 사람이란 다른 사람이 뿌린 씨를 자기 스스로
거두지 않으면 안 되는 괴로운 운명을 슬퍼하기도 하는 까닭입니다.

자기의 뜻에는 없는 일이지만, 그러나 이왕 사람이 이 세상에 나온 바에
야 구태여 무엇을 슬퍼하오. 될수록이면 기쁨을 찾음보다 현명한 방도가
아닐까요?

인생이 불행한 가운데 있다 하더라도, 모든 사람이 어머니를 가질 수
있다는 점만은 행복한 일입니다.

이 세상에 생을 받은 오인吾人의 찬송은 무엇보다도 첫째, 우리들의 어머
니 위에 지향하지 않으면 안 될 것입니다.

어려서 이미 어머니를 잃고 클수록 커지는 동경의 마음을 채울 수 없는
아들의 신세를 이 세상에서 다시 볼 수 없는 것이 큰 불행이라면, 어려서는
어머니의 품안에 안기고, 커서는 어머니의 덕을 받들어 모자母子가 한 가지
로 늙는 사람의 팔자라면, 이 세상에서는 다시 구할 수 없는 큰 행복일

것입니다.

아니지요, 이러한 구구한 경우를 떠나서도 모든 사람이 어머니의 뱃속에서 나왔다는 단순한 사실, 그것은 이미 한없는 행복스러운 일입니다.

생각만이라도 해보십시오. 만일에 어머니라고 하는 이 아름답고 친절한 종족이 없다면, 대체 이 세상은 어떻게 되어갈까요?

이 괴로운 세상을 찬란하게 장식하고 있는 모든 감정, 말하자면 저 망아적忘我的 애정, 저 심각한 자비, 저 최대한의 동정, 끝없이 긴밀한 연민, 저 절대한 관념, 모든 것은 이곳에서 사라져 버리고야 말 터이지요.

그리하여 이 세상이 돌연히 한없이 어두워지고 우울해지고, 고달파질 터이지요. 참으로 어머니와 아들의 결합과 같이 힘차며, 순수하며, 또 신비로운 결합은 어떠한 인간관계 속에서도 찾아낼 수 없습니다.

이 세상에서 우리가 고향이라고 부를 만한 것이 있다면, 새로 생긴 자에 대해, 그에게 영양을 제공하고, 그에게 생명을 부여하는 어머니야말로 참된 향토鄕土가 아닐까요?

어린아이뿐만 아니라 성장하여 가는 아동에 있어서도 어머니는 영원히 그들의 괴로워할 때의 좋은 피난소이며, 그들의 즐거워할 때의 좋은 동반자입니다.

이런 아이가 어찌할 바를 모를 때, 그는 반드시 어머니를 향해 웁니다. 아프고 괴로워 위안이 필요할 때, 그는 바삐 어머니의 무릎 위로 기어갑니다. 어머니에 대한 그의 신뢰는 참으로 한이 없습니다. 어머니에게는 도움이 있을 것을, 어머니에게는 귀의심歸依心이 있고 이해력이 있는 것을, 그는 알고 있는 까닭입니다.

사실에 있어서 어머니의 손이 한 번 가기만 하면, 모든 장애물은 가볍게 무너지고, 모든 것은 좋게 되는 것입니다. 또한 성인 어머니에게 대한 신빙성이 이에 못할 수 없겠지요.

어머니가 생존하여 계시는 동안 우리는 고요히 웃는 마음의 고향을 가지는 것입니다. 우리는 결코 외로울 수 없으며, 우리는 결코 어둠속에서 살 수 없습니다.

참으로 어머니는 저 하늘에 빛나는 맑은 별과 같이 순수합니다. 그것이 무엇이 이상할 것이 있겠습니까? 아무것도 이상할 것이 없습니다.

왜 그러냐 하면, 우리는 어머니의 피로부터, 어머니 정신으로부터, 어머니의 진통으로부터 나온 까닭이올시다. 어머니는 우리의 뿌리인 것입니다. 어머니는 인간의 참된 조국인 것입니다.

어린아이는 어머니에게서 말하는 것을 배웁니다. 우리는 자기 나라 말을 가르치고 모어母語라 부르는 것은 이 점에 있어서 결코 우연한 일이 아닙니다. 아이는 어머니에게서 도덕과 지식 일반의 최초의 개념, 저 재미있는 옛날이야기, 지극히 자극적인 노래와 유희를 처음 배우는 것입니다.

사람과 사람의 결합에 있어서 어머니와 아들 사이와 같이 그렇게도 긴밀한 사이를 가지고 있는 인간적 결합은 실로 어느 곳에서도 발견되지 않습니다. 한편 자식은 여기 있어서 곧 아버지의 엄연한 존재를 생각할 터이지요.

그러나 아버지는 집 안에 앉아 계시기보다는 집 밖에 많이 나가 계십니다. 아버지라는 이들은 흔히 어머니 가까이 있지만, 한 가지로 아이를 애무하기에는 너무나 바쁜 몸입니다.

그는 가정 밖의 직업을 가지고 있고, 또 밖에 나가서 사업을 하지 않으면 안 되는 까닭입니다. 그러므로 아버지는 아이에게 대해 사랑할 인물이라기보다는 차라리 존경할 인물이 되는 것입니다.

아무리 친절한 아버지라도 아이들은 거의 예민한 식별력을 가지고 아버지를 어머니같이 만만하게 보지 못하는 것입니다.

그것은 말하자면, 어머니가 '친밀의 원리'를 가지고 항상 아이들을 양육하는 입장에 서있는 데 대해서, 아버지는 '엄격한 원리'에 사는 하나의 교훈적 존재인 까닭이겠지요.

커서는 아이가 사랑하는 어머니와 떨어져 자기의 길을 자기 홀로 걸어가려 하자, 세상의 모든 어머니는 이때 퍽이나 괴로운 시간을 체험하지 않을 수 없습니다.

아이의 디디는 발은 처음엔 위태스러워 보이고, 무색無色한 듯 보이지만, 나중에는 확고한 의식을 가지고 일정한 목적을 향하여 용감하게 걸어가는 것입니다.

그러나 어머니의 눈에는 언제든지 아들이란 아이가 이제는 어머니를 필요로 하지 않을 뿐만 아니라, 어떤 경우에는 무용의 장물長物로서까지 여김을 받을 때, 즉 이제까지는 말하자면 어머니의 일부분이던 아이가 나중에는 어머니와 완전히 떨어져 자기 혼자서 생활을 꾀할 때, 어머니로서 근심과 슬픔은 비할 곳 없이 크다 아니할 수 없습니다.

더욱이 나이 젊은 아들이 택할 길과 어머니가 그네들의 사랑하는 아들을 위하여 꿈꾸고 있는 길이 전혀 다를 때, 어머니의 실망이 일세에 커져 갈 것은 두말할 것도 없습니다.

여기 모자母子 간에 서로 다리를 걸 수 없는 한 가지 큰 분열은 생기고 마는 것입니다. 여기서 사랑하는 어머니와 사랑하는 아들 사이에 피할 수 없는 하나의 두터운 소원疏遠이 일어나는 경우도 이 넓은 세상에는 드물지 않은 것입니다.

물론 모두가 아들을 진정으로 사랑하는 마음으로부터이겠지요. 어머니는 자기와 자기 견해에 아들을 복종시키려고 만반의 대책을 강구하여 봅니다. 그러나 대개 이 방법은 수포로 돌아가고 마는 것입니다.

이때 어머니는 고적함을 느끼고, 냉대를 느끼고, 모욕을 느낄 터이지요. 왜 그러냐 하면, 원래 성장 시기에 있는 아이들이란 은덕을 알지 못하는 까닭입니다. 그들은 자기네의 길만 이기적으로 걸어가는 것입니다.

그러나 우리는 이러한 그 말의 이기주의를 어찌 나쁘다고만 할 수 있겠습니까? 참으로 이기주의는 모든 새로운 시대가 자기 자신의 독특한 이상을 가지는 데 유쾌하여 있는 까닭이올시다.

즉 하나의 새로운 시대에 속하고 있는 이 젊은이들은 청년의 의기를 가지고 그들 자신의 이상을 실시하려 함에 문제는 그치는 것입니다.

시대가 다를 때마다 싸움은 새로운 것입니다. 그리하여 아들은 어머니의 영향을 철두철미 물리치고, 드디어 이로부터 벗어나려고 애를 쓰는 것입니다.

어머니의 인격이 강하면 강할수록 아들의 반항은 크고 아들의 태도는 적의를 품은 듯이 보이는 것입니다. 어려서는 어머니의 치마를 밟는 것이지마는, 커서는 어머니의 가슴속을 박차는 것입니다.

이것은 확실히 현명한 아들들의 큰 비애임에 틀림없습니다만, 애정과 정의와는 스스로 별자別子 서자庶子인 것을 사람은 인정하여야 되겠지요.

그러나 나는 아들의 발에 얼마나 많이 짓밟힌 어머니도, 어머니는 결코 그네들의 아들을 버리지 않습니다. 이 세상에는 참으로 이른바 인생의 황야를 잘못 방황하고 있는 많은 무리가 있습니다.

어떤 자는 악한이 될 수도 있습니다. 어떤 자는 도적이 될 수도 있습니다. 어떠한 자는 모반자謀反者가 될 수도 있습니다. 어떤 자는 범인이 되고, 살인자가 될 수도 있겠지요.

이때 이렇게까지 된 아들에 대한 어머니 심중은 어떻겠습니까? 최후의

한 사람까지 이 범죄자를 용서하려 하여 주지 않을 때라도 어머니만은 그를 용서하여 주는 것입니다. 모든 사람이 이 타락자에 대해 넘칠 듯한 증오와 기피의 정을 보낼 때에도 어머니의 사랑만은 부동입니다.

어머니는 오직 아들의 심사를 이해하려 할 따름입니다. 참으로 어머니의 마음이 이같이 감동적인, 이같이도 숭배에 값할 것은 없겠지요. 참으로 어머니의 마음이 이같이도 움직일 수 없는 암석연^{巖石然}한 물건도 이 세상에는 없겠지요.

모든 사람의 마음속 깊이에는 설사 그가 퍽은 흉맹^{凶猛}한 자라 할지라도 어머니에 대한 신앙만은 끊어짐이 없이 존속되어 있습니다. 저 어머니의 사랑에 대한 신앙, 저 어머니의 끝도 없는 연민에 대한 불여불굴의 신앙 말입니다.

보십시오. 가령 교살 대상의 사형수는 그의 목 위로 도끼가 떨어지기 직전에 과연, 누구를 찾아 부르짖습디까? 물론 그것은 어머니입니다. 보십시오. 가령 전차에 치어 죽어 자빠지는 청년은 구원을 비는 최후의 비장한 규환을 누구에게 향하여 발하는 것입니까? 그것은 어머니올시다.

최후의 고민과 최후의 절망에 있어서 사람은 될수록 그들의 낯을 어머니에 향해 돌리려 합니다. 그들이 어렸을 때에 하던 그 모습으로 말이지요. 어떠한 다른 수단으로서 구제할 수 없는 경우일지라도 어머니는 신성^{神性}의 자격을 가지고, 오히려 아들의 최후를 건지는 경우가 있는 까닭이올시다.

운명의 손에 이미 버림을 받은 몸이지만, 아들에 대한 무한 애의 전능적 역한^{力限} 힘에 의하여 아들의 천명^{天命}을 다시 한번 연장시킬 수도 없지 않은 것입니다.

어머니의 타오르는 심장의 불꽃이 운명의 매를 막을 수 없을 때엔, 모든 희망은 끝난 것입니다. 결국 최후의 공포는 슬픔에 찬 밤에 싸여 오고야 맙니다.

　세상의 많은 어머니시여!

　당신네들은 이미 우리가 당신네들로부터 멀리 떨어져 버린 줄 알고 계시겠지요만, 우리들 마음속 깊이, 아직도 말살할 수 없는 세력을 가지고 당신에게 얽혀있습니다.

　이 세상의 모든 여성은 그들의 어머니가 될 수 있는 점에 있어서 참으로 신성한 존재입니다.

　(1930년 「여성女性」)

주부송主婦頌

주방의 수호자인 단정한 주부가 정성으로 차린 한 잔의 따뜻한 차, 몇 잔의 향기로운 술, 한 상의 음식은 우리들의 고달프고 힘든 생활을 위로해 주는 원동력이 된다.

한마디 말로 주부라고 해도, 우리는 여러 가지 종류의 형체를 꾸민, 말하자면 다모다채多貌多彩한 여인상을 안전에 방불시킬 수 있을 것이다.

이 주부라는 말이 가진 음향으로서 우리가 연상하기 쉬운 것은 뭐라 해도 백설같이 흰 행주치마를 가는 허리에 맵시도 좋게 두른 여자가 아닐까 한다.

그러한 자태의 주부가 대청마루 위를 사뿐사뿐 걷는다든가, 또는 길에서도 찬거리를 사들고 가는 것을 보게 될 때, 우리는 실로 행주치마를 입은 건전한 주부의 생활미를 찬탄하며 사랑하며 또 존경하는 자다.

'먹는 바, 그것이 사람이다.' 하고 일찍이 갈파한 사람은 철학자 루드비히 안드레아스 포이에르바하Ludwig Andreas Feuerbach였다.

영양이 인간의 정력과 품위를 결정하는 표준이 된다는 사실은, 우리들 생활인이 일상적으로 경험하는 일에 속하거니와, 우리들이 음식을 요리하는 주부의 청결한 손에 의존하고 있는 정도는 참으로 크다고 아니할 수 없다. 말하자면 주부는 그 민족의 체력을 담당하는 중요한 지위에 있기 때문이다.

따라서 한 민족의 체력을 담당하고 있는 주부 각자가 만일 도마질에 능숙하지 못하고 좋지 못한 솜씨를 가질 때, 그것은 한 가정의 우울에 그칠 문제가 아닐 것이며, 국가의 영고榮枯에까지 관한 문제가 될 것이 자명하다.

그리하여 우리는 영양 불량이 초래하는 각종 질환과 악결과를 일일이 지적할 필요는 없을 것이다. 사람은 우선 먹어야 되고, 또 우리가 먹는다는 것은 결코 헛된 일이 아니므로 싱겁고 무미한 밥상을 제공하는 주부는 여자로서의 제일 조건을 상실한 것이라 말하지 않을 수 없다.

같은 재료의 음식도 주무르는 사람의 손에 의하여 그 맛은 좋아지기도 하고 나빠지기도 하는 것은 우리들이 다 잘 아는 사실이다. 주부학主婦學의 제일과가 영양과 요리법에서 시작되는 것임을 적어도 여자는 알아두어야 할 것이다.

영양은 반드시 좋고 비싼 재료에서만 구해지는 것이 아니다. 건강한 신체를 가진 이상 맛있게 먹기만 하면 되는 것이므로, 그 '맛'을 주부는 연구한다는 자세가 필요하며, 전래傳來의 요리법에 부단히 신선한 변화와 생채生彩를 가하도록 명심하고 노력하는 주부야말로 참된 주부라 할 것이다.

우리들 생활인이 진심으로 칭송하고자 하는 주부는 국민경제의 무엇을 이해하고자 자기가 사들이는 외국 상품이 얼마 되지는 않는다 하더라도 그것이 쌓이고 쌓일 때, 국가 경제에 지대한 영향을 끼칠 것을 참작하는 주부가 아니 됨은 물론이다.

'우리나라 요리는 언제나 같다'는 비난을 가끔 듣고 있거니와, 만일에 조선의 요리가 조금도 진보를 보이고 있지 않다면 그 대부분의 책임은 두말할 것도 없이 주부들에게 돌아가고 말 것이다. 그러나 간단히 말한다면, 우리는 일을 하기 위해 먹어야 될 시장한 사람에게 맛있는 음식을 제공하는 주부의 아름다운 의무를 극구 찬양하는 자다.

이상으로서 우리는 민족의 체력을 담당한 주부의 일면을 보아왔거니와, 다음으로 우리는 먼지를 터는 주부, 바느질하고 걸레질을 하는 주부의 의무를 생각해 보고자 한다.

주부는 실로 가족과 가정의 위생에 대한 전 책임을 맡고 있기 때문이다. 이것은 참으로 진부하다면 진부한 말이라 할 수도 있겠으나, 사람이 깨끗이 정한 장소에서 살 수 있다는 것은 작은 기쁨이 아니다.

주부가 만일 위생 관념이 없어서 제2의 아름다운 의무를 등한시한다면, 우리는 곰팡이와 물것과 세균이 제멋대로 번성하는 음울하고 난잡한 주택 속에서 불결한 공기를 호흡하고 살 수밖에 없을 것이다.

불결이 모든 질병의 원인이 됨을 오늘날 설명할 필요는 없으려니와, 이것이 사상과 도의의 오탁汚濁을 초래하는 계기가 되는 점을 생각할 때, 우리는 위생의 수호자로서 주부의 중대한 사명을 재인식하지 않을 수 없다.

쓸고 닦기 뒷설거지 등은 무릇 천업賤業이요, 누구나 하려면 할 수 있는 일인지도 모른다.

그러나 일상적으로 성의 있는 청소는 주부라야 능히 할 수 있는 것이니 비질 한 가지에도 충분히 그곳 사람의 온 심성으로 추악한 것, 병적인 것에 대한 치열한 투지가 맥동하고 있는 것이니, 그러므로 주부가 일보를 진하여 위생의 약제학, 예방의학, 가정 의학 등의 지식까지도 알고 있지 않으면 안 된다.

우리는 소위 백의의 민족이요, 특히 부인들의 정백한 의복은 언제나 외국인의 주목을 끌고 있거니와, 주택 내외의 청소도 그처럼 완전한가는 누구나 수긍하기 어려울 것이다.

일찍이 독일의 화학자 유스터 본 리비히Justus Freiherr von Liebig는 '그 민족의 위생 상태는 비누의 연간 소비량에 의하여 측정될 수 있다.'고 말하였다. 확실히 우리 겨레만큼 세탁에 분망한 민족은 세계에 그 유례가 없을 것이다.

그러한 그 수일秀逸한 결벽성이 주부의 손을 통하여 모든 면에 있어서 실천되기를 심원한다.

여자의 생명은 아름다운 얼굴에 있기보다 깨끗함을 사랑하는 그 마음에 있다. 빨래를 하는 표모漂母, 비질하는 청소녀, 그것은 얼마나 아름다운 한 폭의 청신한 생활화인가!

영양의 여왕이요, 위생의 수호자로서 제3의 주부의 천직은 두말할 것 없이 손에 바느질을 들고 혹은 재봉틀 앞에 좌정한다는 것이니, 의복에 대한 책임 또한 주부의 소관에 속하는 것이다.

옛날에 주부는 베틀을 돌려 실을 잣아 내며 길쌈하기에 자못 분망하였다. 다행히 오늘의 기계문명은 주부에게 이 크나큰 업무를 하지 않아도 좋도록 하여 주었다.

그리하여 남자는 대개 양복을 입고, 아이들까지도 기성복을 사서 입으면 되는 생활을 현재는 하고 있는 까닭으로 의생활衣生活에 있어서의 주부의 임무는 적지 아니 경감된 것이 사실이다. 그렇다고 해도 의복의 수호자로서의 책임은, 결국 영원히 주부에게 남아있을 것이다.

즉 떨어진 옷을 꿰매고, 헌 옷을 줄이기도 하며, 기우기도 하며, 철이면 철따라 장만해둔 옷가지를 내놓고 넣고 하는 일이 주부에게는 남아있는 것이다.

'의복이 사람을 만든다.'는 저 유명한 말속에 나타난 사회심리학적 의식을 적어도 주부는 일시라도 망각함 없이 가족 전원의 이상적 형식미에 항상 유의하는 바가 있지 않으면 안 된다.

그렇다고 해서 호사를 권하는 말로 해석해서는 안 되며, 누덕누덕 기운 꿰매진 헌 옷가지 하나에서도 아이들이 그것을 보는 눈이 정경하기만 하면, 우리는 그 어머니의 정성과 애정과 결백과 절제와 고심과 검소, 이 모든 고덕固德을 그곳에서 넉넉히 느낄 수 있다.

가령 누구나 금전으로 살 수 있는 새 비단 양말보다는 바늘로 겹겹이 수놓은 면양말의 뒤꿈치에서, 우리는 진심으로 그 주인의 행복과 아울러 경건한 생활감을 만끽할 수 있는 까닭이며, 다름 아니라 그것이 곧 생활인이 사랑하는 참되고 존절拵節한 생활이기 때문이다.

헌 옷이 있어야 새 옷이 있다는 말뜻을 모르며, 꿰매고 깁기에 태만한 여자는 옳은 주부라고는 할 수 없으리니, 그러므로 응당 바느질실을 든 주부의 손 위에는 전 민족의 감사에 넘치는 접문接吻 입맞춤이 비같이 쏟아져야 될 것이다.

나날이 닥치는 생활고를 그들을 위하여 사랑과 웃음으로 가볍게 극복하고 씩씩하게, 건전하게, 그리고 행복하게 살아가는 주부의 강인한 생활력보다 더욱 신성한 것이 과연 이 세상에 다시 있을까.

우리들 생활인의 아름다운 반려요, 생활인의 충실한 수호자인 주부를 한없이 예찬하려 한다.

사람을 찾아 그 가정에 척 들어서게 되었을 때, 그 집의 여주인공을 보지 않고도 우리를 일시에 포위하는 명랑한 광선과 유쾌한 공기, 그 명암과 농도에 의하여 우리는 곧 그 집을 다스리는 주부의 사람됨을 감촉할 수 있는 것이다.

집안에 놓인 세간의 배치 한 가지에도 주장되는 주부의 신경과 마음과 배려가 얼마나 세밀하며 또 조잡함을 능히 간파할 수 있기 때문이다.

놓일 자리에 놓인 푹신한 안락의자, 적당하게 광선을 조절하여 기분 좋게 드리워진 시원하고 깨끗한 커튼, 창가에 얹은 화병 속의 청초한 꽃송이 - 눈에 띄는 한 가지 한 가지가 다 우리를 가벼운 행복감에 취하게 하는 것이 가정이다.

원래 가정은 그 가정 자체 - 남편과 여자를 위해 있는 것이어서는 아니 될 것이요, 그곳에 연결되는 모든 사람들과 공동생활을 위해 응당 있어야 될 영혼의 고요하고 아늑한 고향이기 때문이다.

그러므로 우리는 공동생활에서 없지 못할 사교의 중심점이 되고, 또 되어야 하는 자기의 자랑스러운 의무를 인식하고 이행하는 주부를 진심으로 존경한다.

사실상 한 주부의 변함없이 친절하고 우아한 접대가 주위에 있는 많은 사람들에게 주는 희망과 신념과 감동과 만족과 영향은 의외로 큰 것이며, 소위 '성화聖火'를 간직하는 주방의 수호자인 아름다운 주부가 정성으로 제공하는 한 잔의 따뜻한 차, 몇 잔의 향기로운 술, 한 상의 음식은 참으로 우리와 우리들의 고달프고 괴로운 생활을 얼마나 위로해주며 즐겁게 하여 주는지 알 수 없는 일이다.

거듭 말하거니와, 우리들 생활인은 우선 행주치마를 허리에 두른 믿음직스럽고 건강한 주부의 생활미를 한없이 찬탄하며 사랑하며 또 존경하는 바이니, 여자의 첫째 자격은 다름 아니라, 그가 입은 행주치마에서 시작되는 까닭이다.

이제 우리는 신생 대한大韓, 새 나라의 새살림을 맡은 주부들의 사명은 참으로 얼마나 거룩한가!

체루송涕淚頌
눈물에 대한 향수

눈물을 가지고 있는 사람은 행복하다. 눈물은 감동의 아름다운 산물이기 때문이다. 눈물이 없다는 것은 마음이 없다는 것을 의미한다.

사람이 차라리 이렇게 살기보다는 한 개의 큰 비극이 몸소 되어버렸으면 하고 생각하리만큼, 그 생활이 평범하다는 것은 참으로 슬픈 일이다.

하루하루 경영하는 생활이 판에 박은 듯 똑같고 단조롭고 무미건조해서 기복이 없는, 동시에 변화가 없고 충격이 없음과 같이 비약이 없는 탓일까.

차차로 모든 인상에 대해 반응하지 않는 자기를 발견할 때, 새삼 철석鐵石같이도 무감동하게 된 현재의 상태에 공포를 느끼는 일이 있다.

더러 고요한 밤이면 확실히, 이것은 통곡해야 할 일이라 생각하기도 한다.

그러나 그것 역시 생각뿐이오, 물론 고까짓 것에 흘릴 눈물은 이미 남아 있지 않다.

그렇다고 해서 사십이 가까운 남자의 체면을 가지고 내가 할 수 있으나, 웃어야 할 자리에 웃지 않고, 놀라야 할 때 놀라지 않으며, 슬퍼해야 할 자리에 슬퍼하지 않고, 노怒해야 할 때 노하지 않고 보니, 나도 어느새 대체 이런 고골枯骨로 화해버렸다는 생각이다.

너무나 허무적인 내 정신상태가 하도 딱해서, 일찍이는 잘도 솟아나는 눈물의 샘이 어디로 갔나 하고 철없는 향수를 잠시 품어도 보는 것에 불과하다.

눈물은 아동과 부녀자의 전속물이오, 남아대장부의 호상^{好尙}할 바 아니라고 독자 제씨는 말하리라. 물론 나는 이 세간의 지혜를 승인한다. 사실에 있어 어른의 눈물을 보기란 극히 어렵다.

그러나 내가 여기서 눈물을 말함은, 오로지 육체적 산물로서의 체루^{涕淚}뿐만이 아니요, 감동의 좋은 표현으로서의 정신적 체루까지를 포함함은 두말할 것이 없다.

제군인들 어찌 마음껏 울고자 하되 울지 못하는 엄숙한 순간이 없었겠으랴. 우는 것이 원래 풍습이 아니요, 넓은 가슴에서 솟아나는 눈물이기에 그 광경은 심히 장엄하기도 한 것이다.

세상에서는 걸핏하면 말하기는 안가^{安價}의 감상, 안가한 눈물이지만, 세상에 눈물이 흔하다 함은 웬말이뇨. 성인이 된 지 오래인, 우리에게 눈물은 극히 드물게 밖에는 솟아 나오지 않거늘, 실로 눈물은 드물게 밖에는 솟아 나오지 않는다.

그러므로 독자여!

제군의 두 눈에 만일 이 드물게 밖에는 아니 나타나는 주옥이 고이거든 그대로 놓아두어라.

눈에 눈물을 가지지 않는 것이 철혈남아^{鐵血男兒} 무쇠 같은 남자의 본의일지는 모르되, 그러나 그 반면에 그가 눈물을 가지지 못하는 점에 있어서는, 그가 인간 이하 됨을 면키 어렵다 할 수 있을 것이다.

우리가 여기서 세상에서 소위 '사나이다웁다'는 개념을 잠깐 분석해본다 해도, 그것은 결국 그로부터 대부분 인간미가 없어졌다는 사실을 가지고 가장 잘 저간^{這間}의 소식을 설명할 수 있지 않을까 생각한다.

왜 그러냐 하면, 무릇 우리들 사람 된 자에 있어서는, 어떤 힘센 정신적 고통이 있을 때 눈물은 반드시 괴롭고, 아픈 마음의 꽃으로써 수줍게 우리들의 눈 속에 피어오르는 것이 당연한 생리적 사실이기 때문이다.

그렇다, 눈물은 괴롭고 아픈 마음의 귀여운 꽃이다. 사람은 왜, 대체 이 귀여운 꽃을 무육^{撫育 어루만짐}할 줄을 모르는고 눈물이 없다는 것은 그에게 마음이 없다는 것을 의미한다.

물론 두말할 것 없이, 모든 사람은 육체적으로는 심장을 지니고 있다. 그러나 문제는 사람이 정신적으로 심장을 소유하고 있는가, 또는 있지 않은가에 있다.

육체적으로 고통을 느낄 때, 사람이 눈물을 흘리는 것은 사람이면 누구나 다 하는 일이지만, 눈물을 눈에 보낼 수 있도록 누구에게나 다 정신적 심장이 있느냐 하면, 그것은 결코 그렇지는 않다.

요사이 항간에 돌아다니는 유행어의 하나에 '심장이 강하다'는 말이 있다. 현대인의 이상^{理想}이 강한 심장에 놓이게 되기까지에는 깊은 이유가 물론 있겠거니와, 소위 의지가 굳센 남아에게는 심장이 무용이요, 그것은 모든 약점의 원천이 된다고 하는 견해는 확실히 우리들 문명인이 가지고 있는 편견의 하나이다.

왜 감동하기 쉬운 심장이 우리의 앞길을 막는 장애물이 되며, 왜 눈물이 우리에게 있어서 치욕이 된다는 것이냐, 생각하여 보라.

심장이 보이지 않는 이 생활, 사랑이 없는 이 인생 - 사랑할 줄 모르는 자는 받을 줄을 모르고, 희생할 줄 모르는 자는 충실할 수 없는 것이니, 이러한 무리와 더불어 우리는 무엇을 할 수 있으랴.

과연 이 세상에 사랑과 충실이 없어도 수행될 수 있는 위대한 업적이 있을 수 있을까.

만일 이 세상의 모든 심장이 경화된 끝에 드디어 말라져 버린다면, 그때 여기 남은 것은 무엇이냐. 변하기 쉬운 기분 악성수연惡性愁戀 돌이킬 수 없는 연정에 빠짐의 공허한 속사俗事 잡다한 일를 생각만 해도 무서운 일이다.

그러나 사람이 하나의 좋은 마음을 가질 때 그 마음은 항상 번민하고, 그 마음의 번민이 많으면 많을수록 마음이 쓰여 인식하는 바는 더욱 치밀하며, 더욱 심각하며, 더욱 해방적이며, 더욱 감상적으로 된다.

이와 같은 심장이 무의식적으로 세계의 고민에 참여함으로 모든 종류의 불의와 죄악을 정신의 눈으로 볼 때, 보이지 않는 눈물은 결코 그로부터 사라질 리가 없다.

그가 흘리는 눈물은 실로, 그 한 방울 한 방울이 세계고世界苦에 대한 변론 이외의 아무것도 아니다.

일찍이 위대한 인물로써 이 눈물을 알지 못한 사람은 단 한 사람도 없었던 것이니, 육체적 체루는 어느 경우에 사람의 시력을 혼탁케 할 수 있을지 몰라도, 보이지 않는 마음의 눈물은 사람에게 정신적 관조의 길을 열어주는 것이다. 사세事勢가 설령 이래도 눈 속에 고인 눈물이 사람에 있어서 치욕이 된다고 할 수 있을까.

여기서 나는 조용한 시간에 그들이 고요히 우는 자유를 모든 사람으로부터 빼앗지 말기를 바라고자 한다.

왜 그라냐 하면, 사람이 모든 것을 마음속에 파묻고 울적한 마음을 눈물로써 품 없이 어디든지 그대로 끌고 다닐 때, 그것은 실로 그가 차츰차츰 커져가는 묘墓를 스스로 만들어가며, 있는 행동에 문외한 것이기 때문이다.

눈물을 가지고 있는 사람은 실로 행복하다. 눈물은 감동된 마음의 아름다운 산물이기 때문이다. 눈물이 없다는 것은 마음이 없다는 뜻이다.

마음이 없을 때, 그의 생활은 과연 뭐냐. 그러므로 사람들이여! 드물게 밖에는 솟아나지 않는 눈물이 그대의 두 눈을 장식하려 할 때는 마음껏 울어버리라.

모든 종류의 호읍자號泣者 목 놓아 큰 소리로 우는 사람는 세계고世界苦와 인생고에 무진장 우는 것이다.

모든 눈물은 우리들이 보통 생각하고 있기보다는 훨씬 신성하다는 사실을 우리는 오늘날 더 좀 명확히 인식할 필요가 있지 않을까.

이제 실로 눈물에 대한 향수는 모든 사람의 마음으로부터 스스로 우러나지 않으면 안 될 것이다.

(1938년 4월 「삼천리 문학三千里文學」)

종이송頌
말하는 그리운 종이

종이는 우리들에게 가장 아름다운
것과 가장 더러운 것에 대한 지식을
제공할 뿐만 아니라, 가장 큰 기쁨과
가장 무거운 괴로움까지를 전달해
주는 역할을 하고 있다.

말하는 그리운 종이 - 말하는 그리운 종이라고 하면, 얼른 듣기에 좀 이상스럽고 우스운 듯하나, 사실인즉, 결코 그렇지 않다.

종이야말로 말을 청산유수같이 썩 잘할 뿐만 아니라, 말을 하되, 혹은 과학적으로, 혹은 철학적으로, 혹은 시적으로 온갖 방법을 부려가며 천천히 할 때는 천천히, 급하게 해야 될 때는 급하게, 여간 유창하게 잘하는 것이 아니기 때문이다.

그러나 이쯤 설명해도 승인할 수 없거든, 여러분은 단 한 가지 점 - 즉 우리들이 일상 읽고 있는 책이란 물건을 한번 생각해 보라.

다시 말할 것이 없이 한 권의 책은 말하는 종이들이 여러 장 모여서 된 것이 아닌가.

말을 하는 종이라면 일찍이 소련의 젊은 기사技師 이링이란 이는, 여기에 대해서 재미있는 이야기를 우리들에게 제공하고 있다.

옛날에 잔보라고 하는 흑인이 있었다. 그는 그의 고향인 열대지방으로부터 총을 가진 백색인종白色人種인 노예매매인의 손을 거쳐, 바다를 건너고 육지를 지나서 본 일도 들은 일도 없는 큰 석조의 집이 서 있는, 어떤 장소에 인도되어 오게 되었다.

잭슨이란 판사가 그의 주인이 된 것이다.

어느 날 판사의 부인이 잔보를 불렀다.

"잔보야, 이걸 주인영감께 갖다 드려라."

이렇게 말하고 주인마님은 그에게 바구니 한 개와 종잇조각을 주었다. 배가 어지간히 고팠던 흑인 잔보는 도중에서 맛난 냄새가 무럭무럭 나는 바구니 속을 들여다보는 유혹을 물리칠 수 없었다.

그 속에는 찐 병아리 새끼가 몇 마리 들어있었다. 이걸 다 판사 영감이 잡수실까, 한 마리쯤이야 하고 생각한 그는 길에 앉아서 한 마리만 먹었다.

좋은 기분으로 재판소에 도착하니 판사 영감은 종이를 우선 본 다음에 바구니 속을 들여다보았다. 그리고 다시 한번 종이를 보고선 야단을 쳤다.

"이놈, 한 마리는 어디다 두었느냐?"

잔보는 혼이 나갈 만큼 놀랐다. 이 경을 칠 놈의 종잇조각이, 내가 한 것을 죄다 보구선 주인께 일러바치는 것이로구나.

그러다 두 번째 다시 주인의 점심을 가지고 가게 되었을 때, 이번엔 주의를 거듭해서 종잇조각을 돌 밑에 감춘 다음에 한 마리를 먹었다. 이렇게 하면 종이는 자기가 하는 행동을 볼 수 없으리라고 생각했기 때문이다.

그러나 이 원수의 종잇조각은 돌 밑에 깔려 있을 때도 무슨 재주를 부리는 것인지 잔보가 한 한 가지 한 가지의 행동을 보구서는 전부 판사영감에게 고한 것이다.

글자를 모르는 흑인 잔보에게는 실로 이처럼 말하는 종이는 마술사같이 무서운 것이었으나, 문자의 표현 없이는 하루라도 살 수 없는 문명인에게 종이는 참으로 생활필수품 중에서도 가장 긴요한 것의 하나다.

그런데 그처럼 종이는 이제 극귀한 가운데 있으니, 나는 특히 종이를 불러서 '말하는 그리운 종이'라고 하는 바이다.

해방解放 전에 한창 술이 귀해져서 추운 겨울에도 줄줄이 열을 짓고 늘어서서 얼음 이상으로 차가운 비루麥酒 한 잔일망정 얻어먹자고 고대하고 섰을 무렵에, 우리들 술꾼의 가슴을 뜨겁게 하는 것은 언제나 행복스러운 행인이 얻어 들고 가던 정종 병이었음을 나는 새삼스레 추억하거니와, 그에 못지않은 흥분과 선망을 요즈음 항상 구루마 위에 실려 가는 종이 덩이에서 느끼고 있다.

얼마 전에도 나는 종이가 태산같이 실린 어마어마한 구루마에 소학생들이 꽃에 나비처럼 들러붙어, 그것을 만지고 뜯고 하는 것을 보고는 마음이 저절로 무거워지는 것을 금할 수 없었지마는, 누구에게나 필요한 이 말하는 그리운 종이는 갈수록 더욱, 그리운 물건이 되어가고 있는 것이다.

그런데 그러한 금같이 귀한 종이가 지나간 총선거 무렵에는 흔한 물건처럼 소비된 것 같은데, 필요 이상의 입후보자 선전광고는 적어도 철 있는 사람의 마음을 슬프게 했으리라고 나는 생각해 본다.

하지만 이것만이 아니요, 모든 것에 있어서 그다지 필요하지도 않으며 넉넉히 생략할 수도 있고 절약할 수도 있는 종이의 남용에 대해서, 물론 남의 일이라고는 하되 적지 않은 의분까지 느낄 때가 있는 것도 비단 나만이 아니리라.

사실 종이는 우리들이 알고 있는 것 중에서 가장 불가결하고, 가장 필수적인 것에 속하고 있는 것이니, 종이는 현재 우리들에게 가장 아름다운 것과, 가장 더러운 것에 대한 지식을 제공할 뿐만 아니라, 가장 큰 기쁨과 가장 무거운 괴로움까지를 전달하여 주는 역할을 하고 있는 것이다.

종이 없이 우리는 일시라도 살 수가 없다. 여러분은 일찍이 종이가 없었던 옛 시절을 한 번인들 생각해 본 일이 있는가.

즉 종이가 없으므로 해서 아침이면 으레히 보는 한 토막의 신문이 없었고, 오늘 같으면 옛 친구에게서 올 수도 있을 터인 반가운 편지 한 장도 물론 없으며, 우리들이 맛있게 피우는 이 손가락 사이의 권연卷煙, 일시에 졸부가 될 수도 있는 저 행운의 추첨권, 지극히도 간편한 지폐와 수표手票 등 - 그 외에도 낱낱이 들자면 한이 없을 만큼 많은 것이 단 하나인들 없었던, 그 무서운 그 쓸쓸한 옛 시절을 여러분은 한 번이라도 생각해 본 일이 있는가?

그렇다, 종이 없는는 이제 우리는 도저히 살 수가 없을 것이니, 우리들이 방 안에 가지고 있는 얼마간의 책들, 말하는 종이로 된 이 고금古今의 서적을, 가령 그것을 다른 사람에게 일시에 다 주어 버려야 된다고 한번 가정해 본다면 어떨까. 참으로 생각만 하여도 그것은 무시무시한 일이 아니냐.

그러므로 종이는 이제 완전히 우리들의 위안과 열락의 대상이 된 것이니, 우울하고 고달픈 시간에 외로이 앉아, 우리가 우리를 위안해 주고 즐겁게 해줄 한 권의 책을 손에 잡는다고 해서 무엇이 이상하랴!

파울 에른스트Paul Ernst가 일찍이 말한 것 같이 '좋은 서적은 항상 어디든지, 우리에게 무엇인지 제공하면서 자신은 어떠한 것도, 우리로부터 요구하지 않는다.

서적은 우리가 듣고 싶어 할 때 말해주고, 우리가 피로를 느낄 때 침묵을 지켜주며, 또 서적은 몇 달이나 또 몇 해나 간에 참을성 있게 우리가 오기를 기다려, 그래서 설사 우리가 하다 못해서 다시, 그것을 손에 든 때라도 서적은 결코, 우리의 감정을 상하는 일을 하지 않고, 흡사 그것은 최초의 그 날과 같이 친절히 말해주기' 때문이다.

그래서 훌륭한 책을 손에 들게 될 때, 어떤 사람은 특히 성서聖書를 취할 것이요, 또 어떤 사람은 한 권의 재미있는 소설을 택하기도 할 것이다.

혹은 이럴 때, 어느 사람은 아무것도 쓰이지 않은 깨끗한 눈같이 흰 종이를 꺼내어 자기의 희비애락, 그때의 심화를 그대로 적어서 편지 형식으로 가까운 벗에게 보내기도 할 것이요, 또 어느 사람은 괴로움과 슬픔을 풀기 위해서 시와 노래에 감회를 붙일지도 알 수 없다.

그러나 종이는 이처럼 언제나 우리들의 가까운 벗이 되어준다고만은 말할 수 없으니, 더러 가다가 보면 종이는 또한 우리들의 성낸 적敵이 되는 때도 없지 않기 때문이다.

우리들에게 한없이 기쁨을 주는 상징이며, 사령장이며, 유명한 서화書畵 대신에 경찰청에서 날아온 호출장, 법정에서 보내온 구속영장, 돈 없어 머리를 싸 동이고 누워있는데 달려드는 지불명령서, 채무이행을 요구하는 독촉장 따위도 유감이지만, 종이로 된 것이요, 학생들이 가장 두려워하는 일체의 성적표, 수험 합격자의 통지서가 다 종이다.

아니 그뿐인가. 크게 말하면 모든 국제조약, 모든 선전포고, 모든 강화조약, 저 우리들의 운명을 좌우하게 된 얄타협정이며, 포츠담 선언이며, 막부삼상莫府三相 1945년 12월 16일부터 26일까지 모스크바에서 개최된 미국, 영국, 소련의 외무장관회의 결정서까지도 실은 한 장의 종이에 불과한 것이 아닌가.

사실 이와 같으므로, 우리는 다음과 같이 말할 수도 있을 것이다. 우리는 종이와 같이 탄생해서 종이와 같이 죽는다고 - 사실이 그런 것이 우리들이 세상에 나오게 되자, 우리는 일주일 이내에 출생계를 해야 되고, 우리가 사망증명서를 제출해야 되기 때문이다.

그래서 이 두 장의 종이 사이에서 우리들의 존재는 살아가는 동안 일견 아무 죄도 없어 보이는 종이에 의해서 기복이 중첩한 운명을 받들게 되는 것이다.

원래는 백설같이 희어서 무색무취無色無臭 지진무구紙具無垢하기 짝이 없으나, 그 근본이 남루하므로 그런지, 그 위에 기록하는 사람의 의지 여하에 따라서는 천하를 진감震撼 울려 퍼짐하게도 된다.

생사여탈의 권세를 쥐어 모든 희비극을 연출시키는 이 말하는 종이 - 그 종이가 극히 귀해져서 요새는 가령 신문지의 넓이도 퍽 줄어들었는데, 사람의 습성이란 우스운 것이어서 옛날 신문을 더러 보게 되면, 그 큰 신문이 되려 어줍게도 커 보이며 놀랄 만큼 좋은 종이로만 된 전일의 책 중에, 어느 것은 내용보다도 종이가 과분하기 때문에 우리로 하여금 애석감哀惜感을 일으키게 하며, 심지어는 지나간 무관한 일에 화까지 나는 경우가 있으니, 궁상도 이렇게 되면 구제할 도리가 없다.

그러한 궁상이 어느 때는 꼭 써야 할 편지까지도 단념시키는 경우를 갖게 한다. 그만한 종이는 있을 법한데 막상 찾고 보면 없다.

많은 아이들이 공책이 궁해서 남겨두지 않기 때문이오, 이 말하는 그리운 종이는 달리 기록을 요구하지 않는 터진 창구멍도 막아야 하고, 더러워진 벽도 발라야 하며, 기타의 용도에도 가지가지로 써야 하는데, 종이는 비싸고 마음에 드는 것이 별로 없으므로, 애초부터 사들이지는 않기 때문이다.

글줄이나 간혹 쓴다고 해서 더러 원고를 청하는 사람들이 있다. 청할 때 원고지를 쓸 만큼 친절히 생각해서 미리 제공하는 편집자보다 원고만 청하는 선생이 더 많다.

원고지를 준다고 해서 꼭 쓰게 된다는 법은 아니다. 원고지가 없어서 못 쓰는 경우가 있는 것만은 사실이니, 거리에서 파는 원고지에는 쓸 생각도 나지 않고 또 붓도 잘 돌아가지 않는다.

글씨 못 쓰는 사람의 붓 타령이라면 그만이겠지만, 그러나 종이가 필자에게 주는 영향이 붓같이 이처럼 크리만큼 말하는 그리운 종이의 기근은 심각한 것이다.

'조금만 더 기다려주십시오. 아직 종이를 구하지 못해서요.'라고 출판 업을 하시는 선생은 만날 때마다, 이런 변명을 하는 것이 버릇이다. 원고를 가져간 지, 몇 달이 되는지 알 수 없다.

원고를 맡은 이상은 귀하고 비싼 종이지만, 얼른 구해서 책을 만드는 것이 출판업자의 도리이겠으므로, 필자의 사정에는 아무리 호의로 생각해도 냉담하다고 할 수밖에 없다.

출판사와 저작자著作者와의 거리는 이 말하는 그리운 종이의 부족으로 하여 적어도 내 경험에 의하면 차츰차츰 멀어져가고 있는 것이 사실이다.

원고가 활발하게 책으로 되어 나오는 데에서만 저자는 용기와 확신을 얻어, 다음의 업무에 나아갈 수 있겠거늘, 초고草稿의 정체는 우리의 출판 문화를 항상 그 한계 내에서 벗어나지 못하게 하고 있는 듯 보인다.

또 학교에서 사용되는 교과서의 부족도 물론 큰 문제려니와, 일반 상대의 교양 도서의 결핍은 더욱 큰 사회문제라고 생각된다.

왜냐하면 적어도 교과서류의 발행은 그 영업적 입장에서, 모든 출판업자의 일대 관심사가 되어 있기 때문이다. 부족한 종이를 사회 문화적으로 잘 활용하는 좋은 지혜는, 오로지 위대한 출판업자의 두뇌와 양심에 기대할 밖에 없다.

그러나 이제 아무리 종이가 귀하다고는 해도 사람은 종이의 낭비자라 할 것이니, 날마다 얼마간의 종이를 버리지 않는 사람이 과연 있을까?

또 아무리 종이가 귀하다고는 해도, 매일 이 종이와 접촉하지 않는 사람이 과연 있을까?

우리는 신문을 읽는다. 그런데 신문이라면 종이는 귀하다면서 비슷비슷한 신문이 왜 이다지도 많을까.

　길에서 매일 보는 광고며 삐라^{전단지}, 전차를 타면 내는 전차표, 하루에도 얼마를 태우는지 모르는 담배, 또 그리고….

　종이는 귀하다고 하지만, 말하는 그리운 종이와의 교섭은 실로 이와 같이 예상 이상으로 많은 것이다.

우송雨頌

비가 노래하는, 혹은 들리고, 혹은 들리지 않는 리듬은 가장 고상한 음악에 속할 자이다. 그것은 하나의 음악일 뿐 아니라, 변화무쌍한 한 폭의 변화무쌍한 그림 같은 풍경이다.

이제부터는 차차로 겨울에 보기 드물던 비가 내리기 시작할 때다.

꽃을 재촉하는 봄비로부터 우울한 가을비에 이르기까지, 혹은 비비하게, 혹은 방타하게, 혹은 포르티시모fortissimo 아주 강하게로, 혹은 피아니시모 pianissiomo 아주 부드럽게로 불의에 내리는 비가 극도로 절약된 자연 속에 사는 도회인의 가슴에까지도, 문득 강렬한 자연감을 일으키면서 건조한 대지를 남김없이 적실 시기가, 이제 시작된 것이다.

참으로 비는 눈과 같은 한가지로 도회인에게 남은, 오직 하나의 변함없는 태고시대를 의미하여, 오직 하나의 지묘至妙 더없이 묘하다한 원시적 자연에 속한다.

겨울에 변연이 내리는 편편백설이 멀고 먼 도경의 성국聖國을, 우리가 사는 곳까지 고요히 고요히 신고 와 우리에게 여러 가지의 아름다운 시취詩趣를 일으킬 수 있음에 못지않게, 또한 비는 우리에게 경쾌하고 청신한 정감을 다양다모多樣多貌 다양한 모습하게 일으킬 수 있는 것이다.

이제 본지本誌가 수필 일 편을 청함에 '우송雨頌'을 택한 것은, 지난겨울에 백설을 바라다가 드디어 얻지 못하고 따뜻한 봄을 맞이하게 되니, 그 대상을 비의 자연에 구한다느니 보다는 철이 되면 철 따라, 요사이 어쩐지 비 자체가 한없이 그립기 때문이다.

대체 바라는 것은, 물론 누구의 의견을 두드려보아도 그렇겠지만, 왔다가는 개고 개었다가는 오고, 말하자면 갈망의 결과로써 내려 세갈^{渴症} 갈증이 의^醫하면 그치는 바 물이라야 한다는 것이 나의 지론이다.

이리하여야만, 모든 것은 그 자신의 질서 속에 더욱 명랑한 정신을 획득할 수가 있다.

노아의 대홍수는 광휘 있는 사십 일간의 장림^{長霖} 긴 장마의 결과였다고 한다. 그 결과가 반드시 홍수에 이르지 않는다 하더라도 밤낮으로 비만 오고, 햇볕이 조금쯤 나타나려다가도 또 다시 내리는 비에 숨겨지고 마는 지리한 장마가 계속되면, 모든 사람의 마음은 침울하게 되고, 성급하게 되어 나중에는 세상을 저주하고, 하늘을 저주하고, 특히 무엇보다도 비라는 놈을 욕하고 주먹질한다.

한발^{旱魃}도 견디기 어렵지만 장림은 더욱이나 견디기 어려운 듯 보인다. 사실에 있어 비는 대부분의 사람에게 피해를 입히는 까닭이다. 오직 그들의 소중한 금전옥답에 천연의 관개^{灌漑}를 필요로 하는 농부들만이, 다른 사람이 얼마나 많이 이 '궂은' 일기에 대하여 저주할 때라도 도저히 동감의 의^意를 표하지 않을 따름이다.

참으로 농부들은 너무도 직접적으로 이 하늘이 주는 기적, 이 하늘이 내리는 축복을 체험하고 있는 까닭이다. 그들은 우후^{雨後}의 놀라운 성장을 백곡천채^{百穀千菜} 백 가지 곡물, 천 가지 야채에 있어서 관찰하고 하늘의 섭리에 감사하여 마지않는 것이다.

그들에 있어서는 오늘과 같은 과학의 발달에도 불구하고 모든 자연

현상은 오히려 하나의 경이에 멈춘다.

그러나 반대로 도회인으로 말하면 피해를 입으면 입었지, 그 은택을 느낄 기회를 전연 갖지 아니하므로, 우연히 우중봉사雨中奉仕를 직무로 택한 자동차 운전기사와 우산 제조업자의 일군을 제외하고 보면, 이들은 모든 종류의 비에 불의의 모욕을 느끼지 않을 수 없는 것이다.

이리하여 도회인은 흔히 지리한 비가 인간의 정신에 작용하는 바 영향을 통론通論하여 그 때문에 유래한 퇴치할 수 없는 침울 속에서 어찌하여야 할 바를 모른다.

좀 생각하여 보라, 사실 비가 오면 예삿일이 아닌 것이다. 첫째로 불쾌한 것은 젖은 발이다. 회사를 사랑하는 도회지의 신사 숙녀로서 분노의 정을 일으킬 뿐만이 아니라, 감기까지 모시고 오는 것이 실로 비 때문에 젖은 양말이며, 비 때문에 물이 된 구두인 데야, 어찌 이 괴악한 그의 소행을 용서할 수 있으랴!

비를 예찬하려는 의도를 가지고 붓을 든 나도, 비에 젖은 신발의 불쾌감을 생각하면 비에 대한 일말의 증오심이 일어나지 않는다고는 할 수 없다.

그리하여 문제는 이에 그치지 않는다. 우리 자신이 그것을 타기를 사랑하나, 다른 사람이 타고 달리는 것을 싫어하는 도회지의 자동차가 비 오는 날, 아껴야 할 의복에 사정없이 펄을 한 주먹 뿌리고는 도망간다.

아직도 쾌씸한 기억을 찾아낼 수 있으며, 또는 모처럼 벼르고 벼르던 일요일의 원대한 이상이 예기치 않았던 비 때문에 헛되이 무너지고 말았던, 아직도 원통하여 참을 수 없는 지나간 기억, 또는 애인을 위하여 특별한 마음으로 장만하여 둔, 혹은 한 송이의 비단 꽃이, 혹은 한 권의 책이 불길한 징조를 예시하는 듯이 탐욕스러운 소낙비에 속속들이 젖고야 말았던 애달픈 기억 등, 많은 불쾌한 기억을 우리의 생활 속에서 찾아낼 수가 있다.

이러한 가지가지의 회상을 더듬으면, 어떠한 의미에 있어서도 우리가 적어도 도회에 사는 이상 비를 예찬할 기분이 안 될 것은 의심할 수 없다.

그러나 우리의 성급한 마음을 잠깐 억제하고, 조금쯤 이에 대하여 반성할 여유를 갖는다면, 이따위 구구한 추억은 가히 문제될 거리가 아니다.

비의 폐해를 구태여 이러한 추억 속에 찾는다면, 우리는 그 반면에 항상 비의 이익이 병행하고 있는 사실을 예증치 않을 수 없다.

가령 비가 오니까 떠나가려던 애인이 좀 더 우리 곁에 앉아있을 수도 있는 것이며, 비가 오니까 틀림없이 찾아올 터인 채귀債鬼 빚쟁이의 언제나 같은 힐난의 액을 면할 수도 있는 것이다.

또 여기서 우리는 생략하여도 좋은 수많은 용무, 많은 회합이 불의의 강우로 인하여 결연히 단념될 수 있는 데서 유래하는바, 저 명랑한 쾌감을 일일이 열거할 필요는 없을 것이다.

대체 떨어진 구두를 신고 흙물이 들어간다고 해서 비가 싫다는 것은 무어라 하여도 좀 창피한 감상이다. 두 다리를 조종하여 길을 다니는 이상 엔 청우晴雨를 불문하고, 무엇보다도 신발 단속이 급선무일 것은 두말할 것이 없다.

참으로 악화惡靴 낡은 신발가 소위 인생 삼환三患 세 가지 질병의 일자로써 지적되는 것도 이유 없지 않다 할 수 있다. 그리하여 많은 사람이 폐리敝履 헌 신발를 끌고 다니지 않는다는 것은 다행한 일이다.

비에 대하여 안전한 신발을 신고 있을 뿐이 아니라, 모든 사람이 사람마다 다가오는 휴일에 잔뜩 기대한 단꿈이 비 때문에 깨어진 기억을 가지고 있다고는 할 수 없는 것이다.

또는 노상에서 우연히 대우大雨를 만나 암만 속력을 내어 달음질을 했어도 물에 빠진 새앙쥐 같은 신세를 짓고야 말았다는 경우도, 있을 수 없는 터야 소수인이 드물게 겪은 바, 불운한 예를 가지고 구태여 비를 원망할 수도 가만히 생각하여 보면 없는 일이 아니냐?

이리하여 우리는 도회의 비를 한없이 찬미하려는 자이지만, 우리가 비를 찬미하려기 때문에 우리는 먼저 비에 약한 무리를 물리치고 비에 강한 무리 속으로 몸을 집어넣지 않으면 아니 된다.

비에 강한 무리란 두말할 것도 없이 바닥창이 두터운 구두를 신은 사람을 의미하며, 밀회를 갖지 않는 건전한 사람을 의미하며, 여름이 되어 다른 사람들이 휴가를 이용하여 피서 갈 때에도, 오히려 항상 변함없이 초열焦熱의 도회를 사수하고 있는 사람들을 의미한다.

풍우 한설에 대하여 우리가 이를 피할 수 있는 집이라는 안전지대를 갖는다는 것은 고마운 일이지만, 이 안전지대인 우리들의 집 창문에 우리가 서로 기대어, 거리와 거리의 모든 생활이 비비히 내리는 세우細雨에 가벼이 덮여 거대한 몸을 침면시키고 있는 정경을 볼 때, 누가 과연 그 마음이 기쁘지 않다할 수 있으랴!

이 집은 우리 자신에 속한 집이 아니고, 다른 사람에게서 빌린 집이며, 또 이 집은 좁아서 걱정이며, 혹은 더러워서 곧 이사를 가려는 경우에 처하여 있는 때라도, 우리는 이때만은 부슬부슬 내리는 이슬비의 불역不易의 귀결을 감상함으로 의하여 집은 좁지 아니하며, 이 집은 더럽지 않을 뿐만 아니라, 주소간晝宵間 밤과 낮 사이 속 깊이 잠재하여 떠나지 않던 전택轉宅의 욕망도 전연 문제가 되지 않는다.

비는 한 편의 시가詩歌로써, 우리 앞에 군림하여 한없이 큰 매력은 불안하기 그지없는 세기世紀를 그리운 자저咨嗟로 화하게 하고, 피할 수 없는 번민을 존재의 희열로 변하게 한다.

비의 위대한 정화력은 그 영역 속에 든 모든 사람에게서 그들의 괴로운 현실을 빼앗고, 그것에 대치하되 보다 심원한 초현실로써 하는 것이다.

거리거리의 모든 구조물을 세척할 뿐만 아니라, 그것은 실로 인간의 영혼까지를 세탁하는 것이다.

비가 노래하는, 혹은 들리고, 혹은 들리지 않는 단순한 절주節奏 리듬 rhythm 는 가장 고상한 음악에 속할 자이다. 그것은 하나의 음악일 뿐이 아니라, 또한 그것은 변화무쌍한 일폭의 활화活畵 그림같이 아름다운 경치이기도 하다.

우리가 끽다점喫茶店이나 카페에 앉아서, 때마침 장대같이 내리는 빗줄기가 분간 없이 유리창을 때리며, 바람은 거리와 거리를 휩쓸어 신사의 모자를 날리고, 부인네들의 우산을 뒤집는 소란한 정경을 객관적으로 완미할 수 있을 때, 누가 과연 이에 쾌재를 부르짖지 않을 자이랴!

내 아직 경험이 적음으로 인생의 생활이 얼마만큼의 행복을 우리에게 약속하는지는 감히 추단推斷키 어려우나, 적어도 현재의 내 생각 같아서는 이만한 행복감을 줄 수 있는 시추에이션situation 소설, 영화의 극적인 장면도 이 인간 생활 속에서는 그다지 많이 찾을 수는 없는 것같이 보인다.

이때에 우리가 마시고 있는 한 잔의 차, 한 잔의 맥주는 이중으로 삼중으로 맛이 늘어가는 것을 도저히 부정할 수 없다. 더욱이나 우리가 재채기를 하고, 욕설을 하며, 젖은 옷을 툭툭 털고 들어오는 한 피해민이 안락의자에 팔을 고이고 앉아 있는 것을 보게 되면, 그것은 참으로 얻기 어려운 일복一服의 청량제가 아닐 수 없다.

우리는 이때 피로를 잊을 뿐만 아니라, 잠시 동안 근심을 잊고, 걱정을 잊고, 실로 흔히는 자기 자신까지를 망각하는 것이다.

우리는 뜻하지 않은 천래의 일장 연극에 입장료도 지불함 없이 여기서 완전히 도취할 수 있으니 이와 같은 우신雨神의 신묘한 희롱에, 어찌 법열을 느끼지 아니할 수 있으랴!

비란 원래 사람의 예단豫斷을 반발하고, 측후소의 존재 의미까지 의심케 하도록 졸지에 내리고 또 그치는데, 떠도떠도 다하지 않는 교치狡癡한 맛이 있는 것이지만, 여름의 더운 날 같은 때에 난데없는 일진광풍이 돌연히 소낙비를 데리고 오면, 참으로 이곳에서 우러나는 재미야말로 진진하다 할 수 있다.

천하의 행인은 뚝뚝 던지는 비의 기습에 크게 놀래어 잠시는 이 불온한 형세에 어찌할 바를 모르다가 문제는 극히 간단하므로 곧 동분서주, 서로 머리를 부딪쳐가면서 피할 장소를 구하여 배회하는 것이다.

물론 이러는 중에 혹은 물둠벙에 빠지는 신사를, 혹은 땅바닥에 미끄러지는 노인을, 혹은 치맛자락을 높이 걷어들고 달음질하는 숙녀를 - 이 하늘의 불의의 발작, 이 하늘의 기교한 즉흥시에 박수와 갈채를 아끼지 아니하고, 작약흔모雀躍欣慕 너무 재미있어 정신을 잃음하는 이해의 무리 속에서 발견하기란 너무도 용이한 노력에 속한다.

이리하여 지극히도 황당한 수순瞬瞬이 경과한 뒤에, 모든 불운한 행인이 그들의 불운한 몸을 집집의 벽과 벽에 꼭 붙임을 겨우 얻어, 천하는 오로지 한 곡조의 요란한 우성 속에 갇혀 고요히 움직이지 않을 때, 우리가 만일 자동차에 편히 앉아 곳곳에 불안과 불평을 숨기고 있는 평화한 거리거리를 지나게 되면 이것 또한 한없이 기껍지 아니한가?

아니다. 우리가 간혹 집 문을 들어서자 비가 쏟아지기 시작만 해도, 벌써 하늘의 공격을 면할 수 있었던 호운에 단순히 감동하여 희열의 정을 금할 수 없지는 아니한가?

아까, 우리가 집으로 돌아오는 길에, 한 쌍의 젊은 남녀가 어딘지 산보散策 가는 것을 보고 확실히 흥분을 깨달았을 뿐만 아니라, 그렇잖아도 우울한 마음이 더욱 우울해짐은 어찌할 수 없는 것이지만, 이제 비가 돌연히 쾌청한 공기를 교란하고 있음을 보게 되니, 벌써 우리는 그들에게 선망의 염을 일으킬 필요는 전연 없다. 그의 좋은 양복과 고운 애인은 가련하게도 이 비에 쫄딱 젖고 말았을 것이 아니냐?

비는 참으로 비가 와야 해될 것이 없는, 모든 사람에게 대하여 하나의 큰 위안이 되며, 하나의 신뢰할 만한 벗이 되는 것이다.

이것은 비가 우리에게 위안을 제공하는 바 비근한 일례에 불과하지만, 또는 세우細雨가 비비하게 내려 도회의 포도를 걸레질하는 정도로 먼지를 닦아낸 때와 같은 때는 햇빛보다도 포근하고, 부드럽고, 또 시원한 비를 차라리 맞고 다님이 정서 깊음을 과연 누가 느끼지 아니하랴?

이런 때엔 빈 자동차가 승객을 찾음이겠지, 열을 지어 힘없이 거리 위를 완보해 봄도 확실히 통쾌하다.

도회에 비가 내리는 기쁨은 대강 이러한 것들로 요약할 수 있는 것이지만, 그럼으로써 비에 대한 찬미는 한 개의 자명한 사실로써, 당연히 승인되지 않으면 안 될 것임이 틀림없다.

그러니 여기서 사람은 도덕과 윤리의 이름에 있어서, 나의 '우송雨頌'에 단연 반의를 표명할지도 모른다. 즉, 이들 도덕가류道德家流의 의견에 의하면, 우리가 비를 기뻐하는 것은 비 자체에 대한 순수무잡한 희열이라기보다는, 다른 사람이 비에 의하여 피해를 입는 것을 즐기는 악의 속에 그 근본 동기를 둔다는 것이다.

엄격할 뿐인 윤리적 견지에서 보면, 과연 그렇게 단순히 말하여 버릴 수도 있을 것이다. 그러나 특히, 이 경우에 한해서는 도덕은 결국 무생명한 하나의 이론에 불과한 감이 없지 않다.

무어라 하여도 인생의 엄연한 사실은, 다른 사람이 길에서 삐쩍 하고 미끄러지는 것을 보면, 또는 잘못하여 손에 든 찻잔을 떨어뜨리는 것을 보면, 우리와의 이해관계를 떠나서, 어쩐지 그것은 까닭 없이 우습고도 즐거운 것을 항상 예증하여 주는 까닭이다.

우리의 마음이 나쁜 까닭으로써 웃는 것이 결코 아닌, 말하자면 인간통유人間通有의 자연스러운 기쁨에 대한 도덕적 판단은 인성선악人性善惡의 선천적 문제에까지 파고 들어가야, 비로소 해결될 수 있을 것은 두말할 것도 없지만, 암만 도덕이 그렇지 않기를 명령하여도, 모든 사람은 다른 사람이 비에 젖는 것을 보게 되면, 어쩐지 자연히 유쾌하여지는 마음을 도저히 물리칠 수 없음을 어찌하랴!

비에 젖지 않을 수도 있는 경우에, 비에 젖는 것이 실수인 것을 한 번 긍정하여 보면, 이 실수를 실수로서 책하되 웃음으로써 임함은 차라리 더욱 아름다운 도덕이라 말할 수도 있다.

비 맞는 사람을 보고 일일이 슬퍼하는 것이 참된 윤리라고 할 수 없다. 이러한 것은 원래 처음부터 도덕이 감히 용훼할 수 없는 초도덕적 문제로서 인간의 예술감에 그 좋은 판단을 맡김이 더욱 온당치나 않을까 한다.

도덕이 어찌 되었든 여하간에 우리는 비를 찬미치 않을 수 없는 자이지만, 물론 또, 우리는 다른 사람이 비의 피해를 입는 것을 보고 그것이 즐거운, 오직 한 개의 이유로서만 비를 찬미하는 것은 아니다. 비는 비, 자체로서도 항상 아름다운 까닭이다.

춘우春雨를 몸에 무릅쓰며 거리를 거니는 쾌감에 대해서는 앞에서도 말하였거니와, 사실 홍진만장紅塵萬丈(햇빛에 붉게 된 티끌이 높이 솟아오름)인 건조한 대지가 신선한 비를 가질 때 지상의 어떠한 것이, 과연 기쁨을 느끼지 않을 자이랴!

정직하게 말하면 비를 미워한다는 도회인도 비가 내리면 이 신선하기 짝이 없는 자연에 흔히 숙였던 우울한 얼굴을 드는 것이다.

윤습한 광휘 속에 그들의 안색이 쾌활하여질 뿐이 아니라, 도회의 먼지 낀 가로수와 흔히 책상 위에 놓인 우리의 목마른 화원도, 이 진귀한 하느님의 물을 털어 마시며, 공원에서만 볼 수 있는 말라붙은 초원도 건조무미한 잠에서 문득 눈을 뜨는 것이다.

참으로 모든 사람이 비를 자모慈母의 천애한 손같이 여기는 것은, 너무나 떳떳한 일이다. 다른 모든 것을 말하지 않는다 하더라도 우리는 여기 특히, 염염한 하일夏日에 경험하는 취우驟雨 소나기의 은택을 망각하여 버릴 수는 없다.

천하가 일시에 얼음 먹는 듯한 양미凉味 시원한 맛 – 이는 참으로 우리들 가난한 자에게 허락된 유일한 피서적 기회다.

이러한 기쁨이 만일에 평범한 것이라면, 우리는 비의 위대한 낭만주의를 얼마든지 사상史上에 구하여 흥취 깊은 예를 들어 말할 수가 있으나, 이곳에서는 약하기로 한다.

(1935년 7월 「삼사문학三四文學」)

올해는 어디를?
하절과 지리적 거취

여행이란, 사랑할 무엇, 아름다운 무엇이 아니냐? 우리는 우리가 사랑할 수 있는 것을 스스로 구하여야 한다. 여행이란 그 자체가 하나의 발견을 의미하는 것이 아니면 안 된다.

"이번 여름엔, 어디 안 가십니까?"

이 질문은 요사이 우리가 주고받는 회화 가운데, 가장 많이 쓰이는 말의 하나일 것이다.

이런 점에 있어서 아마도, 여름이란 많은 사람에게 한 개의 지리적 거취를 요구하는 듯 보인다 하여도 과언이 아닐 것이다.

칠월도 중순이 지나 하기방학의 전후가 되면, 어쩐지 우리들의 마음은 저절로 들뜨기 시작한다. 이때 학생의 무리가 일제히 귀향의 날을 기다릴 뿐이 아니라, 많은 부민府民이 또한 피서지를 찾고 있는 까닭이다.

물론 여행은 현대인에 있어서 결코 사치적 행위에 속할 것이 아니라, 차라리 그것은 그들이 당연히 가져야 할 정신의 양식이 되는 점에서, 우리는 이것을 만인에게 추창推獎하고 싶다.

여행이 우리에게 필요하다 하더라도, 오늘날 이것이 드물게 찾아오는 기회의 일에 속하는 것을, 우리가 부정할 수 없는 것은 슬픈 일이다.

그리하여 모든 사람이 여행이라 하는 이 화려한 이주적移住的 행동에 참가할 수 없는 한에 있어서 대체 한 집안에, 혹은 한 동네에 여장을 차리고 있는 사람이 빈수頻數 여기저기히 생긴다는 것은, 옆에 사는 사람의 평화를 위해서는 대단히 고맙지 못한 일이다.

그들은 한동안 안존한 마음을 가지고 옛 생활을 그대로 계속할 수는 도저히 없다. 갈 사람은 가야 처져있는 사람은 자기는 이대로 남아있을 수밖에 없다는 하나의 우울한 체관諦觀 밑에, 지나간 조그만 질서, 예전의 조그만 안식이나마 회복할 수 있을 터인데, 가뜩이나 더운 이때에, 그것은 여지없이 유린됨으로서이다.

결국 칠월도 다 가고, 팔월에 들어서기 시작하면 갈 수 있는 사람은, 어딘지 모두 가버리고 남지 않을 수 없는 인생만이 의구히 더운 옛집에 남게 된다. 이러할 때, 나는 항상 이 도회가 문득 하나의 공각空殼이 되어 그 핵심을 잃어버린 듯한 느낌을 갖는다.

많은 집과 집은 그 주인을 잃고, 도회의 거리를 활보하는 많은 사람은 무어라 하여도 '경멸할 수직인受職人'의 무리에 불과한 것 같이 생각된다.

생각하면, 나는 벌써 몇 해 동안을 여름 도회의 가련한 번인番人으로서 사랑하는 서울을 충실히 지켜왔는가! 암만 생각해 보아도 금년에는 역시 이 번인의 신세를 면할 수 있을 것 같지는 않다.

올해는 꼭 어디든지 한 번 가야 되겠다 하는 문제를 소심한 나에게 올해는 꼭 어떻게 해서든지, 한 번 돈을 훔쳐내야 되겠다 하는 결심을 초래함으로써 흔히, 나의 여행은 실패에 귀歸하고야 만다.

거의 괴를 벗다시피 하고 찬 장판에 등을 붙이고 눕는 전래의 납양법納凉法을 실행하면서, 돈을 훔쳐내야만 무엇이든지, 더 좀 좋은 일을 할 수 있다는 것은 확실히 적지 않은 비극일 것이다 하고 무더운 망상을 하고 있는 판에, 이 평범한 주인공을 찾아온 사람은 강원도 영월이란 벽지僻地에 직을 받들고 있는 친우 손군이었다.

물론 이곳이 덥다 하더라도 장소가 수도 경성京城이 아니냐. 그가 여기를 얻어 서울을 찾음이 또한 마땅하다고 하며, 내가 그를 동정과 공감의 마음으로 크게 환영한 것은 두말할 것이 없다.

그러나 알고 보니 사실은 전연 그 반대였다. 그는 금번 원산으로 전근이 되어 부임赴任 도중, 일시 이곳에 하차한 것이라 한다.

때는 피서를 재촉하는 여름이요, 장소는 피서지의 우자尤者 원산이다. 그는 유명한 해수욕장에 말하자면 일시적 영주永住의 지地를 발견하게 된 것이다.

나는 실로 나의 무더운 망상을 계속 웃을 수 있기보다 더욱 많이 그의 계절적 내지 지리적 행운에 경탄치 않을 수 없었다. 사실에 있어서 그가 우연에 광희狂喜 기뻐한하고 있는 양樣에는 소호小毫 아주 작은 분량의 무리가 없다.

그러나 나는 한없이 더울 뿐이다. 그가 시원할 까닭으로 뜻 없이 내 몸이 더욱 더위를 느낀다는 것은 또한 이상한 일이다.

사람들이 산이나 바다에서 여름을 피하는데, 우리가 먼지 속과 거리의 전탕戰場에서 여름에 직면하고 있는 사이에는 원래 결과에 있어서, 그곳에 상당한 거리가 있어야 할 것이다.

방법 여하에 의해서 우리가 여행에서 얻는 힘은 정신적으로 또는 육체적으로 경시치 못할 기초를 장래에 향하여 얼마든지 제공할 수가 있다.

나는 여기 '여행 문제'를 문제 삼아, 가령 일찍이 위대한 인물들이 여행을 계기로 하여 그 이전과 그 이후에 얼마나 현저한 정신적 변화를 보이고 있는가에 대하여 구구히 논증을 구하려고는 하지 않지만, 요사이 흔히 보는 여행에는 유행적 기분이 다분히 가미되어 실제적 용무를 수과遂過하듯이 이것을 해버리는 경향이 농후하다.

너무나 여행하기가 쉽고, 너무나 자주 여행을 하는 까닭으로서 반대로 여행의 가치를 몰각하는 폐단이 없지 않다.

올해도 여행가旅行歌를 실행치 못하고, 그러나 내가 장판 위에 드러누워 생각하는 것은 내게 만일 돈과 시간만 있고 보면, 단 며칠 사이라도 다른 사람들이 공공연히 하듯이 그렇게 공식적으로는 이것을 하지 않으리라는 상상이다.

우리는 너무나 많이 그들이 여행하기 전에 어디를 가는 것이 좋을까 하고 여행지 선택의 건에 대하여 논의하는 것을 듣는다.

그러나 갑론을박甲論乙駁의 이러한 훤소喧騷 떠들어 소란한는, 결국 무의미한 음성에 불과한 감이 없지 않다.

여행이란 대체 사랑할 무엇, 아름다운 무엇이 아니냐? 우리가 계획하고 있는 여행이란 말하자면 거의 일신부一新婦에 흡사한 무엇을 가지고 있다.

나는 그를 사랑하고, 그는 나를 사랑하는 그 여자를, 우리는 다른 사람의 충고에 의하여 찾을 까닭이 어디 있을까?

우리는 우리가 사랑할 수 있는 것을 스스로 구하여야 할 것이다. 여행이란 그 자체가 하나의 발견을 의미하는 것이 아니면 안 된다.

우리가 만일에 소小 콜럼버스Columbus가 되고, 소 바스코다가마小Vasco da Gama가 되는 기쁨을 여행에서 찾지 않는다면, 과연 여행의 본질적 가치는 나변那邊 어느 곳에 존재할 것인가?

나는 어딘지 알 수 없는 나의 사랑하는 비밀한 땅에, 어느 땐가 시급히 발을 들여놓아 보았으면 한다.

(1936년 7월 「조선일보朝鮮日報」)

백설부 白雪賦

나는 겨울을 사랑한다. 겨울의 모진
바람 속에 태고의 음향을 찾아 듣기
를 좋아하는 자이다. 겨울이 겨울다
운 한 편의 서정시, 그것은 백설이다.

말하기조차 어리석은 일이나, 도회인으로써 비를 싫어하는 사람은 많을
지 몰라도, 눈을 싫어하는 사람은 아마 거의 없을 것이다.

눈을 즐겨하는 것은 비단 개와 어린이들뿐만이 아닐 것이오, 겨울에
눈이 내리면 온 세상이 일제히 고요한 환호성을 소리 높이 지르는 듯한
느낌이 난다.

눈 오는 날에, 나는 일찍이 무기력하고 우울한 통행인을 거리에서 보지
못하였으니, 부드러운 설편雪片이 생활에 지친 우리의 굳은 얼굴을 어루만
지고 간질일 때, 우리는 어찌 된 연유인지, 부지중에 온화하게 된 마음과
인간다운 색채를 띤 눈을 가지고, 이웃 사람들에게 경쾌한 목례를 보내지
않을 수 없게 되는 것이다.

나는 겨울을 사랑한다. 겨울의 모진 바람 속에 태고의 음향을 찾아 듣기
를, 나는 좋아하는 자이기 때문이다.

그러나 무어라 해도 겨울이 겨울다운 서정시는 백설白雪, 이것이 정숙히
읊조리는 것이니, 겨울이 익어가면 최초의 강설降雪에 의해서 멀고 먼 동경

의 나라는 비로소 도회에까지 고요히 고요히 들어오는 것인데, 눈이 와서 도회가 잠시 문명의 구각舊殼을 탈하고 현란한 백의를 갈아입을 때, 눈과 같이 온 이 넓고 힘세고 성스러운 나라 때문에 도회는 문득, 얼마나 조용해지고 자그마해지고 정숙해지는지는 알 수 없다.

이때 집이란 집은 모두가 먼 꿈속에 포근히 안기고 사람들 역시 희귀한 자연의 아들이 되어, 모든 것은 일시에 원시시대의 풍속으로 탈환한 상태를 정한다.

오, 천하가 얼어붙어서 찬 돌과 같이도 딱딱한 겨울날의 한가운데, 대체 어디서부터 이 한없이 부드럽고 깨끗한 영혼은 아무 소리도 없이 한들한들 춤추며 내려오는 것인지, 비가 겨울이 되면 얼어서 눈으로 화한다는 것은 참으로 고마운 일이다.

만일에 이 삭연索然한 삼동이 불행히도 백설을 가질 수 없다면, 우리의 적은 위안은 더욱이나 그 양을 줄이고야 말 것이니, 가령 우리가 아침에 자고 일어나서 추위를 참고 열고 싶지 않은 창을 가만히 밀고 밖을 한 번 내다보면, 이것이 무어랴, 백설애애白雪皚皚한 세계가 눈앞에 전개되어 있을 때, 그때 우리가 마음에 느끼는 것은, 과연 무엇일까?

말할 수 없는 환희 속에 우리가 느끼는 감상은 물론, 우리가 간밤에 고운 눈이 이같이 내려서 쌓이는 것도 모르고 이 아름다운 밤을 헛되이 자버렸다는 것에 대한 후회의 정이요, 그래서 가령, 우리는 어젯밤에 잘 적엔 인생의 무의미에 대해서 최초의 단안을 내린 바 있었다 하더라도, 적설積雪을 조망하는 이 순간에만은 생의 고요한 유열愉悅과 가슴의 가벼운 경악을 아울러 맛볼지니, 소리 없이 온 눈이 소리 없이 곧 가버리지 않고, 마치 그것은 하늘이 내리어주신 선물인 거와 같이 순결하고 반가운 모양으로, 우리의 마음을 즐겁게 하고, 또 순화시켜주기 위해서 아직도 얼마

사이까지는 남아있어 준다는 것은, 흡사 우리의 애인이 우리를 가만히 몰래 습격함으로 인해서, 우리는 경탄과 우리의 열락을 더한층 고조하려는 그것과도 같다고나 할는지!

우리의 온 밤을 행복스럽게 만들어주기는 하나, 아침이면 흔적도 없이 사라지는 감미한 꿈과 같이, 그렇게 민속(敏速)하다고는 할 수 없어도 한 번 내린 눈은, 그러나 그다지 오랫동안은 남아있어 주지는 않는다.

이 지상의 모든 아름다운 것은 슬픈 일이 얼마나 단명(短命)하며, 또 얼마나 없어지기 쉬운가! 그것은 말하자면 기적같이 와서는 행복같이 달아나버리는 것이다.

변연(便娟) 백설이 경쾌한 윤무(輪舞)를 가지고 공중에서 편편히 지상에 내려올 때, 이 순치(馴致)할 수 없는 고공 무용이 원거리에 뻗친 과감한 분란(紛亂)은 이를 보는 사람으로 하여금 거의 처연한 심사를 가지게까지 하는데, 대체 이들 흰 생명들은 이렇게 수많이 모여선 어디로 가려는 것인고? 이는 자유의 도취 속에 부유(浮遊)함을 말함인가? 혹은, 그는 우리의 참여하기 어려운 열락(悅樂)에 탐닉하고 있음을 말함인가?

백설이여! 잠시 묻노니, 너는 지상의 누가 유혹했기에 이곳에 내려오는 것이며, 그리고 또 너는 공중에서 무질서의 쾌락을 배운 뒤에, 이곳에 와서 무엇을 시작하려는 것이냐?

천국의 아들이요, 경쾌한 족속이요, 바람의 희생자인 백설이여! 과연 뉘라서 너희의 무정부주의를 통제할 수 있으랴! 너희들은 우리들 사람까지를 너희의 혼란 속에 휩쓸어 놓을 작정인 줄은 알 수 없으되, 그리고 또 사실상 그 속에 혹은 기꺼이, 혹은 할 수 없이 휩쓸려 들어가는 자도 많이 있으리라마는, 그러나 사람이 과연, 그런 혼탁한 와중에서 능히 견딜 수 있으리라고 너희는 생각하느냐?

백설의 이 같은 난무는 물론 언제까지나 계속되는 것은 아니다. 일단 강설降雪의 상태가 정지되면, 눈은 지상에 쌓여 실로 놀랄 만한 통일체를 현출시키는 것이니, 이와 같이 완전한 질서, 이와 같은 화려한 장식을 우리는 백설이 아니면, 어디서 또다시 발견할 수 있을까?

그래서 그 주위에는 또한 하나의 신성한 정밀이 진좌鎭坐 자리를 잡아 앉음하여, 그것은 우리에게 우리의 마음을 엿듣도록 명령하는 것이니, 이때 모든 사람은 긴장한 마음을 가지고 백성의 계시에 깊이 귀를 기울이지 않을 수 없는 것이다.

보라! 우리가 절망 속에서 기다리고 동경하던 계시는 참으로 여기 우리 앞에 와서 있지 않은가? 어제까지도 침울한 암흑 속에 잠겨있던 모든 것이, 이제는 백설의 은총에 의하여 문득 빛나고 번쩍이고 약동하고 웃음 치기를 시작하고 있기 때문이다.

말라붙은 풀포기, 앙상한 나뭇가지들조차 풍만한 백화百花를 달고 있음은 물론이요, 괴벗은 전야田野는 성자의 영지가 되고, 공허한 정원은 아름다운 선물로 가득하다. 모든 것은 성화聖化되어 새롭게 정결하게 젊고 정숙한 가운데 소생되는데, 그 질서, 그 정밀은 우리에게 안식을 주며 영원의 해조諧調에 대하여 말한다.

이때 우리의 회의는 사라지고, 우리의 두 눈은 빛나며, 우리의 가슴은 말할 수 없는 무엇을 느끼면서, 위에서 온 축복을 향해서 오직 감사와 찬탄을 노래할 뿐이다.

눈은 이 지상에 있는 모든 것을 덮어줌으로 의해서 하나같이 희게 하고 아름답게 하는 것이지만, 특히 그중에도 눈에 덮인 공원, 눈에 안긴 성사城舍, 눈 밑에 누운 무너진 고적古蹟, 눈 속에 높이 선 동상銅像 등을 봄은 일단으로 더 흔취의 깊은 곳이 있으니, 그것은 모두가 알 수 없는 신비가 숨

쉬고 있는 듯한 느낌을 준다.

공원에는 아마도 늙을 줄 모르는 흰 사슴들이 떼를 지어 뛰어다닐지도 모르는 것이고, 저 성사城舍 안 심원에는 이상한 향기를 가진 앨러배스터 alabaster의 꽃이 한 송이 눈 속에 외로이 피어있는지도 알 수 없는 것이며, 저 동상은 아마도 이 모든 비밀을 저 혼자 알게 되는 것을 안타까이 생각하고 있을지도 모르기 때문이다.

그러나 무어라 해도 참된 눈은 도회에 속할 물건이 아니다. 그것은 산중 깊이 천인만장千仞萬仗의 계곡에서 맹수를 잡는 자의 체험할 물건이 아니면 안 된다.

생각하여 보라! 이 세상에 있는 눈으로서는 여러 가지가 있을 것이니, 가령 열대의 뜨거운 태양에 쪼임을 받는 저 킬리만자로의 눈, 멀고 먼 옛날부터 아직껏 녹지 않고 안타르크리스에 잔존해 있다는 눈, 우랄과 알래스카의 고원에 보이는 적설, 또는 오자마자 순식간에 없어져 버린다는 상부 이탈리아의 눈 등···.

이러한 여러 가지 종류의 눈을 보지 않고는 도저히 눈에 대해서 말할 수 없다고 아니할 수 없다.

그러나 불행히 우리의 눈에 대한 체험은 그저 단순히 눈 오는 밤에 서울 거리를 술집이나 몇 집 들어가며 배회하는 정도에 국한되는 것이니, 생각하면 사실 나의 백설부白雪賦란 것도 근거 없고 싱겁기가 짝이 없다 할밖에 없다.

(1939년 「조광朝光」)

제2부

·

인생은 아름다운가?

우리가 자기의 일생을 즐겁고 보람 있게 살
수 있다면, 우리는 만년에 이르러 자기가 지
나온 의미 깊은 일생을 되돌아보면서 죽는
자리에 누워 있다고 해도, 유유한 마음으로
눈을 감을 수 있으리라고 생각합니다.

인생은 아름다운가?

사람이 사람다웁게 되려면 영롱한 인생이 되려면 많은 인생 공부가 필요하다.

인생은 그다지도 아름다운가?

우리가 학교를 다닐 때라든가, 또는 학교를 졸업할 무렵이라든가, 엄밀한 의미에서 인생은 시작하기 전부터, 말하자면 우리가 아직 인생의 문전에 서있을 적으로 말하면, 이 인생은 말할 수 없이 아름다운 것이라고 생각하기가 쉽다.

우리 주위에는 우리가 아직 맛보지는 못했으나, 얼마든지 경험할 수 있을 터인 풍만하고 거대하고 복잡하고 다채로운 현실 생활이 오직 제멋대로 복작거리고 있을 뿐이요, 청년 학도로서의 우리는 이러한 요량할 수 없는 개관의 일대 현실에 대해서, 오직 하나의 장엄한 가능의 세계만을 상정하기 때문이다.

이렇듯 직접 우리들 손으로 그 어떤 부분도 분석된 일이 없고, 어떤 구석과도 우리 자신이 충돌된 일이 없는 이 세계는 그 자체로서 얼마나 아름다운지 알 수 없는 것이다. 이러한 현실의 세계를 가능의 세계로 가정하고 있는 우리가, 여기서 흔히 생각하기 쉬운 것은, 가령 한없이 큰 부귀와 공명이요, 한없이 달콤한 연애요, 향락이요, 행복 이외의 아무것도 아니다.

우리의 마음속에서, 그리고 바라는 바와 같이 실제에 있어서 이 중의 단 한 가지 원망이라도 실현될 수 있다면, 우리 인생은 진실로 아름다운 것일지도 알 수 없다.

그러나 우리가 한 번 인생의 문턱을 넘어서게 되면 불행히도, 이 모든 아름다운 원망은 실로 헛된 것이오, 어리석은 것임을 드디어 깨닫고야 말게 되는 것이다.

왜 그런가 하면 첫째로, 우리는 졸업장을 굳이 두 손에 쥐었으므로 학교를 졸업했다 할 수 있을지 모르지만, 사실은 어떠냐 하면, 우리 사회에서야 말로 엄혹한 교육이 시작되는 것을 간과할 수 없기 때문이다.

언제든지 우리의 몸으로 극복되어야 할 새로운 교재는 우리의 목전을 떠나지 않는 것이며, 항상 증오할 의무는 우리를 시달리게 하는 것이며, 언제든지 해결될 수 없는 곤란한 문제는 우리의 두통거리가 되는 것이며, 이 위에 또한 억울하기 짝이 없는 것은 뭐니 뭐니 해도 저 얼토당토않은 많은 형벌이 아니면 안 된다.

그래서 우리의 모든 안강安康과 진전과 성공이, 조금도 이해할 수 없는 속진俗塵의 세평과 긴밀히 연결되어 있음을 경험하게 될 때, 또는 아무 통고도 없이, 그러므로 아무 준비도 없는데, 혹은 가까운 날에, 혹은 먼 뒷날 졸지에 괴이한 시련이 우리를 위협할 때, 우리가 학교에 다니던 때, 그렇게도 몸서리를 낸 기하·대수의 문제와 화학방정식을 이것과 비교해서 생각할 여유조차 없는 것이니, 우리들이 오직 생각할 수 있는 것은 저 친절한 교사의 얼굴이 아니요, 그것은 우리의 궁극을 건져주는 최후의 방법 – 자살의 위안이다.

그뿐만이 아니다. 둘째로 현실 생활은 현재의 우리를 중심으로 삼고, 우리의 주위에서 영위되는 것은 아니다. 그것은 언제든지 우리들 곁에서, 그렇지 않으면 미래, 혹은 과거 속에서 영위되는 것이므로, 많은 경우에 있어서 우리는 내일은 꼭 그렇게 되겠지 하고 믿는 것이다. 어제는 참 재미있었다 하고, 우리는 지난 일을 연고로 그 방향芳香을 잊을 수 없는 것이다.

　그래서 우리 인생은 마치 축제일을 위하여 준비해 놓은, 혹은 그것이 끝났으므로 거두어버린 성찬의 상床 소반과도 같다 할 수 있으나, 어떻게 되었든 우리가 젓가락을 댈 수가 없음은 매양 일반이요, 또한 그 방순芳醇한 향기에 머리가 아찔하고 창자가 울되, 결코 마실 수 없는 술과도 같다 할 수 있으니, 한 번인들 배를 불릴 수 없고, 한 번인들 취해볼 수 없음이 진실한 자태라면 얼마나 섭섭한 일이냐!

　간혹 우리는 맛볼 수 없는 이 성찬, 마실 수 없는 이 방주芳酒를 입술에 대고 있는 사람이 있음을 보기는 하지만, 결코 일찍이 한 번도 우리는 우리 자신의 입안에, 그것을 넣어보지는 못한 것이다.

　비단 그뿐이랴! 셋째로, 인생의 은총이 우리에 대하여 후厚할 때, 우리가 바라는 원망이 충족되는 일이 물론 없지 않다.

　그러나 그때 우리의 원망의 하나는 물론, 둘은 셋으로 하나씩 서서히 충족되는 일이란 극히 희귀하고, 모든 원망은 일제히 사격적으로 몰려서 충족되는데, 반드시 그것은 불길한 시간을 택하여 오며, 그것은 염기厭忌할 반수현상礬水現象 원료를 녹인 수분의 모양 밑에 채워지는 것이다.

　이리하여 인생이란 모든 수형手形을 지불하기는 하되 기한을 지키지 않는 채무자라 할 수밖에 없다. 그래서 인생은 우리의 소원을 풀어주되, 마치 진심으로 기다리는 애인이 우리가 외출한 순간에 오게 하는 그러한 방법을 가지고 풀어주며, 혹은 그때 애인은 복면을 하고 와서 우리가 식별해 보기 전에 가버리게 하는 그러한 방법을 가지고 풀어주는 것이다.

실로 사랑은 우리가 집도 절도 가지지 못할 때 흔히 오며, 재화는 지악^{至惡}한 사회에서만 몰리고, 영예는 사후에야 비로소 우리를 찾는다.

이리하여 인생은 우리가 생각하고 있는 것같이 되는 듯 보이면서도, 사실 그 결말에 당하고 보면 전연 다른 괴물이 우리를 놀라게 하는 요술사 이외의 아무것도 아닌 것이다. 그럼에도 불구하고 우리는 인생을 아름답다고 한다.

우리가 존재하는 것의 참된 의미를 고량^{考量 생각하여 헤아림}함 없이 무조건하고 맹목적으로 인생은 아름다운 것이라고 한다. 이는 진실로 어리석은 찬탄이다.

물론 우리가 영원히 온순한 인종^{忍從 묵묵히 참음}의 정신을 가지고 인생 그것에 순종하여 각박한 의지에 자기의 몸을 맡길 때, 다시 말하면 우리가 인생 그것으로부터 조금인들 받음이 없음에도 불구하고 인생을 열렬히 사랑할 때, 인생이 아름다운 것은 정한 이치이겠기 때문이다.

그러나 비단 인생뿐이랴! 우리가 그것을 사랑할 때, 대체 이 세상에 아름답지 않은 무엇이 있느냐? 심지어 개대가리일지라도 사랑에 심혼을 빼앗긴 자의 눈에는 숭고한 천사로 보일 것은 물론이기 때문이다.

그러나 우리의 사랑 그것이, 인생 생활 – 강화되고 집중된 인생 생활 이외의 아무것도 아니라는 사실을 한 번 생각해 본다면, 무조건 인생을 사랑하는 자는 실로 자기의 맹목을 천하에 증명하는 자임을 우리는 용이하게 추측할 수가 있는 것이다. 특히 우리들의 불우한 생활자의 인생은 결코 아름다운 것이 아니다.

여하한 체관^{諦觀 사물의 본질을 앎}의 철학을 가지고 오고, 여하한 신앙의 종교를 가지고 와도 아름답지 않은 인생을 우리는 아름답다고 할 수는 없는 일이니, 우리의 모든 비극은 이곳에서 시작되고 이곳에서 종결된다.

과연 그렇다면, 우리는 이 영원의 비극을 가지고 장차 어떻게 하려는 것이며, 또 어디로 가려는 것인가? 알지 못하는 힘인 동시에, 알 수 없는 힘이여! 우리는 진실로 어디서 '사는 힘'을 얻고 있는 것인가?

이와 같이 원래 아름답지 못한 인생을 아름답게 사는 삶에는 '사는 힘' 이외에 가지가지의 생활기교가 필요하니, 가로되 쾌활, 달관, 양식, 양지良智, 교양, 현명, 정애情愛, 건전, 향락 등은 각기 한 개 한 개의 그에 속할 좋은 요소라 할까?

실로 사람이 사람답게 되려면, 영롱한 인생이 되려면, 많은 인생 공부가 필요하다.

인생에 대하여

모든 인간의 일생은 무엇보다도 복
잡하고 귀중한 예술품의 완성이라고
할 수 있다.

사람이 장년壯年시대를 거쳐 노년기에 들어서면, 사람 나이가 오십이
되고, 육십이 되면, 이 시기는 확실히 위안 없는 날의 계속이라고밖에
볼 수 없는 것은 현실의 모습입니다.

그러나 우리가 노인의 머리에서 볼 수 있는 백발은 풍부한 경험과 넓은
지식의 상징으로, 그것은 젊은 사람의 마음에 존경과 감격을 일으키기에
충분한 무엇을 가지고 있습니다.

생生의 완성은 이와 같이 우리에게 엄숙한 기분을 맛보게 한다 해도,
끝내 사람이 늙어 죽는다는 사실은, 여하간 가장 슬픈 일의 하나임에 틀림
없습니다.

그러나 사람이 늙어서 죽는 것은 면할 수 없는 운명이니까, 어찌할 수
없는 일이라고밖에 할 수 없고, 우리들 사람 된 자에게 있어서 중대한
문제가 되는 것은 우리가 타고난 일생, 즉 이 육십 년, 이 칠십 년을 어떻게
하면 보람 있게 살 수 있겠느냐 하는 것이 아닐까 합니다.

그래서 우리가 자기의 일생을 즐겁고 보람 있게 살 수 있다면, 우리는

만년晩年에 이르러 자기가 지나온 의미 깊은 일생을 되돌아보면서 죽는 자리에 누워있다고 해도, 우리는 유유한 마음으로 눈을 감을 수 있으리라고 생각합니다.

이 의미에서 살펴보면, 모든 사람의 일생은 무엇보다도 복잡하고 귀중한 예술품의 완성이라고 볼 수 있지 않을까 합니다.

행복

행복은 이 세상에 실제로 존재하는 것이 아니므로 보람 있는 삶을 영위하고 있는 동안 우리의 마음속에 느껴지는 감정이다.

사람들은 늘 행복하다고 떠들지만, 대체 행복이란 무엇을 말함인가?

일찍이 내 스스로 여러 번 생각도 해보고, 더러는 사람들에게 물어도 보았거니와, 실로 포착할 수 없는 것이 행복이라고 할는지, 오늘까지도, 나는 이것을 잘 알 수가 없다.

사람에 의해서는 이것을 자명한 문제인 듯 여기고, 행복한 사람은 건강과 부유와 권세 세 가지를 가질 수 있을 때, 능히 획득할 수 있는 것이라 한다.

이것은 세간 일반의 견해와도 일치하는 것으로 건강한 사람이 살아서 모든 것을 요구하기 위하여 첫째로 얻지 못할 것이겠고, 부유는 사람이 모든 것을 얻기 위해서, 또 권세는 우리가 무엇을 해도 용사^{容赦} ^{용서하여} 주다 될 수 있기 때문에 인간 행복의 이상이 되는 것이다. 그러나 우리가 이 세 가지 요소를 구비할 수 있을 때, 과연 우리는 행복할까?

그러나 우리가 행복의 문제를 좀 더 신중히 생각할 때는, 이것이 결코 자명한 문제가 아님을 곧 알 수 있을 것이다. 왜냐하면 사람의 행복은 사람에 따라 다르기 때문이다.

　제아무리 거만巨萬의 부와 일세의 권세를 누리고 있다 하더라도, 그들 중에는 죽음이 그리울 만큼 불행에 우는 사람도 없지 않으며, 건강은 실로 병자에게만 한해서 처음으로 행복의 요소가 될 수 있는 것이다.

　보라! 세상에는 이미 건강한 몸을 지니고도, 이미 부유하면서도, 또 이미 권세의 인人이면서도 하나의 절망상태에서 행복을 추구하는 사람들이 얼마나 많이 두동頭動 노력하고 있는가를.

　'모든 것을 추구하기 위하여' 무엇보다 건강이 필요하다고 하지만, 그 모든 것이 도달할 수 없는 마당에 추구만 하면, 무슨 소용이랴! 행복은 적어도 전혀 불가능한 것에 대한 영원한 섭렵은 결코 아니다. 행복하게 되려고 하는 사람은 먼저 결핍에 견디는 심술의 배움이 필요하다.

　그 몸이 건강한 사람도 절제를 해야 할 것은 물론이니, 방자한 행보行步가 한 번 병상에 미끄러질 때, 여기서 그는 행복이 단순히 무절제한 추구에 있는 것이 아님을 비로소 알리라. 도달할 수 있는 것을 추구하여 그것이 획득獲得될 때 처음으로 안정이 오는 것이요, 이 안심입명安心立命 근심 걱정 없이 죽음에 태연함이 없을 때 행복은 상상할 수도 없는 것이다.

　'모든 것을 할 수 있기 위하여' 사람에겐 부富가 필요하다고 하지만, 그러면 부자는 과연, 모든 것을 능히 할 수 있다고 제군은 생각하는가?

　물론 부자는 그가 가진 돈으로 많은 물건을 살 수는 있다. 그러나 인생의 최선한 것은 금전으로서는 살 수 없는 것에 속한다. 구매 능력에서 오는 안가安價한 행복은 결국 행복이 아니라 차라리 하나의 낙망落望, 하나의 불행에 가까운 자이니 부자가 사람의 눈을 현황眩煌하게 할 때, 그 화미華美와 사치奢侈 속에서 실로 행복과는 스스로 거리가 먼 기만欺瞞과 불행과 재난이 숨 쉬고 있는 것이다.

물론 '무엇을 해도 용사^{容赦}되는 권세'도 좋기야 좋지만, 우리는 이 권세가 사람에게 당위^{當爲}와 의무의 무거운 부담을 과하는 사실을 무시할 만큼 근시안적이어서는 안 될지니, 이 부담은 우리에게 분방한 행세를 하게 하는 시간적 여유를 줄 만큼 결코 가볍지는 않기 때문이다.

권력의 필연성은 참으로 자유를 억압하는 데 있는 것이요, 무엇을 해도 용사되는 그러한 세력은 요컨대, 창조적 의무의 희미한 반사광선에 불과한 것이다.

일찍이 폭군^{暴君}은 존재하였고, 오늘도 그것은 있다. 그리하여 그들은 문자 그대로 '무엇을 해도 용사되는 권력'을 누릴 수 있었다. 그러나 이러한 폭군의 세도가 과연 행복에 속한 무엇일까?

아니다, 결코 아니다.

여기서 우리가 저윽히 알 수 있는 행복은 이 세상에 실제로서는 엄연히 존재하고 있는 것이 아니므로, 우리의 손에 포착 추구 섭렵될 수 있는 성질의 것은 아니라는 뜻이다.

결국 우리는 앞날에 선량한 사람들이 그렇게 살았듯이, 우리가 행복 이외에 다른 것, 즉 다시 말하면 보람 있는 사람이 진심으로 영위하고 있는 동안이면, 어느 날엔가는 그들과 같이 우리 역시 행복을 마음속에서 느낄 날이 있으리라는 것을 믿고 사는 수밖에 없다.

사실상 행복은 그러한 형식으로써만 우리의 마음속에 느껴지는 감정이 아닐까 여겨진다.

교양에 대하여

교양이란 그 사람의 인간성과 생활 실천에 있어서 내적으로나 외적으로 그가 가지고 있는 역량이 온전히 표현하는데 나타난다.
그러므로 교양이 없는 사람은 빛을 잃은 거울과 같다.

　우리들이 일상생활에 있어서, 어떤 사람을 보고 '교양教養있는 사람'이라고 말한다.

　우리는 보통 그가 비교적 여유 있는 계급에 속하고, 어느 정도 보편적인 지식도 가지고 있으며, 그 사람의 행동거지가 충분히 사교적이어서 체면도 알고 범절도 있는, 말하자면 말쑥하고 세련된 사람을 연상하는 듯싶다.

　그러므로 전문대학 졸업장을 가지고 있고, 일가一家의 견식을 가지고 매사에 당당하며, 요행에 두지 않는 맵시 좋은 의복이라도 입고, 거기다가 간간이 영어 몇 마디를 섞어서 왕왕히 시세 담을 하고 있는 것을 보면, 이것으로 우리는 그를 범상인凡常人의 수준을 훨씬 넘어선 교양인으로 간주한다.

　그러나 좀 더 세밀히 점검할진대, 교양이란 것을 순수히 외면적으로 관찰한 데서 결과적인 파상적 견해라 할밖에 없으나, 만일에 교양의 정체가 이와 같은 것이라면, 그러한 종류에 속하고 교양인의 이상이란, 과연 무엇일까?

결국은 그들이 직업적, 사회적으로 자기주장을 통용시킬 수 있는 정도의 지식과 능력을 가질 수 있다면 그만이요, 그런 의미에서 그들이 소위 문명인이 될 수만 있다면 그만일 것이다.

이때 사람이 자기를 주위 환경에 순응시켜 나가는 재주만 있다면 그뿐이요, 그의 앞길을 막으며 전진을 방해하는 것이란 아무것도 없을 것이다. 그러한 조건을 구비했는지라, 그는 어느 곳에서나 교양인으로서의 인정을 받을 수 있을 것이다.

그러나 이상과 같은 견해에 대하여 우리가 주의를 요할 것은, 세간世間에는 흔히 이기적 성공만을 위하여 사는 공리주의자功利主義者에 속하는 불유쾌한 인간 전형이야말로 표면적으로는 교양인과 부합하며 일맥상통하는 점이 있다는 사실이다.

즉 교양 유무의 표준과 증좌를 외면적 인상에 둔다는 심히 위험한 소이가 이 점에 있다.

독일의 유명한 화가요, 유머리스트인 빌헬름 부슈Wilhelm Busch는 '너는 사람이 입고 있는 조끼만을 보고 심장은 보지 않는다.'고 말한 바 있다. 참으로 지언이라 할지니, 아름다운 허울이 반드시 좋은 심장을 싸고 있다고는 할 수 없기 때문이다.

공명정대한 비판적 견지에서 본다면, 사실 많은 사람이 얼마 정도는 실용적 한계는 넘어섰다고 볼 수 있는 지식과 항상 인기를 모으고 주목을 끌기 위한 정면적인 행동으로서 자기 도회韜晦 감춤를 일삼고 있다는 것은 한심한 일이라 아니할 수 없으니, 그 배후에 숨어있는 가소로운 미숙과 무 내용은 도저히 감추려고 해서 감출 수 없는 것이다.

그러므로 이 '교양이 있다' 하는 존칭에 대한 요구권은 엄밀한 의미에서 많은 사람이 주장할 수 없다.

문제는 우리가 교양이라 하는 이 개념을 얼마나 깊고, 또 높게 평가하느냐에 달려있는 것이다.

물론 어느 정도의 지식과 사회적 예의 작법(禮儀作法)이 교양적 요소에 속하는 것이지만, 그러나 이러한 요소가 그 사람의 인격(人格) 자체와 혼연히 융합되어서 나타나지 않는다면, 우리는 인격으로부터 탈락된 무생명한 요소에 대하여 교양의 낙인(烙印)을 찍을 수 없는 것이다.

교양이란 사람의 전 인간성과 생활 실천에 있어서 내적으로 외적으로 그가 가지고 있는 모든 종류의 역량이 온전한 발달과 통일에 도달하고 표현하는 곳에서만 있을 수 있는 것이다.

혹은 이성 교육, 혹은 심성 교육(心性教育), 혹은 사회적 교양이 각기 완전의 역(域)에 달했다 하더라도, 그것만으로서 교양의 이상에 도달했다고는 말할 수 없다.

왜 그러냐 하면, 가장 섬세한 영적 교양이 완전한 무지와도 병존할 수 있는 반면에 고도로 순치(馴致) 목표로 하는 상태에 이르게 함된 정신이 내면적 공허를 배제하지 않으며, 결점 없는 사교 형식의 숙달이 자기 가정에 있어서의 그의 조야(粗野) 유력 인사를 예방함를 엄폐할 수 없기 때문이다.

이 모든 사교적 성분이 가치적으로 균제(均齊) 고루 가지런함를 얻은 조화와 협력만이, 오직 총체적으로 교양이란 현상을 결과시킬 수 있는 것이다.

그러므로 교양이 있다는 것은 두말할 것 없이 상술한 네 개의 교양 형식이, 어떤 인격을 통하여 한 개의 통일체를 실현할 수 있었음을 의미하는 것이다.

이와 같이 교양적인 요구는 언제나 전체적인 인간형성을 지향하는 것이요, 그 사람의 부분성과 일면성에만 관여하는 것은 아니다. 그리하여 교양의 의미와 목적을 우리들이 타고난 소질과 능력으로부터 다각적인 통일체를 형성시키려는 데 있다.

일찍이 십팔 세기에 있어서 시인 괴테가 이 교양이란 말을 돋보아 그 개념을 규정했을 때, 그가 교양인의 이상을 내면성內面性의 형성에 둔 것은 저간의 소식을 웅변하는 것으로, 그 시대에 있어서 교양을 추구하는 무리의 동경과 노력이 외부에서 오는 모든 종류의 지식과 경험을 자기 인격의 신장과 완성에 대한 수단 도구로 삼았음은 물론이요, 그들의 개성이 자신에게 있어서는 의식적인 자기 형성을 통하여 최대한으로 다면적인 형체를 조성하기 위한 재료요, 소재임을 의미함에 불과하였다.

인간은 교양에 의하여 오직 인간이요, 또 인간이 된다. - 이것은 실로 그 시대의 몰각할 수 없는 견해이었던 것이니, 그러므로 엄격한 의미에서 최종 단계적인 완성된 교양이란 있을 수 없다.

교양은 항상 도상에 있는 것이요, 목적지를 갖지 않는다. 그것은 영원히 계속되는 과정을 의미할 뿐, 어떤 인격을 통해서 낙착된 소유물로서 표현될 수는 없는 것이니, 교양이란 말하자면 운동이요, 생성生成이요, 과제이기 때문이다.

그것은 이미 있었던 것, 의미되어 있는 것에 대한 동화, 순응이 아니요, 항상 새로이 쇄도하는 많은 재료의 섭취, 소화에 의한 자기 변혁이요, 자기 성장인 것이다.

그리하여 참된 정신적 교양이 무엇임을 아는 사람은 개성적으로 필연히 규정되는 명확한 선택본능에 의하여 그에 필요한 것만을 섭취하면 그뿐이요, 모든 것에 대한 유희적 · 중성적中性的 흥미란 무릇 그와는 거리가 먼 물건이다.

진실한 교양은 기능적으로 광범위한 범위의 다채로운 지식의 수용만으로 만족할 수 없는 것이니, 이와 같이 해서 얻은 지식을 동시에 개인적,

직업적, 사회적 제 생활의 요구에 응하여 심화하여 확고화함으로써, 비로소 그것이 확보되면 견지될 수 있기 때문이다.

그러므로 교양인은 개인적 이해력과 판단력이 허용하는 한도 내에서 자기가 살고 있는 시대의 제반 문제 - 즉 정치적, 경제적, 요술적, 종교적의 산 현실 문제에 대하여 수용도 하며, 혹은 비판도 하며, 혹은 형성도 해가는 그러한 열렬한 직접적인 관계자가 아니면 안 된다.

물론 교양인은 최초부터 자기의 이해력 한계를 잘 이해하고 있는 까닭으로, 자기의 영역을 넘어서는 그 같은 경망한 행동은 거의 극히 염기^{싫어하}고 ^{꺼림}하는 바, 사실에 속한다.

그는 그의 역량이 미치는 범위 내에서만 겸허한 확신을 가지고 항상 움직이는 것이다.

일찍이 시인 쉴러^{Schiller}에 의하여 창도^{唱導 앞장서 이끎}된 이래, 현재는 '예술교육'이란 이름 밑에서, 널리 지지를 받고 있는 저 미적 취미교육은 자연과 예술이 가지고 있는 미^美를 감상함에 의해, 우리의 내적 생활을 풍부하게 하는 점으로 보아, 다른 것으로서는 대신할 수 없는 하나의 교육 가치임에는 틀림없으나, '이상'으로서 추앙^{推仰}할 수 있는 최선의 것이라고 말할 수 없다.

왜 그러냐 하면, 이 다분히 향락적인 성질을 띠고 있는 취미 배양은 걸핏하면 그 정도를 지나치기 쉽고, 그 정도를 넘어서는 때, 그것은 사람의 건전해야 할 생활과 정신을 부자연스럽게 왜곡시키는 일이 적지 않기 때문이다.

그러므로 교양의 이상인 종합적 · 전체적 인간 형성을 조성하는 취미만이 오직 교양 자체로서 의미를 가질 수 있을 것이요, 파행적인, 고답적인, 향락적인 취미 편중은 건전한 정신적 견지에서 볼 때에는 유해무익한 유한인有閑人의 과잉행동이라 할밖에 없다.

앞에서도 말한 바와 같이 가치적으로 균형을 얻은 모든 종류의 교양적 성분의 음악적 조화와 혼연일체만이 참된 교양인을 만들어낼 수 있다.

이러한 의미에서 8·15해방 이후 씩씩한 신정신과 불타는 듯한 향학심, 지식욕을 가지고 학창에서 연학硏學에 힘쓰고 있는 많은 학생 제군에게 충심으로 일언하고 싶은 것은 지식의 갈구는 물론 좋으나 이와 병행하여 전체적인 인간수양을 등한히 하여서는 안 된다는 점이다.

우리는 일찍이 오랜 압박과 학대 밑에 여러 가지 이유로 살기에 바쁘고, 혹은 모든 조건의 불여의不如意 뜻과같이 되지 않음에서 얼마나 '사람으로서 자기를 교양하는 의무'를 회피해 왔으며, 태만해 왔는가!

그리하여 우리는 조선 각계를 막론하고 참된 교양인이 희소하다는 것은, 우리들의 건국을 위하여 심히 유감된 일이다.

우리 조선에는 진정한 의미에서 일면적인 교양인조차 많지 않은 현상이 아닌가.

여기서 진정한 교양의 이상을 향하여 자기완성의 길 내지는 국가 재건의 길을 걸어가고 있는 청년학도 제군의 사명과 책무가 얼마나 중차대함을 제군은 명심해야 할 것이다.

일언으로 요약하면 교양이 없는 사람은 마치 광택을 잃은 거울鏡과도 같은 것이다.

(1946년 7월 『국학國學』)

여성미에 대하여

미美는 모든 것에 활기를 주는 영혼으로 그것에서 피어오르는 살아 있는 표정이 아름다움의 근원이다.
한편 뱃속에서 피어나는 내적 미가 아름다운 외모를 만들어내는 원동력이다.

우리들이 어떤 여성을 불러서 미인美人이라고 할 때는, 무엇보다도 밖으로 나타나 있는 외모가 아름다운 것을 표준으로 삼고 말하는 것이 인상인가 봅니다.

우리가 적어도 미인에 대해서 무엇이라고 말하는 이상, 그가 타고난 선천적인 태도의 아름다움은 확실히 무엇보다도 미인의 조건이 된다고 생각할 수 있습니다.

첫눈에 보아서 그 육체가 아름다운 여성, 그같이 우리들의 마음을 얼른 이끌어가는 사람은 없습니다.

그러나 아름다운 외모를 가진 여자가 항상 행복하며, 언제까지 그 마음씨가 고우냐 하면, 그렇지는 않습니다. 육체적인 아름다움으로 하여 많은 죄악과 번민을 가질 수도 있는 것입니다.

저 타기唾棄할 자부심이랄지 허영심은, 모든 종류의 미인의 속성이 되어 있다시피 한 나쁜 성질이 아닙니까?

어찌 그뿐이리오. 만일에 육체미의 소유자가 좋은 양심을 갖고 있다면,

자기의 미모가 다른 사람들에게 부러워하는 마음을 품게 하고, 남자들의 마음을 공연히 어지럽게 만들며, 자기의 정신미精神美가 값없는 육체미 때문에 한각閑却되는 것에 적지 않은 고적을 느끼게 될 것은 정한 이치입니다.

생각해 보십시오. 설사 아름다운 육체라 할지라도 그 육체 속에, 만일 고약하고 어리석은 정신이 들어앉아 있다면, 우리는 그 여자를 가리켜 가히 미인이라고 할 수 있을까요?

슬픈 일이지만, 이 세상에는 마음은 나쁘고 육체는 훌륭한 이런 종류의 미인만이 표본으로써 통용되고 있을 뿐입니다. 그런 까닭으로 이런 점에 대해서 우리가 한 번 깊이 돌려서 생각해 보면, 이제까지 우리의 미인에 대한 인식이 얼마나 그릇된 것이었던가 하는 사실을 잘 이해할 수 있을 것이다.

또 우리는 한 여성이 사랑을 받고 행복을 누릴 수 있기 때문에 그 여성은 반드시 육체적으로 아름다워야 할 이유도 필요도 없다는 사실을 이해할 수 있을 것입니다.

물론 대부분의 남자들은 외양이 아름다운 여자를 좋아하기도 하고, 그런 종류의 미인에게 반하기가 쉽습니다.

그런데 무릇 이 반한다는 것이 첫째 문제입니다. 왜 그러냐 하면, 이 미모에 반했다는 것이 반드시 길고 오랜 사랑과 고요하고 참된 행복을 약속해주는 것은 아니며, 차라리 반대로 한때의 도취, 지나가는 경련의 필연적인 결과로서, 그것은 불행한 발병과 파탄을 불러내고야 말기 때문입니다.

그러므로 이런 경우에 있을 수 있는 행복이란 처음부터 두 사람 사이에 연애의 신성한 씨가 박혀있어서, 그것을 점점 크게 북돋울 수 있을 때에 한해서만 생길 수 있는 것입니다.

세상 사람들이 한 여성을 아름답다고 말할 때, 그 여성의 어느 곳을 보고 아름다웁다 하는 것일까요? 또 미美라는 것은 무엇이며, 그것은 어디서 시작되는 것일까요?

이것을 간단하게 대답하기는 진실로 어려운 일이 올시다마는, 여기에 대해서 나는 모든 여성은 아름다웁고, 또 얼마든지 아름다워질 수 있다는 엄청난 주장을 가지고 이 물음에 대답하고 싶습니다.

모든 여성이 아름다웁기도 하고 또 아름다워질 수도 있다는 것은 물론, 모든 여성 속에는 그들도 알지 못하는 미美가 신비로운 힘으로서, 또는 숨겨진 소질로서 깨우쳐지기를 바라면서 고요히 잠자고 있는 사실을 알고 있기 때문입니다.

미美라는 것이 언제든지 발전될 수 있고, 번영할 수 있고, 완전무결한 것으로서 우리 앞에 나타날 수 있다는 것은, 하나의 편견에 불과합니다.

그와는 반대로 미는 왔다가는 사라지고, 성했다가는 쇠해지는 미묘자궁 微妙之窮 미묘하고 곤궁함한 물건입니다. 그러기에 가장 아름다운 여자도 추악한 순간을 가지는 것입니다. 그래서 미라는 것이 바른 선線과 고운 피부에서 온다는 설은 편견입니다.

그와는 반대로 미는 모든 것에 활기를 주는 영혼, 그것에서 피어오르는 것입니다. 쉽게 말하자면 산 표정, 그것이 미의 근원이요, 이 뱃속에서 피어나는 내적 미야말로 사람의 번듯한 외모를 비로소 참된 아름다움으로 만들 수 있게 하는 원동력인 것입니다.

그래서 이 정신미는 고운 얼굴을 진실로 곱게 해줄 뿐만 아니라, 그것은 번듯하지 못한 외모까지 아름답게 다듬어주고, 변하게 해주고 비추어주는 것입니다.

사람은 저마다 다른 자기 얼굴과 제 육신을 타고 났습니다. 그러나 우리는 그것을 타고날 때, 다시 손을 댈 수 없는 최후로 결정된 형체로서 얼굴과 육신을 타고 나온 것은 결코 아닙니다.

우리는 선천적으로 부모에게 타고 나온 신체를 단순히 출발점으로 삼고, 그것을 우리의 정신적 노력에 맡김으로 해서 조각적彫刻的으로 다듬어 올려가고 지어 올려가고 있는 것입니다.

모든 사람은 그들의 육체 속에 정신이라는 것을 가지고 있고, 이 정신이라는 것의 생활이 그들의 육체 속에 이어지고 있는 한에 있어서, 정신은 그들의 육체를 간단없이 형성해 가는 것이 아니면 아니 됩니다.

그래서 사실상 그 사람의 내부 생활, 그 사람의 정신생활 여하는 반드시 직접으로 그의 얼굴과 그의 육신에 나타나는 것입니다.

'속에 있는 것은 반드시 밖에 나타난다.'는 것은 괴테Goethe의 유명한 말입니다. 정신적 취약은 가장 아름다운 얼굴일지라도 미련 없이 찌그러 드는 것이요, 정신적 미는 가장 보기 싫은 얼굴까지도 알아보지도 못할 만큼 고상하게 하고 빛나게 만들어줍니다.

내적 조화, 선량, 품위, 굳센 의지, 풍부한 사상, 감정, 자비의 마음, 쾌활한 정신, 이 모든 것이 그의 눈에서 빛나고, 그의 얼굴에 떠돌고, 그의 행동을 지배할 때, 그의 수학적으로 균제均齊 가지런하다를 잃은 선과 불완전한 혈색과 외모의 결함을 의식할 수 있을까요?

이때 정신은 육체를 지배하고, 아름다운 영혼은 외부적으로는 아름답지 못한 육체에 대해 말하기 시작하며, 그래서 고운 마음은 그의 육체에 아름답지 못한 것을 아름답게 만드는 바, 저 활발한 표정까지 주는 것입니다.

(1938년 1월 「조선일보朝鮮日報」)

병에 대하여

병에는 평온한 영혼, 쾌활한 기분, 부동의 신념이 절대적으로 필요하다. 병이란 뻗대는 성질의 것이므로 치유에는 어느 정도 유장한 시간과 공간이 필요하다.

　문득 어쩐지 몸에 이상이 있음을 느낀다.

　몇 차례씩이나 근심스러이 손을 머리에 대어본다. 머리가 좀 더운 것 같다. 드디어 병이 찾아온 것일까?

　한동안 앓지 않았으니, 병도 올 때가 되었을지도 모른다.

　약간 억울하기는 하나 조용히 누워 몸을 풀어버리는 것도 무방하겠지. 진실로 병은 나를 찾아온 것일까? 아무리 생각하고 따져보아도 그럴 리가 없는데, 이 이상은 어인 까닭인가?

　하여간 병의 심방尋訪이 틀림이 없음을 우선 확증하는 것이 절대 필요하므로 여러 가지 방법에 의하여 이전의 건강 상태와 현재의 증상을 혼자서 묵묵히 비교하여 보곤 한다.

　원래 인생이란 순순하지 못할 뿐만 아니라, 흔히는 괴롭고 또 재미조차 없는 물건인데, 이 위에 병까지 뒤집어쓴다면 어이하나?

　생각할수록 여러 가지가 마음에 걸려 실로 걱정이 아닐 수 없으나, 일단 찾음을 받은 병은 일종 불가항력에 속하므로, 내 힘만으로써 물리칠 도리는 도저히 없는 일이다.

병은 이미 찾아왔는지라 백사百事를 제지하여 관념의 눈을 감고 하여간에 병상에 몸을 이끌어 털썩 누우매, 일시에 셸러Scheler의 이른바 '형이상학적 경쾌'가 퇴각을 개시함은 물론이요, 또 공동생활에 의하여 연계되었던 이제까지의 사회적 관련으로부터 졸연한 이탈이 강요되는 되는 데서 유래하는 병상의 기묘한 고독과 무력을 통감하게 되는 것이다.

그러나 고통 속에서도 일종의 향락이 성립될 수 있다는 것은 병자를 위하여 다행한 일이니, 오슬오슬 오한에 떨리는 몸과 뻐근히 저리는 사지 속에서 잔잔한 세류 비슷이 한 갈래 흘러오는 병적 쾌감은 말할 수 없이 유충幼沖하고 몽환적인 나라로 병자를 인도하여간다.

영영축축營營逐逐 이익을 얻기 위해 분주함, 악착스런 이 세상에 초연히 누운 이 통쾌한 묵살, 이 초현실적 안정, 이 풍부한 시간, 장차 어찌 될지 병의 귀추가 물론 저윽이 걱정이지만, 이왕 걸린 병인지라 할 수 없는 일이 아니잖느냐.

불평불만의 정을 품는 것도 어리석기 짝이 없는 일이므로 오로지 미지의 우友인 병, 그 자체의 음성에 경청하기로만 결심한다.

병은 실로 한 심방자尋訪者와도 같으니, 그는 대체 나로부터 무엇을 요구하려는 것일까? 병은 여행과도 같으니, 대체 나는 어디로 향발하여야 될 것인가? 또 병은 무엇을 경고하려는 한 친구와도 같으니 말하는 것이다.

'주의를 해야 되네. 이러한 곳에 자네의 결함이 있는 것이니, 잘 좀 생각하고 반성해야만 된단 말일세!'라고, 찾아와서 병우病友에게 이 같은 충고를 하며, 또 여행의 길로 나서게 하는 한 친구의 정의를 물리쳐야 할 것인가?

아니다. 우리는 그의 심방을 진심으로 감사하여야 될 것이다. 우리는 다만 여장을 준비하고 조용히 길을 떠나기만 하면 좋은 것이다. 그러나 목적지가 어디며, 거리가 어느 정도이며, 또 방향이 어느 쪽인가를 모르는 아득한 꿈길의 출발임은 두말할 것이 없으니, 우리는 알지 못하는 인도자의 뒤만 따를 수밖에 다른 도리가 없다.

사람은 병이 무엇인가를 안다. 그리하여 이 병에 대한 인식, 그 안에 실로 건강 시에는 예상하지 못하였던 비극적 생존이 누워있다. 병이 침입자의 인상을 주며 병자를 문득 습격할 때, 모든 근친자近親者의 동정이 무력한 것이니, 병실의 문이 닫혀지는 순간 병자의 고독과 적막을 위무慰撫할 방법이라고는 전무하기 때문이다.

이 고립적이요, 독자적인 영원한 격투와 고민 속에서 그가 어렴풋이 보이는 것은 이곳에 두 방문자가 있음이다. 하나는 본능이란 자이요, 다른 하나는 정신이란 자이다. 이 순간에 무엇을 하자고 본능과 정신, 이 양자는 강성하여 나를 심방한 것일까?

본능과 정신, 이 양자는 말하자면 병자에 대하여 의사 이상의 역할을 하는 자이니, 그들은 상호 제휴하여 무엇인지는 알 수 없으나, 나에게 중대한 발언을 하여야 되는 것이요, 병자의 치유를 위하여 일치 협력하지 않으면 안 되는 것이다.

본능은 육체를 치유하여야만 되는 것이요, 정신은 영혼을 병으로부터 구출하지 않으면 안 되는 것이다. 왜 그러냐 하면 참된 건강이란 진실로 육체적 건강을 말하는 동시에 영혼 역시 건강함을 의미하기 때문이다.

본능은 육체를 치료한다. 이것은 조금도 의심할 여지가 없는 사실이다. 왜 그러냐 하면 모든 치료는 자기 치료 이외의 아무것도 아니기 때문이다. 어떠한 명의, 신약新藥도 이 신비로운 업무를 대행할 수는 없다.

의사와 검제劍劑는 결국 본능이 수행하는 치료를 보조하며, 가호加護하여 고무함에 불과하고, 무릇 치유과정은 그 자신의 충동에 의하여 자발적으로 자연히 성수되는 것이다.

그리하여 그 시^時에 본능은 병을 제거하기 위하여 그 병적 징후에 직접으로 방법을 취하지 않는 것이니, 원래 병세는 합목적으로 진행하는 법이며, 그 자체가 치유^{治癒}에 봉사하는 것이기 때문이다. 그러므로 병적 증상은 진행될 때까지 진행되면 자연히 없어진다.

본능의 자기 치료는 그보다 새로운 구성과 조직 속에 성립되는 것으로 병자와 의사는 이 새로운 구성과 조직을 향하여 신중히 가장 완곡히 보조를 맞추어 걸어가는 것이다.

새로운 구성과 조직에 필요한 것은 무엇이냐 하면 그것은 휴양이요, 안정이요, 정력의 절약이요, 영양이요, 공기요, 일광이요, 쾌활한 기분 등이다. 여타 지물은 그 후에 비로소 필요한 것이다.

그리하여 환자에게 경청하는 능력이 있다면, 그는 곧 본능이 단독으로 병에 대하여 유용한 것을 염원하고 유해한 것을 염기^{厭忌}하는 사실을 인식하는 것이다.

대개 병중에 환자가 좋아하는 바가 병에 이로우며, 환자가 싫어하는 것이 병에 독이 되는 이유는 본능의 엄격한 명령, 그 속에서 탐지되어야 한다.

본능은 신뢰를 굳이 의욕한다. 본능이 확호^{確乎}한 자신을 가지고 나타나면 나타날수록 그에 대하여 순종적인 태도를 취하면 취할수록 보다 신속히 자기 치료의 효과는 발생하는 것이니, 이것이 실로 치료 방법의 근본임은 다시 말할 필요가 없다.

본능이 육체를 치료함과 같이 정신은 영혼을 치료한다. 여기서도 치료가 자기 치료의 방향이 '하부에서' 오지 아니하고 '상부로부터' 오는 점이

다를 뿐이다.

그러므로 병자에게 가장 중요한 것은, 아무리 중병 상태에 처해있는 경우에라도 불평과 원한과 절망을 품어서는 안 되며, 일종의 철학적 달관을 가져야 된다는 것이다.

병에는 평온한 영혼, 쾌활한 기분, 부동의 신념이 절대로 필요하다. 병이란 뻗대는 성질의 것이므로 병의 치유에는, 어느 정도로 유장한 시간과 공간^{병원, 온천, 요양지}이 필요한 것이다.

이 모든 조건은 병에 대하여 은혜를 끼치는 가능성을 제공하는 것이다. 그러나 중대한 투병의 단계는 이 모든 조건을 구비한 후에, 비로소 시작되는 것이다.

이 진지한 투병에 있어서 본능과 정신, 양자가 병을 통하여 우리에게 전하는 중대한 발언은 대체 무엇인가?

그것은 내가 평상시에 심신을 잘 조정할 줄을 몰랐다는 것이요, 또 내가 건강을 하늘이 주신 선물로서 높이 평가하지 않았다는 것이요, 그러므로 병에 대한 책임은 내 자신이 져야만 된다는 것이다.

그리하여 건강은 그 자체가 이미 행복과 열락을 의미한다는 것이다. 사실 내가 아름다운 것으로 충만한 이 인생에 대하여 눈을 감고 무관심하게 지내왔다는 것이다.

그리하여 애^愛와 선^善과 희생의 영웅적 행동에 대한 무수히 많은 가능성이 안전^{眼前}에 제공되어 있음에도 불구하고 무지의 탓으로 하여 그대로 간과하여버리고, 그와는 반대로 내가 이제까지 가장 훌륭한 선물의 낭비자로서만 살아왔다는 것은 얼마나 슬픈 일이냐!

우리는 병석에 누워 흔히 내일부터는 이 인생을 다시 시작할 것을 결심하는 것이니, 병고가 우리에게 주는 교환은 결코 적은 것이 아니다.

사람이란 원시 반평생을 아니, 일평생을 고생으로 산다는 것, 그리하여 사람이 고뇌를 통하여 자각과 청정淸靜과 개선에 이를 수 있으며, 모든 고뇌로부터 일편의 참된 혜지慧智를 취급할 수 있다는 것을 병은 여실히 가르쳐주기 때문이다.

병은 참으로 우리들 사람을 위하여 다행한 교도자敎導者다. 병은 사람의 새로운 육성을 위하여, 휴양을 위하여, 또 그 순화를 위하여 막대한 진력을 하는 자이기 때문에, 우리는 병으로부터 해방되어 쾌유의 즐거운 날을 가질 것이 아니라! 이에 더한 위안이 우리에게 필요할까?

병은 흔히 사람을 신경질로 만든다. 환자의 이 애처로운 심리를 우리는 승인하지 못할 바 아니나, 이것은 그가 아직도 정신의 그윽한 소리를 듣지 못한 탓이라 할지니, 병자가 명심해야 할 것은 병에 구애함 없이 병으로부터 초월하여야 된다는 것이다.

그리하여 어디서 왔는지 알 수 없는 자기 자신에게서 온 이 시련을 감수하여 자기를 육성하는 좋은 수단으로 삼지 않으면 안 된다. 확실히 사람은 병에서 크는 존재이다.

아이들이 병으로 울 때, 우리는 보통 '자고 나면 낫는다.'고 말한다. 수면은 병에 있어서 약이다. 수면이 경과의 양불호良不好를 결정하는 신묘한 복선이 되는 것도, 우리들이 잘 알고 있는 바 사실이다. 수면이라면 병중에 우리를 부단히 습격하는 저 수마睡魔 혼란는 대체 어디서 오는 것일까?

병자에게 허락된 유일한 위안은 독서다. 그런데 시력이 쇠하고 팔 힘이 부족하여 책을 보기만 하면, 우리의 정신이 잠들어 버리는 데는 감당할 도리가 없다.

무엇을 생각하다가도 곧 잠드는 법인데, 다시 잠을 깨고 나면, 무슨 생각을 했는지를 알지 못하는 경우가 많다.

병중에 가장 우울한 시간은 식사시간이니, 식사래야 미음 아니면 죽 등으로 가히 언설言說할 나위가 못 되거니와, 구미가 쓰고 혀는 깔깔하여, 그것일망정 약을 먹듯이 먹어야 되고 달게는 도저히 먹을 수 없는 것이 유감이기 때문이다.

병자는 식전 식후에 누워서 한가함에 맡겨 자기가 일찍이 맛본 진수성찬의 한 가지 한 가지를 입 위에 가만히 얹어보는 것이니, 단 한 가지라도 구미에 당기는 것이 없을 때는 삭연한 감을 품지 않을 수 없다.

병으로 누워서 사람은 더욱이 먹는 재미가 얼마나 큰 것인가를 통감하게 되는 것이다. 그러므로 사람은 흔히 병중에 못 먹은 분량의 음식을 병후에 결국은 다 찾아 먹고야 만다.

또 병상에 누워있으면 자기가 일어나서 직접 밖으로 나가볼 수 없는 까닭에 자기와 완전히 격리된 이 세상은 사실 이상으로 지극히도 멀어 보이는 법이다.

그 먼 세상에는 아는 사람들이 찾아와서, 그 먼 세상의 소식을 전할 때, 병자가 받는 인상은 예상 이상으로 신선하고도 강렬하다. 이 사실은 사람이 공동생활을 떠나서는 하루라도 살 수 없다는 것을 여실히 말하는 것밖에 없다.

사람이 병에서 크는 동일한 근거에서 병 때문에 늙기도 하는 것이다. 이 사실은 나이를 먹은 후에 병을 앓아본 경험이 있는 사람이면 누구나 곧 수긍할 것이다. 나는 이것을 이번의 병에서 통절히 경험하였다.

하여간 병을 하나의 위안으로 삼는 기술을 체득한다는 것 - 이것이야말로 병자에 대한 가장 중대한 '생명철학生命哲學'인 것이다.

(1947년 6월 병상病床에서)

생활의 향락

가장 아름다운 생활의 향락은 현실
생활의 쾌활함과 정신적·육체적으로
조화있는 균형 속에서만 찾을 수 있
다.

생활의 향락이란 말만큼, 흔히 쓰이면서도 그 개념이 막연한 이의적二義的
인 언어도 그리 많지 않을 것이다.

물론 진정으로 생활의 향락이 무엇인가를 잘 알고 있는 현명한 사람들
에게, 이것은 지극히 순수무잡純粹無雜한 말에 속할 것이겠지만, 생활의 딜레
탕트dilettante 애호가에게는 그의 근시안으로서는 도저히 이해하기 어려운
것이기 때문에 이 말만큼 위험한 것은 없다.

생활의 향락 - 생활하는 자에게 있어서 이것같이 자명한 사실은 없음에
도 불구하고, 그것이 있음으로써 재미도 있고 살 보람도 있는 바, 향락
면을 생활에서 단연 제거하려 들고, 혹은 그와는 반대로 인생은 향락 때문
에 존재하는 것이며, 그 이외의 것을 위해서 존재하는 것이 아니다하고
생각하는 부류의 인간이 비교적 많다는 것은 슬픈 일이다.

무엇 하자는 돈인지를 반성할 여유는 한 번도 가지지 못하고, 금전만
모으려 드는 인색가들을 비롯해서 일을 해보기도 전에 그 무의미를 주장
하는 무위도식자며, 공연히 짜증만 내어 그렇게 함으로써 참된 생활의

환희를 암살하는 불만가들은, 우리들이 잘 아는 바와 같이, 말하자면 생활의 둔감자로 지평선 저 멀리 누워있는 행복된 생활의 만끽과는 절연의 상태에 있는 사람들이다.

그들은 대개 흉도胸度가 넓은 사람 같으며, 보통으로 일소에 부치고 말만은 사소한 일에 머리를 앓으며, 하루의 대부분을 불유쾌하게 보내고 마는 것이다.

그러나 위험성으로 말하면, 이러한 보수적 생활자보다도 생활의 거짓된 향락자가 일층 심함은 물론이니, 그들은 돈냥이나 있는 것을 기화로 전연 인류활동의 권외에 서서, 자기 일개인의 쾌락을 추구함에 급급한 나머지 결국은 재산을 탕진하고, 자기와 자기 일족을 망치고 마는 것이 예사이기 때문이다. 참으로 경계할 일이라 아니할 수 없다.

사람이 타고난 활력을 위축시키지 않기 위해서는 항상, 세상의 풍파에 마찰을 당해야 됨은 물론이고, 또 우리는 생활의 목적이 생활하는 것 그 자체에 있다는 것을 잊어서는 안 된다.

다시 말하면 우리는 운동하고 성장하고 전투하는 것이 곧 생활의 목적이 됨을 알아야 한다는 것이다.

그러므로 정신적으로 육체적으로 우리가 가진 정력의 신선한 갱생을 꾀할 수 있을 때, 그곳에야말로 지장 없는 생활의 향락은 추구되는 것이지, 아이와 일락逸樂 속에 생활의 향락이 있는 것은 결코 아니다.

왜냐하면 광명에 가득 찬 생활이란 항상 극복하기를 의욕하고, 이 극복은 전쟁 없이는 실현될 수 없는 것이기 때문이다.

가장 아름다운 생활의 향락은 현실 생활의 쾌활한 조종과 정신력과 육체력의 조화 있는 균형 속에서만 찾을 수 있는 것이라 할 수 있으니, 생활술生活術이란 결국 무엇이냐 하면, 달기도 하고 쓰기도 한 모든 체험

속에서 우리가 한 개의 심각한 지혜를 도출하는 동시에, 그 오묘한 감즙^{甘汁}을 섭취할 줄 아는 독특한 기교를 말하는 것이 아닐까 한다.

그리하여 생활의 향락은 활동과 휴양, 이 양자의 율조적^{律調的}인 교호작용에서 체험되는 것이요, 그 한 가지 것 속에서 발견되는 것이 아니므로 일면적인 인간은 그가 아무리 훌륭한 것을 기도하고 있는 경우라도 생활의 향락에 참여할 도리는 없다.

생활의 향락이란 아름다운 사실을 순전히 놀고, 마시고, 먹고, 입는 것으로만 여기고 있는 사람들이 비교적 많은 듯하기에, 나는 그들의 오해에 대하여 일언^{一言}하는 동시에, 가장 아름다운 생활의 향락은 자연과의 접촉에서 실현될 수 있다는 것을 역설하는 바이다.

활동의 여가에 유유히 실행되는 등산임수^{登山臨水}, 여기서 우리는 제일 간단히 심신의 일여와 조화를 얻을 수 있기 때문이다.

(1940년 10월 『박문^{博文}』)

생활인의 철학

나는 철학자보다는 농어촌의 백성,
평범한 부녀자에게서 철학적인 달관
을 발견하고 머리를 숙인다.
'생활의 예지' 이것이 생활인의 귀중
한 철학이다.

철학은 철학자의 전유물인 것처럼 생각하고 있는 사람들이 많이 있다. 그러나 그렇게 생각하는 것도, 결코 무리한 일은 아니다.

왜냐하면 그만큼 철학은 오늘날 그 본래의 사명 - 사람에게 인생의 의의와 인생의 지식을 교시敎示하려 하는 의도를 거의 방기하여버렸고, 철학자는 속세와 절연하고 관외關外에 은둔하여 고일高逸한 고독경孤獨境에서 자기의 담론에만 오로지 경청하고 있기 때문이다.

이와 같이 철학과 철학자가 생활의 지각을 완전히 상실하여 버렸다는 것은 참으로 슬픈 일이다.

그러므로 생활 속에서 부단히 인생의 예지를 추구하는 현대 중국의 양식의 철학자 임어당林語堂이 일찍이 '내가 임마누엘 칸트Immanuel Kant를 읽지 않은 이유는 간단하다. 석 장 이상 더 읽을 수 있는 적이 없기 때문이다.' 하고 말했을 때, 이 말은 논리적 사고가 과도의 발달을 성수成遂하고 전문적 어법語法이 극도로 분화한 필연의 결과로써 철학이 정치 경제보다도 훨씬 후면에 퇴거되어 평상인은 조금도 양심의 가책을 느끼지 않고 철학의 측면을 통과하고 있는 현대문명의 기묘한 현상을 지적한 것으로서, 사실상 오늘에 있어서는 교육이 있는 사람들도 대개는 철학이 있으나 없으나 별로 상관이 없는 대표적 과제가 되어 있는 것을 부정하기는 어렵다.

그러나 나는 물론 여기서 소위 사변적思辨的, 논리적, 학문적 철학자의 철학을 비난 공격하는 것이 목적이 아니다.

나는 오직 이러한 체계적인 철학에 대하여 인생의 지식이 되는 철학을 유지하여 주는 현철賢哲한 일군 群의 철학자가 있었던 것을 알고 있으며, 그러한 의미에서 철학자만이 철학을 가지고 있는 것이 아니요, 어느 정도로 인간적 통찰력과 사물에 대한 판단력을 가지고 있는 이상 모든 생활인은 그 특유의 인생관, 세계관, 즉 통속적 의미에서의 철학을 가질 수 있다는 것을 말하고자 함에 불과하다.

철학자에게 철학이 필요한 것과 같이 속인에게도 철학은 필요하다. 왜 그러냐 하면 한 가지 물건을 사는 데 그 사람의 취미가 나타나는 것 같이, 친구를 선택하는 데 있어서도 그 사람의 세계관, 즉 철학은 개재되어야 할 것이며, 자기의 직업을 결정하는 경우에도 그 근본적 계기가 되는 것은 물론, 그 사람의 인생관이 아니어서는 아니 되겠기 때문이다.

가령 우리들이 결혼이라는 것을 한 번 생각해 볼 때, 한 남자로서 혹은 한 여자로서 상대자를 물색함에 제際하여 실로 철학은, 우리들이 상상할 수 있기보다는 훨씬 많이 지배적인 결정적인 역할을 하게 됨을 알 수 있을 것이다.

우리가 어떠한 방식으로 생활을 설계하느냐 하는 것도, 사실은 넓은 의미에서 우리들이 부지중에 채택한 철학에 의거하여 실행하게 되는 것이기 때문이다.

우리들이 생활권 내에서 취하게 되는 모든 행동의 근저에는 일반적으로 미학적 내지 논리적 가치 의식이 횡재ﾑﾉﾍ하여 있는 것이니, 생활인의 모든 행동은 반드시 어느 종류의 의미와 목적에 대한 관념을 내포하고 있다.

모든 사람은 소위 이상理想이라는 것을 가지고 있고, 그러한 이상이 각 사람의 행동과 운명의 척도가 되고 목표가 되는 것은 물론이려니와, 이상이란 그 사람의 철학적 관점을 말하는 것이며, 그 사람의 일반적 세계관과 인생관에서 온 규범의 파생체를 말하는 것이다.

'내 마음이 선택의 주인공이 된 이래, 그것이 그대를 천 사람 속에서 추려내었다.'고 햄릿Hamlet은 그의 우인友人 호레이쇼Horatio에게 말하였다.

확실히 우인의 선택은 임의로운 의지적 행동이라고 하나, 그것은 인생철학에 기초를 두는 한 이상의 지배를 받지 않을 수 없는 것이다.

햄릿은 그에게 대하여 가치가 있는 인격체이며, 천지지간만물天地之間萬物에 대한 이해력을 가지고 있으며, 그리하여 이 인생생활을 저 천재적이나 극히 불우한 정말丁抹의 공자公子보다도 그 근본에 있어서 보다 잘 통어統御할 줄을 아는 까닭으로 호레이쇼를 우인으로서 택한 것이다.

비단 이뿐이 아니요, 모든 종류의 심의활동心意活動은 가치관의 지도를 받아가며 부단히, 그리고 결정적으로 그 운명을 형성하여가는 것이니, 적어도 동물적 생활의 우매성을 초극한 모든 사람은 좋든 궂든 하나의 철학을 갖는 것이다.

사람은 대개 인생에 대하여 무엇을 요구해야할까를 알며, 그의 염원이 어느 정도로 당위當爲와 일치하며, 혹은 배치背馳될지를 아는 것이니, 이것은 실로 사람이 인간 생활의 의의에 대하여 사유思惟하는 능력을 갖기 때문에, 오직 가능할 수 있는 것이다.

두말할 것 없이 생활철학은 우주철학의 일부분으로서 통상적인 생활인과 전문적인 철학자와의 세계관 사이에는 말하자면, 소크라테스Socrates와

트라지엔의 목양자牧羊者의 사이에 볼 수 있는 것과 같은 현저한 구별과 거리가 있을 것은 물론이나, 많은 문제에 대하여 그 특유의 견해를 갖는 점에서는 동일한 철학자인 것이다.

나는 흔히 철학자에게서 생활에 대한 예지의 부족을 인식하고 크게 놀라는 반면에 농산어촌農山漁村의 백성, 또는 일개의 부녀자에게서 철학적인 달관을 발견하여 깊이 머리를 숙이는 일이 불소不少함을 알고 있다.

생활인으로서의 나에게는 필부필부匹夫匹婦의 생활체험에서 우러난 소박 진실한 인식이 고명한 철학자의 난해한 칠봉인七封印의 서書보다는 훨씬 맛이 있다는 것을 고백하지 않을 수 없다.

원래 현실적 정세를 파악하고 투시하는 예민한 감각과 명확한 사고력은 혹종의 여자에 있어서 보다 발달되어 있으므로, 나는 흔히 현실을 말하고 생활을 하소연하는 부녀자의 아름다운 음성에 경청하여 그 가운데서, 또 한 많은 가지가지의 생활철학을 발견하는 열락悅樂은, 결코 적은 것이 아니다.

하나의 좋은 경구는 한 권의 담론서談論書보다 나은 것이다. 그리하여 언제나 인생의 지식인 철학의 진의를 전승하는 현철賢哲이 존재한다는 것은 고마운 일이다. 그러므로 이러한 무명의 현철은 사실상 많은 생활인의 머릿속에 숨어있는 것이다.

'생활의 예지', 이것이 곧 생활인의 귀중한 철학이다.

금전철학金錢哲學

돈을 억지로 벌려고 해서는 안 되며
들어올 때가 되면 자연히 들어온다
는 말은 세간의 지혜이며, 돈에 대한
이유 없는 경멸은 위험한 생각이다.

돈이라고 하면 - 돈이란 말만큼 명랑한 음향을 우리들의 귀에 전하는
말은 없으리라. 그러나 그 반면에 돈이란 말은 음울한 음조를 가지고 있다.

또 돈이 있을 때는 자연히 마음까지 쾌활해지고, 돈이 없을 때는 기분이
우울해지는 것도, 우리들 속인이 경험하는 일이다.

일찍이 금전金錢이 그 가치를 완전히 발휘할 수 있었을 때, 돈은 멀리서
보기만 해도 우리를 충분히 흥분시키고 놀랍게 한다.

그러나 돈이 오늘과 같이 흔하고 보면, 돈이 돈 같지 않은 기분을 매양
일으킬 뿐만이 아니라, 할 수 없으니 애써 벌어서 쓰기는 하나, 도처에서
볼 수 있는 그 흔한 지화紙貨 뭉치는 이상야릇한 혐오감까지도 품게 한다.

최근에 중국에서 온 편지를 보니 피봉皮封에 이십구만 원어치의 우표가
붙어있었다. 쌀 한 가마니에 일천만 원이라는 신문이 전하는 기사다.

이 중국에서 어떤 사람의 말을 들으니, 소매치기가 실업상태에 빠졌다
고 한다. 그것은 호주머니에 넣을 수 있는 정도의 돈으로서는 담배 한
개도 변변히 사기 어려운 까닭이다. 즉 소매치기의 손장난은 무릇 성립하

기가 불가능하게 된 것이다.

멀리 중국까지 갈 것 없이, 우리들이 살고 있는 조선의 물가도 우리들이 얻을 수 있는 수입에 비하면 엄청나게도 비싼 것이 사실이다. '민생民生이 도탄에 빠져서' 하고 장탄식을 일삼는 것은 비단 위정자와 언론가들에 한한 구호가 아니다.

모든 조선 사람은 현재 오리汚吏와 모리배를 제외하고는 살 수 없는 수입을 가지고 이상하게도 살아가는 비통한 기적을 체험하고 있는 것이다. 그러자니 그 고통은 오죽할 것인가. 여기도 기만과 불의와 탐욕은 스스로 멀어져가고 있는 것이다.

인간의 생활이 영위되는 곳에 으레 만능력萬能力을 가진 돈에 대한 이야기가 전개되는 것은 차라리 당연한 일이라 하려니와, 직면한 현실밖에는 경험하지 못한 단순한 아동들만은 예외다.

요사이 사람이면 사람마다 어느 자리에 대좌하게 되면, 지나간 날의 돈의 가치를 쉽사리 잊지 못하고 항상 비교론적 관점을 고지固持하여 금전 가치의 현재와 과거를 판정하여 저울질함으로써 흥미를 가져보기도 하고 영탄永嘆 장탄식을 붙여보기도 한다.

일전에 어느 자리에 갔더니 한 사람이 '여름모자가 없어서 하나 사 쓰려고 돌아다녀 봤는데, 오천 원 이하짜리는 없단 말이야. 원, 모자 하나에 만 원 가까이 하니 대체 살 수가 있어?' 하고 시작하니, 이 말에 장단을 맞추어 여기저기서 나오는 말은 돈 가치와 물가 시세에 대한 불만이었다.

'요새 만 원이면 물가가 평균 천 배 올랐다 치고 예전 돈으로는 단 십 원이야, 십 원. 그러나 엄밀하게 따지면 웬걸 십 원 턱이나 되기에? 전에 오십 전이나 일 원쯤 주고 맥고모자 하나 덮어쓰면 한여름 잘 지나지 않나.' 하자, 또 한 사람이 기다렸다는 듯이 말을 받으니 이야기는 한참 동안 해방 전과 해방 후의 금전 환산율을 중심으로 벌어졌다.

그리하여 으레 이런 자리의 담화談話가 귀착을 보듯이, 결론은 요새 돈은 아무 가치가 없다는 것 – 우리들의 생활은 필경 호구糊口의 정도에 멈출 수밖에 없다는 것, 그러나 이런 가련한 동물 이하의 생활은 언제까지나 계속되는 것인가 하는 점으로 돌아갔다.

사실 돈에 대하여 격세지감隔世之感을 품지 않고, 백 원을 백 원으로 액면대로 솔직히 사용하는 자는 오직 옛 사정을 모르는 연소한 아이들뿐이다.

모든 정직한 생활인은 예전의 돈 백 원을 생각함 없이, 현화現貨 단 백 원일망정 선뜻하게 쓰지를 못하는 곤궁한 형편에 있다. 그리하여 입으로 먹는 것 이외에 무슨 물건을 사는 데서 오는 커다란 기쁨은 우리들의 생활에서 영원히 가버리고 말았다.

과거에는 십 전, 오십 전만 주어도 무슨 물건을, 쓸모 있는 독립된 물건을 살 수 있었는데, 그 적지 않은 훗훗한 기쁨마저 십 전짜리, 오십 전짜리 통화와 함께 어디론지 사라지고 만 것이다.

이처럼 통화가 팽창하고 돈의 가치가 저하된 것은 물건이 귀해진 데서 온 일시적인 현상으로, 그것이 금전의 독자적 가치 자체에 영향이 없을 것은 물론이니, 돈이 흔하다 해도 돈은 시인詩人 레싱Lessing, Gotthold Ephraim이 탄식한 바와 같이, 부자에게만 있는 것이요, 없는 사람에게는 이상하게도 없는 것이다.

그리하여 욕망이 많은, 아니 욕구에 의하여 성립하고 있다고 해도 과언이 아닌 사람들에게, 금전이 모든 다른 것보다도 각별히 중시되는 것은 차라리 당연한 일로, 권력도 세도도 오직 부富를 획득하기 위한 수단으로써 존중되는 사실을 생각하면 그다지 괴이한 일은 아닌 것이다.

철학자 쇼펜하우어Schopenhauer, Arthur는 일찍이 금전은 수시로 수처隨處에서 변신할 수 있는 근면한 불권不券의 해신海神 프로메테우스Prometheus라고 말하였다.

모든 물건은 오직, 어떤 한 종류의 욕망과 요구를 충족시켜 주는 것과는 반대로, 금전은 사람의 변하기 쉬운 욕망과 잡다한 요구를 시시각각으로 실현시켜서, 즉석에서 여러 가지 물건이 되어주는 만능의 힘을 가지고 있기 때문이다.

다시 말하면, 금전은 오직 한 종류의 인간의 욕구를 구체적으로 충족시켜 줄 뿐만이 아니며, 모든 욕구를 추상적으로 충족시켜 주기 때문에 사람들에게 존중되는 것이다.

돈으로 매득買得할 수 없는 물건은 이 세상에는 한 가지도 없다고 주장하는 사람도 있는 만큼, 사실상 세상은 배금주의자로 미만瀰漫 가득 차 있음되어 있거니와, 이 맘몬mammon 부의 신의 종도宗徒가 부자들 사이에 많이 보이고 빈인貧人들 사이에 비교적 희소하다는 것은 그럴법한 일이지만, 부자는 더욱 치부를 하게 되고, 빈자는 더욱 궁하게 울게 되는 이유가 있다.

부자일수록 인색하며 다욕하고, 빈자일수록 낭비적이며 과욕함은 우리들이 흔히 견문하는 바이며, 빈자는 빈고와 궁핍을 항상 경험하고 있고, 늘 그 속에서 살고 있는 처지이므로 빈궁을 그다지 두려워하지도 않고, 또 빈고를 자연하고 당연한 일로 생각하고 있기 때문에, 만일 돈푼이라도 약간 생기고 보면, 그것을 의외의 수입으로 여기고 곧 써버리는 것이 보통이다.

그러나 원래부터 부유한 사람은, 대체로 미래에 대한 용의가 깊고 빈궁에 대한 공포심이 본능적으로 강한 까닭에 자기의 생명을 수호함과 같이 가산家算을 존절樽節히 여기고 절약과 검소를 엄격하게 실행하는 것이 통례다.

우리들이 필요 이상의 부를 축적할 이유는 물론 없는 것이로되, 사람이 적어도 독립한 생활을 경영하고, 참된 의미의 항심恒心이 있는 자유인이 되기 위해서는 인간 생활에 붙어 다니는 궁핍과 고뇌의 면제를 의미하는 일정한 항산恒産을 갖는다는 것이 절대로 필요한 것만은 사실이다.

그러나 말이 그렇지, 이만한 특전, 이만한 운명의 총애를 받는다는 것도 결코 용이한 일은 아니다.

운명이라면 일찍이 영웅 나폴레옹은 시성詩聖 괴테Goethe에게 '정치는 운명이라'고 말한 적이 있다. 이 말을 본받아 경제학자 발터 라테나우스는 '경제는 운명이라'고 반복하였다.

그러나 오늘날 모든 사람은 '금전이야말로 우리들의 운명이라'고 고백하지 않을 수 없을 것이다. 확실히 이제 맘몬富의 신神은 모든 생활인에 대하여 또 하나의 유력한 '신神'인 것이다.

돈은 확실히 경멸할 더러운 일면을 가지고 있는 것이 사실이다. 그렇다고 해서 일거에 상종을 끊고 단연 무시해 버릴 수도 없는 물건이니, 이것이 없어서는 생활 자체가 처음부터 성립될 수 없기 때문이다.

돈 벌기가 지극히 어려운 일이라는 것은 세인이 흔히 하는 말로, 여하간에 금전이 임의로 소지하여 획득할 수 있는 성질의 것이 아닌 것만은 속일 수 없는 사실이다. 그러므로 금전은 이 세상에 있는 것으로 가장 신비스러운 것의 하나요, 가장 설명하기 곤란한 것 중의 하나에 속한다 하겠다.

우리는 일찍이 많은 사람이 금전의 탐구를 위하여 귀한 일생을 바친 사실을 잘 알거니와, 그들 역시 금전의 본질을 완전히 파악하였다함을 듣지 못하였다. 왜 그러냐 하면, 만일에 그들이 그 오의奧義에 통효通曉하였다면, 모든 투기업자는 이미 거부巨富를 옹호하는 장자長者가 되었을 것이요,

모든 경제학자는 천만인의 보편화된 부를 출연시킴으로써 인류사회의 빈궁을 배제함에서 완전히 성공하였을 것이다.

흔히 금전은 금전에 대한 신앙을 오직 표시할 따름이니, 그러므로 노^老시인 프리드리히 폰 하게도른Friedrich von Hagedorn은 '내게서 취하는 사람이 있는 동안 나는 부자다.' 하고 일찍이 노래하였던 것이다.

인류의 불행은 이 세상에 지폐가 나타나므로 해서 시작되었다고 주장하는 논자가 있음을 우리는 알고 있다.

그리하여 그들은 우리들이 다시 금전을 일의 교환 수단^{交換手段}으로 환원시켜서 돌이라든가, 조개라든가, 가축 같은 것으로 대용한다면, 우리 사회는 옛 시절에 있어서만 볼 수 있는 것과 같은 극락세계로 돌아가리라고 말한다.

물론 선장 제임스 쿡James Cook이 발견한 지상의 낙원 우인도^{友人島}의 주민들 역시도, 금화^{金貨}의 개념을 아무리 설명하여도 이해할 수 없었다는 사실을 우리는 잘 기억하고 있다.

이제 우리들 문화인이 원시생활로 다시 복귀한다는 것은 도저히 불가능한 일이다.

오늘날까지도 왕왕히 모범 민족으로서 인용되는 스파르타 인들은 일찍이 그들의 입법자^{立法者} 리쿠르그의 주도하에 그 당시 통용 중이던 금은 양화^{良貨}를 단연 폐지하고, 그 대신 삼백 원가량만 운반하려고 하여도 양두마차가 필요할 만큼 굉장히 무겁고도 큰 신화^{新貨}를 새로이 유통시켰다.

이 무겁고도 큰 신화의 유통으로 하여 그들은 국내의 많은 범죄 량을 감소시킬 작정이었던 것이다.

과연 그들의 의도는 성공하였다. 왜 그라냐 하면, 설사 그러하기를 아무리 장려한다 하더라도, 아무도 이 값없고 무거운 돈을 도행^{盜行}과 사기와 유혹으로 끌어 들이려고 원하지 않을 것이기 때문이다.

그뿐만이 아니라 신화의 채택은 국민에게 동시에 화미華美에 대한 호상好尙과 환락의 생활을 방일하는 좋은 방편도 되었다.

그러나 현명한 희랍인들은 이 예에 추종하기를 즐기지 않았다. 그 후 일척의 상선도 라코니아Laconia 항구에 입항하지 않았으니, 스파르타가 얼마 안 가서 세계의 교역권으로부터 완전히 고립되고 분리된 자국自國을 발견하고, 부득이 상품 교류에 다시 참가하기를 결심한 것은 아우렐리우스Marcus Aurelius 왕 그 사람이었던 것이다. 금전의 공죄功罪가 이처럼 큼을 뉘 모르리오마는, 시대의 추세와 세계의 전진에 역행하는 통화정책이 실패에 귀할 것은 불문가지의 일이다.

지폐 발명은 좋은 의미에서나 나쁜 의미에서나 인류의 경제생활에 있어서 가장 불행한 수확이었다.

괴테는 그 당시 불란서에서 대량으로 발행되는 수표증권의 큰 편익을 체험한 나머지, 민중과 더불어 맛본 감격과 광희狂喜를 그의 대작 『파우스트Faust』 제2부에 묘사하고 있다.

왕은 그때 이 요술에 대하여 의아한 마음을 품고 '나는 수표에 대해서 두려워할 모독과 엄청난 기만을 예감한다.'고 하고 부르짖었으나, 그인들 민중이 받는 충격을 억류할 권한은 없었다.

이것도 결국은 금전에 대한 일종의 경탄으로 간주할 수 있는 것이니, 사람은 적어도 생활하고 활동하는 동안 금전에 대한 감탄으로부터 완전히 해방될 수 없는 것이다.

그리고 돈은 항상 어디 있기에 그렇게 우리를 조금도 건드리지 않고 우리들 주위를 고요히 흘러 다니느냐 하는 문제는, 우리들이 날마다 생각하고 있음에도 불구하고 알아낼 도리가 없다.

또 큰 사람이나 작은 사람이나, 대국이나 소국이나를 막론하고 많은 무리가 많은 부채負債를 지고 살아가며, 그 위에 새로이 빚을 얻는 그 재주 또한 이해하기 곤란하지 않은가.

그래서 가난한 이들도 입에 풀칠하거니와, 돈은 언제나 부자에게만 있으니, 또한 괴이한 일이 아닐 수 없는 것이다.

돈은 억지로 벌려고 해서는 되지 않으며, 들어올 때가 되면 자연히 들어온다는 말은, 우리들이 보통 듣는 세간의 지혜에 속하거니와, 억지로 안 되는 것을 벌려는 일도 무리라 하겠으나, 돈을 함부로 경멸할 이유도 무릇 없는 것이다. 이렇듯 돈에 대한 이유 없는 명시는 대단히 위험하기까지 한 생각이다.

일찍이 화가 반 고흐Vincent van Gogh가 여러 번 '돈은 분뇨糞尿만 같지 못하다.' 하고 고함쳤을 때, 그 말을 듣고 사람들은 그의 형제에게 그로 하여금 동네를 떠나게 하여 정신병원에 입원시키도록 권고하였다.

확실히 만능의 금전에 대한 가치의식의 상실은 발광의 제일보일지도 알 수 없기 때문이다. 돈의 가치는 예나 이제나 이처럼 확고부동의 존재가 되고만 것이다.

사후死後에 지옥에서도 금전은 필요하다는 사상이 아직까지도 원시민족 사이에는 남아있다. 어렸을 때, 나는 여러 번 지나가는 상여에 백지로 만든 많은 돈이 줄줄이 걸려있는 것을 보았지만, 살아서 돈에 시달리던 우리 인생이 사후에도 돈 때문에 고생한다면, '영면안식永眠安息'의 의의는 과연 나변那邊에 재在할까.

가난한 음악가 모차르트Mozart의 말을 빌면 '용감히 돈을 장만하기에' 일생을 매질하다가, 죽어서도 두 번 다시 그런 고초를 겪어야 된다면, 돈과 인연이 먼 인간은 눈을 감기도 어렵다고 하지 않을 수 없다.

명명철학命名哲學

얼마나 많은 이름을 알고 있는가! 그 이름을 잊을 때, 무엇에 의하여 이 많은 것을 기억해야 될까. 이름이란 지극히 신성한 기호다.

'죽은 아이, 나이 세기'란 말이 있다. 이미 가버린 아이의 나이를 새삼스레 헤아려보면 무얼 하느냐, 지난 것에 대한 헛된 탄식을 버리는 것이 좋은 율계律戒로서 보통 이 말이 사용되는 듯하다.

그것이 철없는 탄식임을 모르는 바 아닐 것이다. 그러나 어떤 기회에 부딪쳐 문득, 죽은 아이의 나이를 헤아려봄, 또한 사람의 부모 된 자의 어찌 할 수 없는 깊은 애정에서 유래하는 눈물겨운 감정에 속한다.

"그 아이가 살았으면 올해 스물, 아, 우리 현철이가…"

자식을 잃은 부모의 애달픈 원한이, 그러나 이제는 없는 아이의 이름만을 속삭일 수 있을 때, 부모의 자식에 대한 추억이 얼마나 영원할지 알 수가 없다. 우리가 만일, 우리의 자질子姪들에게 한 개의 명명조차 실행치 못하고 그들을 죽여 버리고 말았을 때, 우리는 그때, 과연 무엇을 매체로 삼고 그들에 대한 좋은 추억을 가슴 속에 품을 수 있을까?

법률이 명명하는 바에 의하면 출생계는 2주 이내에 출생아의 성명을 기입하여 당해 관서에 제출해야 되는 것으로 규정되어 있다. 어떠한 것이 여기 조그만 공간이라도 점령했다는 것은 결코 단순한 일이 아니다.

고고의 성을 발하며 비장하게 출현하는, 이러한 조그마한 존재물에 대하여 대체, 우리는 이것을 무엇이라고 명명해야 될까 하고 머리를 갸우뚱거리지 않는 부모는 아마도 없을 터이지만, 그가 그의 존재를 작은 형식으로서라도 주장한 이상엔, 그날로 그가 다른 모든 것과 구별되기 위해서는 한 개의 명목을 갖지 않으면 아니 될 것은 두말할 것도 없다.

모든 것이 그 자신의 이름을 가지듯이 아이들도 또한 한 개의 이름을 가지지 않으면 안 된다.

만일에 그가 이름을 갖지 않는다면, 그는 실로 아무것도 아닌 생물임을 면할 수 없겠기 때문이니, 한 개의 이름을 가지고 있으므로 해서 그 이름을, 자기의 이름으로 인식할 수 있을 만큼 성장치 못한 아이의 불행한 죽음이 한 개의 명명을 받고 그 이름을 자기의 명의로서 알아들을 만큼 성장한, 말하자면 수일지장數日智障 며칠 동안의 장애이 있는 그러한 아이의 죽음에 비하여 오랫동안 추억될 수 없는 사실 - 이 속에 이름의 신비로운 영적 위력은 누워있는 것이라 할 수 있다.

세상의 모든 부모는 장차 나올 터인 자녀를 위하여 그 이름을 미리미리 생각해 두는 것이 좋을 것이다.

일찍이 로마 황제 마르크스 아우렐리우스Marcus Aurelius Antoninus가 마르코만니Marcomanni인들과 싸우게 되었을 때, 그는 군대를 전지에 파견함에 제하여 그의 병사들에게 말하되 '나는 너희에게 내 사자獅子를 동반시키노라!'고 하였다. 이에 그들은 수중지대왕獸中之大王이 반드시 적지 않은 조력을 할 것임을 확신한 것이었다. 그러나 많은 사자가 적군을 향하여 돌진하였을 때 마르코만니인들은 물었다. '저것이 무슨 짐승인가?' 하자, 적장이 그 질문에 대하여 왈 '그것은 개다. 로마의 개다!' 하였다. 여기서 마르코만니인들은 미친개를 두드려 잡듯이 사자를 쳐서 드디어 싸움에 이겼다.

마르코만니인의 장군은 확실히 현명하였다. 그가 사자를 개라 하고 속였기 때문에 그의 졸병들은 위축됨이 없이 용감히 싸울 수 있었던 것이다.

그는 사람이 얼마나 많이 그 실체를 알기 전에 그 이름에 의하여 지배되고 있는가를 이해하고 있었던 것이다.

가만히 생각해 보면 우리는 그 이름 이외에는 아무것도 모르는 얼마나 많은 것을 가지고 있는지 알 수가 없다. 모든 것의 내용은 그 이름을 통하여 비로소 이해될 수가 있는 것이지만, 그 이름으로 그치고 만다는 것은 너무나 애달픈 일이다. 그러나 우리에게 만일 그 이름조차 알 바가 없다면 더욱 애달픈 일이다.

가령 사람이 병상에 엎드려 알 수 없는 열 속에 신음할 때, 그의 최대 불안은 그 병이 과연 무슨 병이냐 하는 것에 있다. 의사의 진단에 의하여 그 병명이 지적될 때 그의 병의 반은 치료된 병이라 할 수 있다.

우리는 파리라는 도화를 잘 알 수 없는 것이지만, 파리라는 이름을 기억함으로 대강은 짐작할 수 있다 생각하는 것이요, 사옹沙翁이라는 인물을 그 내용에 있어서 전연 이해하지 못하는 것이지만, 우리는 이 불후의 기호를 통하여 어느 정도까지 그 사람과 그 사람의 예술을 알고 있다고 오신誤信하는 것이다.

나는 얼마나 많은 이름을 알고 있는가! 그러나 그 이름을 내가 잊을 때, 나는 무엇에 의하여 이 많은 것을 기억해야 될까? 모든 것은 그 자신의 이름을 가지지 않으면 안 된다.

우리에게 있어서 그 이름을 안다는 것은 태반을 이해함을 의미하기 때문이다. 참으로 이름이란 지극히도 신성한 기호다.

(1936년 7월 『조선문학』)

여행철학 旅行哲學

여행한다는 것은 돌아다니는 것을
의미하고, 변화한다는 것을 의미하
고, 별인他人이 된다는 것을 의미한다.
그러므로 우리는 모두가 동경하는
먼 곳을 가지고 있다.

* 세네카의 여행론

여행철학이란 제목을 붙이고 보니, 제목만은 그럴듯하나, 사실 그 내용인즉, 별로 신통치 못하다.

나는 단순히 여행이 왜 사람에게 필요한가, 그래서 그 의의와 효력은 나변那邊에 있는가 하는 문제를 간단히 생각해 보려 함에 불과하다.

여행이 우리의 정신생활에 대해서 중요한 역할을 하고 있다는 것은, 이미 오늘날에는 일편의 상식이 되고만 까닭도 있겠지만, 기행문紀行文을 쓰는 사람이 많으나 여행 자체를 논하는 사람은 거의 없으므로, 더러는 이러한 개념적 반성도 무의미하지는 않으리라 생각한 끝에 나는 붓을 들어본 것이다.

여행철학이라면 무엇보다도, 먼저 우리 머리에 떠오르는 것은 희랍의 철학자 소크라테스Socrates의 여행에 대한 유명한 말이다.

그는 일찍이 여행을 했어도 아무 이익과 소득이 없었음을 탄식한 어느 사람에게 대답해 가로되, '그대가 여행에서 덕을 보지 못했음은 결코 부당한 일은 아니었소. 왜냐하면, 그대는 결국 그대 자신과 더불어 여행할 수밖에 없었으므로!'라 했다. 실로 지언이라 하지 않을 수 없다.

누구든지 무조건 여행만 하면 원래가 빈약한 머리일지라도 금시에 풍부한 정신을 담은 별인간이 되어서 돌아오리란 법은 없다.

여행에 의한 수확의 다소는 여행하는 당사자가 이미 가지고 있는, 혹은 깊고, 혹은 얕은 지식 정도의 여하, 혹은 예리하고, 혹은 우둔한 감성적 직관력의 여하에서 필연코 결정되지 않을 수 없기 때문이다.

그러나 사세가 이와 같음에도 불구하고 많은 사람은 자기 자신에게서 떠나 얼마나 많은 소득을 헛되이 여행에서 기대하는 것인가!

로마의 철학자 세네카Seneca는 소크라테스의 그러한 의견을 계승해서 그의 명저 『루셀리우스에게 보내는 시간』 속에 여행론을 피력한 바 있었으나, 요컨대, 그의 논거는 '장소의 변화가 육체를 간혹 안일하게는 할 수 있어도 진지한 내적 활동에 의해서만 도달할 수 있는 영혼의 안정을 보좌할 수는 없다는' 데 있다고 설명한다.

나는 여기서 그의 「백사신scene」 전체를 번역해 낼 지면의 여유를 갖지 못하므로, 그 주요한 구절만 초역한다면 대강 다음과 같다.

'… 그대가 설령 바다를 건너고 도시를 바꾼다 한들, 그것이 무슨 소용이랴! 그대가 만약에 그대를 괴롭히는 것들로부터 피하려면 장소의 전환을 꾀하기 전에 모름지기 별인간이 되기를 힘쓰라.

일찍이 여행 자체가 누구에게 무슨 소득을 주었느냐? 그것은 욕망을 제어해준 일이 없으며, 그것은 분노를 눌러준 일도 없으며, 그것은 또한 사랑의 격렬한 충동을 막아준 일도 없다. 간단히 말하면 여행은 영혼을 모든 죄악에서 해방시켜 준 일이 없었던 것이다.

그것은 우리의 판단력을 불러내어 주지도 않으며, 그렇다고 또 우리의 과실을 소산시켜 주지도 않는다. 여행은 단순히 모르는 것을 보고 놀라는 어린이에 대함 같은 작용을 우리에게도 줄 뿐이니, 그것은 잠시 동안 그 습격적인 신기성新奇性을 통해서 한 번에 많은 인상을 가져옴으로써 매력을 느끼게 하나, 이 간단없는 인상의 폭주가 우리의 병약한 영혼을 더욱 무상하게 하고 더욱 피상적이게 만들 것은 정한 이치다.

여행은 사람을 의사로 만들어주고 웅변가로 만들어준 일이 없다. 또한 예술도 장소에 의해서 도야된 일이 없다. 왜냐고 하느냐? 보라, 최대 최고의 예술인의 지혜가 도중에서 일찍 수집된 일이 있느냐? 욕망과 분노의 영지로부터 완전히 초탈한 여행지란 이 세상에는 없다고 나는 확신한다.

여행은 아무 소득도 가져오지 않음을 그대는 놀라워하는가? 그러나 문제의 소재 점은 실로 그대 자신 속에 있다. 우선 그대 자신을 개량하라. 모든 죄과로부터 해방되어 영혼을 정결히 하라. 그래서 그대가 유쾌한 여행을 하려거든 그대의 동반자즉, 그대 자신의 결함을 교정하라.'

* 여행의 의의와 가치

우리가 생활에서 오는 모든 속박과 심려를 일조일석에 끊고, 일찍이 보지 못한 자유 천지를 표표히 소요할 때, 이를 아름답고 신기한 경물이 주는 수많은 신선한 인상은 얼마나 우리의 눈을 즐겁게 해주는가. 확실히 여행은 우리가 가질 수 있는 가장 큰 향락의 하나임에 틀림없다.

그러나 여행은 한낱 향락에만 그치는 것이어서는 아니 될 것이니, 여행은 원래 한 가지 향락 이상의 것이기 때문에, 우리는 여행에 의하여 당연히 향락 이상의 무엇을 획득하지 않으면 안 된다.

우리는 물론 아직껏 엄격한 철인哲人 세네카가 사람 각자에게 요구함과 같은 그러한 동반자를 대동하고 여행에 나갈 수 없다손 치더라도, 우리들은 세상 물정을 대강 참작하는 지식인인 이상엔 여행이 가르치는 학문에 전연 무감각할 수는 없다고 할 것이다. 이 점에 있어서는 우리 역시 여행이 하나의 좋은 학문임을 요구하는 자다. 생각하여 보라.

알지 못하는 땅, 보지 못하던 산천, 눈에 익지 않은 생활, 기묘한 언어 풍속의 모든 것을 우리 자신의 눈으로 본다는 것이 학문이 아니라면, 대체 어떠한 것이 학문이랴!

우리는 여행 그것 때문에 모든 구속을 탈하고, 모든 근심을 잊을 뿐만 아니라, 우리가 여행에 의해서 문득 알지 못하는 많은 것을 보게 될 때, 우리는 별로 노력함 없이 무의식적으로 극히 귀중한 얻기 어려운 실재교육을 간단없이 자기 위에 베풀고 있는 것이다.

만일에 귀로만 듣는 개념적 교육이 죽은 교육이라면, 이 눈으로 볼 수 있는 구체적, 실험적 교육은 산교육이라 할 수 있으리라. 그러기에 언제든 여행의 학문은 활발한 감흥을 끊임없이 우리 가슴 속에 일으키지 않는가.

일찍이 철학자 쇼펜하우어는 근대교육의 근본적 결함을 지적해서, 그것이 너무나 개념적임을 말하고 많은 학교와 아동은, 가령 한 예를 들면 바다라는 실물을 보기 전에 바다의 개념을 주입하기 때문에 그 이지적 발달이 늦음을 논한 바 있었거니와, 그런 점에서 보더라도 여행은 교육적으로 중대한 의미를 갖는 것을 알 수 있다.

근자에 소위 수학여행이 학교 교육의 중요한 행사의 한 가지로 된 이유는 실로 참된 견식을 여행에서 구하려는 요구의 표현이나 다름없다.

일찍이 시인 바이런Byron 경이 그가 젊었을 적에 이 세계의 많은 곳을 편력함으로 의해 무수한 사실에 면접하지 못했었던들, 그의 정신생활은 확실히 지금만큼 넓지 못했으리라 하고 술회했을 때, 이것은 그 상상력이

낯선 땅을 밟고, 고대의 많은 기념물을 보며 가버린 위인의 행적을 회상하며, 말하자면 역사의 영원한 진리에 직면함으로 의하여 얼마나 풍부화할 기회를 가질 수 있었느냐 하는 사실을 고백한 것에 불과하다.

사실 하나의 경관은 그것이 설사 얼마나 훌륭하고 도취적인 매력을 가지고 있다 하더라도, 그 속에 움직이고 있고, 그 속에 충만 되어 있는 사람과 운명과 생활을 직접 우리가 눈으로 볼 수 있는 순간에, 비로소 그 최후의 내용을 현시하는 것이요, 또 어떤 경관이 아름답다는 것도, 그것이 인간적 운명과 서로 결합됨으로 하여 애절하고 고귀한 광채를 발하기 때문에 아름답다고 말하는 것이요, 그 자체가 아름다운 경관이란 있을 수 없다.

한 장의 사진, 한 폭의 그림, 한 권의 지리서, 결국 그것은 이러한 인간적 결함의 호흡을 충분히 나타내게 할 수 없기 때문에 실물과 같이 우리를 감동시킬 수 없는 것이다.

우리가 여행의 기회를 가짐으로 하여 간혹 어느 경관을 구경할 때, 그것은 흔히 우리에게 명승고적名勝古跡을 찾게 하고 언어 풍속에 유의시킴으로써 우리로 하여금 지리, 민속, 역사, 예술, 기타 여러 가지의 학문 연구에 대한 동기를 제공하는 것이니, 우리의 정신활동에 대한 여행의 의의와 가치는 참으로 크다고 하지 않을 수 없다.

＊ 여행의 성능

장소의 전환이 만인에 대하여 무조건 효과가 있는 것이 아님은 세네카의 여행론에서 이미 명백하게 설명되었다고 생각할 수 있거니와, 우리가 여행에서 획득할 수 있는 수확의 다소는 여행하는 그 사람의 지식 정도와 관찰력의 여하에 따라 결정되는 것이므로, 여기서 우리는 당연히 사람이 여행에서 차지할 수 있는 수확은 다소에 응하여 여행자의 종류를 대개 세 가지로 나눌 수 있으리라고 생각한다.

일은 여행에 있어 소위 천재天才를 갖는 사람의 그것이요, 이는 여행에 재조才操가 있는 사람, 삼은 여행에 전연 무지無知한 사람의 그것일 것이다.

그래서 여행의 천재란 단 한 시간을 여행하고 돌아오는 때라도 말할 수 없이 풍부한 인상을 얻어 가지고 오는 사람을 말함은 물론이니 '일 · 몬도 · 에 · 포코', 즉 '세계는 작다.'하고 부르짖은 콜럼버스columbus를 위시해서 일찍이 지구상에서 많은 발견과 많은 탐험에 성공한 마르코 폴로Marco Polo, 바스코 다 가마Vasco da Gama 같은 이는 천재적 여행가에 속할 인물들이다.

이러한 여행의 천재들에 대해서 여행에 재주가 있는 사람은 어떠냐하면, 그들은 자기가 여행한 이곳저곳의 경이를 이야기할 수 있기 때문에 오랫동안 여행이 필요한 사람들에 대해서 말한다.

그러나 불행히도 이 세상에는 전혀 무지한 종류의 사람들이 얼마나 있는지 알 수 없다. 이 사람들은 좋은 곳을 아무리 오랫동안 여행하고 돌아와서도 특별한 감상이 없으며, 기이한 발견이 없는 사람들이고 보면, 우리들로 하여금 어찌하여 그들은 금전과 시간을 허비해 가면서 애써 여행을 하고 왔는가를 의심하게 한다.

여하간 여행은 이와 같이 사람의 소질과 밀접한 관계를 갖는 것이어니와 여행은 사람의 성향과도 불가리不可離의 관련을 갖는 것이니, 왜냐하면 그가 어떤 방법으로 여행을 하느냐하는 것은 그의 성향, 다시 말하면 그의 세계관의 문제이기 때문이다.

이것은 우리가 여기 낭만적 성향을 가진 사람과 조직적 두뇌를 가진 사람이 여행에 나아갈 때 두 가지 서로 다른 태도를 잠시 생각하여 보면 용이하게 이해할 수 있을 것이다.

원래 여행은 그 성질상 낭만주의자와 깊은 관계를 가지고 있는 것이어니와, 낭만파는 여행의 길에 나서되 모든 계획과 숙고를 무시하고 발이 돌아가는 대로 천하를 발섭跋涉하기를 사랑하는 자니, 푸르게 갠 하늘을 우러러보다가 그 발이 간혹 거리의 진창에 빠진들 관할 바이랴!

그들의 아름다운 꿈과 동경이 그들을 군주로 삼을지도 알 수 없는 엄청나게 요괴한 나라가 이 세상 어느 구석에 없지도 않으리라는 점에 놓여있기 때문에 애절한 서정시를 혀 위에 굴리면서 정처 없는 소요에 심취하는 것이다.

그러나 이에 대하여 조직적 두뇌를 가진 이성파는 낭만파와 상반되는 태도를 취할 것이니, 그들의 여행에 있어서 무엇보다 중요한 것은 여정을 면밀히 기록한 비망록일 것이다.

그래서 그의 비망록에는 모든 것이 - 여행지점과 기차 기선의 발착시간은 말할 것도 없고 여행에 들 비용까지도 세세히 기입되어 있어서 명明, 하일何日, 하시何時에는 모처에 가서 있을 것, 하일何日, 하야何夜에는 하처何處에 도착될 예정인 바, 그 전에 잠시 도중하차를 하여 모모 처를 들를 것, 여관에 일박하는 시간을 이용하여 하복세탁을 할 것 등 - 그러한 모든 것이 사전에 작성되어 그는 대부분 그 계획대로 움직이는 것이 얼마나 현명한가를 잘 알고 있는 것이다.

성향의 차이에 의하여 여행의 방법이 상반되는 예를 이상 열거할 필요는 없으려니와 성향의 차이는 또한 여행지의 선택에 있어서도 여실히 나타나는 것이 상례이니, 한 경개景槪가 모든 사람을 다 같이 감동시킬 수는 없는 것이다.

인자仁者는 요산樂山하고 지자智者는 요수樂水라는 말과 같이 어떤 사람은 산을 좋아하며 어떤 사람은 물을 즐긴다.

사람은 한 풍치風致 격에 맞는 멋를 관상하는 경우에라도, 그것은 요컨대 자기 자신을 그 경관 속에서 발견하려는 것이므로 그 성향이 목가적인 사람은 목가적인 풍경을 사랑할 것이요, 그 성향이 정열적인 사람은 그러한 질주를 담은 풍치를 택할 것이다. 그 풍경 자체에 본질적인 우세의 차가 없음은 물론이다.

* 여행의 금석今昔

우리가 어느 기회에 유명한 고인의 전기류傳記類를 읽게 되면 으레 부딪치는 문구가 하나 있으니, 즉 그 문구란 '청년 시대에 그는 이태리, 불란서, 독일, 영국 등 각지를 여행하였다'는 내용이 그것이다.

그래서 이 여행이 그들의 정신적 발전에 대하여 얼마나 중요한 전기가 되었는가 하는 사실을 그들이 역설하고 있는 것을 우리는 본다.

사실상 가령, 여기 한 예를 독일의 세계적 문호 괴테에게서 구한다 하더라도, 그의 이태리 여행이 없었던들, 오늘날 우리가 볼 수 있는 그의 진면목은 얼마나 감소되었을까 하는 것을 상상하기는 어려운 일이 아니리라.

교통이 미비한 시대에 처하여서는 여행이 오늘날에 있기보다는 비할 수 없이 얻기 어려운 기회의 하나였던 만큼, 여행은 확실히 오늘보다 더욱 중대한 의미를 가질 수 있었다.

오늘날엔 소위 군중의 여행 시대가 출현된 감이 불무不無한 만큼 여행은 흔하게 평범하게 되는 능력도 옛 사람에 비하여 현대인의 그것이 열악하게 된 사실이다.

독일의 유명한 역사가요, 또 시인인 그레고리 비우스^{Gregorybius}는 일찍이 청년 시대에 저 불편하기 짝이 없는 우편 마차와 노마를 타고 멀리 이태리_{이탈리아}까지 여행한 일이 있었는데, 여행 당시의 감상을 그는 그의 저서인 『이태리 편력 수년』 속에서 다음과 같이 말한 일이 있다.

'기차는 오직 너무도 빨리 달음질칠 뿐이다. 말하자면, 우리는 성급한 운동을 가지고 땅 위를 활주할 뿐이다. 여기서 기차를 탄 사람의 정신이 자주성을 잃은 것은 말할 필요가 없다.

눈앞을 스치고 갈 뿐인 이 모든 관련 없는 현상의 꿈속같이 보게 되는 이곳에서, 무슨 심각한 인상이 생기랴.'

여행자에게 평정_{平靜}하고 관조적인 유유한 태도를 허락하지 않는 기차의 속도에 대한 그의 비난에는 일리가 있다. 그러나 현대는 뭐라고 해도 속도의 시대다.

요즘은 비행기 여행조차 조금도 진기할 것이 없는 시대가 되지 않았는가. 불란서 문인 장 콕토^{Jean Cocteau}가 저 유명한 『줄루 · 배르누』의 소설을 본받아서 팔십일 동안 세계를 일주하던 계획에 응한 것은, 아직도 우리들의 기억에 새롭다.

오늘날 우리가 문명의 이기를 이용하지 않고 여행을 살리기 위하여 구태여 말을 타고 혹은 보행으로 한가로운 여행을 한다는 것도 문제이려니와, 흔히 우리가 달아나는 기차에 몸만 실었다가 내리면, 이것을 곧 휴양이라고 칭하고 만족해하는 것도 여행의 본의를 잊은 것으로 문젯거리가 아니 될 수 없다.

여행의 의의가 먼 곳을 가까운 곳으로 만들어내는 것에만 있다면, 그것이 만일 우리의 정신적 향상에는 별로 기여하는 바가 없다면, 이러한 장소의 변화만큼 무의미한 것도 드물 것이다.

참된 여행은 아리스토텔레스Aristoteles도 일찍이 말한 것처럼 무엇보다 먼저 하나의 다른 존재 양식이 되려는 과도過渡적 수단이 아니면 안 된다. 여행에 의하여 외부 세계가 변할 뿐만 아니라, 우리 자신의 내부생활이 또한 그에 따라서 변하는 것이 아니어서는 안 된다.

그러므로 여행을 한다는 것은 돌아다닌다는 것을 의미하고, 변화한다는 것을 의미하고, 별인別人이 된다는 것을 의미한다. 그래서 우리는 사실 모두 가 동경하고 있는 아름답게 빛나는 먼 곳을 가지고 있다. 그러나 우리가 동경하는 이 먼 곳이 실상은 그다지 멀지가 않은 곳이요, 그것은 먼 곳에 대한 동경심을 자기 자신 속에 갖는다는 것이다.

현대 독일의 문인 한스 페터젠Hans Petersen은 언젠가 여행에 관한 그의 조그만 글 속에서 다음과 같은 말을 한 적이 있다.

'나는 내가 죽는 날에는 내 피부로서 여행 가방을 제조하도록 유언장을 쓸 작정이다. 그래서 나는 이것을 열광적인 여행자에게가 아니요, 이 세상 을 참으로 잘 발섭跋涉할 줄 아는 현명한 내면적인 여행가에게 주기로 하겠 다. 최소한도의 시간에 최대한도의 구경함을 명예로 삼고 속력을 내어 휘적거리는 여행가를 나는 경멸한다.'

고 사후까지도 참된 여행가의 동반자가 되려 하는 그의 심원에는 참으로 감격할 만한 것이 있지 않은가!

(1939년 9월)

감기철학感氣哲學

감기의 도래를 예고하는 재채기, 좀 늦더라도 어차피 그와 행방을 같이 할 재채기에서 시작되지 않는 감기 가 있다면 그것은 주인을 잃은 빈객 과 같다.

봄이 왔다고들 사람들이 야단이다. 그러나 말이 양춘陽春 사월이지, 아직 은 말하자면 춘한春寒 봄추위의 요초料峭 봄바람의 으스스한 기운함이 무거워 가는 외투를 못 벗게 하는 무엇이 있다.

이러한 환절기에 사람이 특히, 감기에 걸리기 쉬운 것은 두말할 것도 없거니와, 나도 일전부터 불의 중에 감기 환자가 되고 말았다. 그런데 편집자 선생으로부터 졸지에 글 주문을 받고 감기가 들었다 하고 도피하여 보았으나, 선생은 감기쯤은 병 축에도 들지 못한다는 듯이 그냥 떠맡기고 만다. 생각하면 그럴 법도 한 일이다.

'감기 환자'란 말이 어쩐지 과대 망상적으로 들릴 만큼 우리들 사이에 이 병은 너무도 친근한 병이요, 아무렇지도 않은 병으로써 통용되고 있다.

여기 약간 유머를 느낀 바 있어, 한 번 '감기철학'이란 맹랑한 제목을 붙여보았다. 물론 나도 많은 사람이 생각하고 있는 것 같이 감기쯤은 대단 하게도 여기지 않고, 그저 일장의 희극喜劇은 될 수 있으리라는 정도로 간주하고 있는 자이다. 그러나 고명한 의사 선생들의 진단에 의하면 감기는 실로 일장의 희극이 아님은 물론이요, 반대로 그것은 모든 만회挽回할 수 없는 비극의 서막을 의미한다고 한다.

즉 그들의 견해에 의하면, 모든 종류의 중병은 감기로 시작될 수 있는 것이요, 그래서 그 배낭 속에는 세균 계의 최고 위계位階를 표칭하는 원수장元帥杖이 들어있다는 것이다.

적어도 다른 병에 있어서 박사의 고론高論을 확신하는 일반 대중도, 그러나 감기에 한해서는 절대로 그것의 이 같은 위계를 인정하려 하지 않고, 손수건여러분은 손수건의 문화사적 의의에 대하여 생각해 본 일이 있는가?을 준비하고 있는 모든 사람은 '헛치네' 하고 이삼차의 기묘한 재채기를 서둘러서 한 다음에, 만일 그때에 이 화강암이라도 먹어 뚫을 듯한 감기의 세균이 그의 건강 때문에 퇴각한 듯 보이면 사람들은 가벼운 만족을 느끼는 것이다.

이러한 종류의 감기로 말하면 우리의 이완된 기분을 자극하여 주는 점에서 우리가 환영해야 하는 병이라고도 함직하다. 그래서 물론 감기에서 오는 이러한 이양된 만족감에 대한 원인은 방귀와 같은 인간의 2대 진기珍奇의 일자—者인 재채기가 방금 나올 듯 나올 듯하면서 안 나올 때, 우리를 가볍게 습격하는 독특한 쾌감 속에서 구할 수 있을 것이다.

그것은 후두喉頭의 심저로부터 공작의 털을 붙인 소요괴小妖怪와 같이 사람을 간질이기 시작하면서 올라와서 콧속에 무척 활발하고 신신하게 전기마찰이나 하는 듯이 콕콕 쏘면, 이때 발작자發作者는 어느덧 위대한 기대 앞에 입을 멍하니 열고 그 눈은 마치 절망 중의 실연자失戀者와 같이 멍하여 있을 즈음 '헛치네' 하고 재채기만 나오면 되는 판이다.

이때 우리도 흔히 '빌어먹을 감기 같으니라구, 어서 나가거라.' 하고 부르짖고 긴장되었던 몸이 곧 풀림을 느끼는 것이지만, 재채기를 치르고 난 사람을 보면 그 사람은 마치 재미있는 일장 재담이라도 하고 난 듯이 보인다.

사람이란 재채기 하나를 이길 수 없을 만큼 약하다는 것은 파스칼Blaise Pascal의 유명한 말이어니와, 사람이 이것에 도전할 필요는 조금도 없다고 나는 생각할 뿐만 아니라, 여기서 나는 다분의 에스프리esprit 정신 또는 기지라는 뜻으로 근대적인 새로운 정신활동을 이르는 말와 단예斷倪 시작과 끝할 수 없는 인간의 저돌력까지 발견하는 자이다.

그래서 무어라 해도 재채기가 감기의 중심점이 됨은 물론이나, 재채기에서 시작되지 않는 감기가 여기 있다면, 그것은 주인을 잃은 불행한 빈객과 같다고 할까, 마치 소낙비가 쏟아지듯 태연히 내리는 재채기의 혼란을 혼자 몸으로 수습하기란 확실히 무한한 노력을 요하거니와, 이런 종류의 감기는 그 표현이 현란을 극한 일권의 철학 체계에 비하는 자라 할 것이다.

이렇듯 감기의 도래를 예고하는 재채기, 그래서 좀 늦더라도 어차피 그와 행방을 같이 할 재채기 - 그러한 감기를 우리는 의사 선생의 말씀대로 두려워할 필요는 없다.

계명鷄鳴 중에는 가장 장엄하고 익살맞은 계명인 사람의 재채기의 진가를 어느 정도까지 이해하는 사람은, 그러므로 감기를 물리쳐서는 아니 된다는 생각이라도 좀 해보라.

일찍이 이 세상의 모든, 얼마나 곤란하고 절체절명絶體絶命의 시튜에이션 Situation이 적시에 나타난 이 '헛치네' 소리에 의하여 용이하게 구조되었는가를 - 여기 내가 소허少許의 발열을 무릅쓰고 편집자 선생이 요구하시는 대로 글을 쓰되, 특히 일편의 감기철학을 택한 소이가 있다.

물론 감기 중에는 독감, 유행성 감모感冒와 같은 악질의 병이 있다는 것을 나도 모르는 바 아니지만.

(1936년 4월)

하일염염夏日炎炎

더운 여름이 왔다. 조금도 놀랄 까닭
은 없다. 생활은 의연히 계속된다. 다
른 사람들이 아무 일 없이 살고 있듯
이, 나도 이 여름을 살아볼까 한다.
더위는 지나가면서 또 다른 계절을
안내한다.

★ 동선하로冬扇夏爐의 변

일 년에 한 번 하절夏節이란 있을 수 있는 것이다. 그것은 틀림없이 봄이
간 뒤에는 반드시 오는 듯하다. 여름이 가면 가을이 오고, 가을이 자리를
비키면 겨울이 그곳에 착석한다.

인간은 이러한 시절 가운데 처하여 그 기후에 될수록 적응한 생활을
하면서 어디까지든지 안일을 꾀하려 한다. 문명이라 하며, 문화라 하며,
이 인간 지혜의 정수는 어떻게 하여야 사람이 안일하게 살 수 있을까
하는 요구의 필연한 산물에 불과하다.

편하게, 그리고 즐겁게 많이 웃고 오래 살려는 목적이, 결국은 인간
최후의 생활철학이 됨을, 나는 여기서 구태여 말하려는 것은 아니다.

이러한 한없이 강력한 의욕에도 불구하고 우리는 천연의 기후가 맹목적
으로 작용시키는 바, 지배 세력을 드디어 발무撥舞할 수 없음을 지적하고자
할 따름이다. 그리하여 태고 이래, 요컨대 봄은 따뜻하고 여름은 더웁다.
요컨대 가을은 서늘하고 겨울은 차다.

문명의 이기利器 선풍기 옆에 문화적 간식인 아이스크림을 먹으며 등에 흐르는 땀을 가시고 있는 정상, 이 역亦 누가 보아도 여름의 풍경에 틀림없는 것이며, 스팀 옆에 옹종거리고 앉아 사정없이 창을 때리고 가는 찬바람에 두려두려 귀를 기울이고 있는 자세, 이 역亦 누가 보아도 겨울의 화상畵像이 아니면 아니다.

봄이라 하여 꽃구경, 가을이라 하여 달구경 - 여하간 인간 생활은 대단히 구구하기도 하다.

증명證明기자, 내 등을 친하게 내밀며 구하되 여름을 찬미하라 한다. 돌아볼수록 사면四面은 하일夏日이 염염炎炎할 뿐이다. 그것이 누구의 청이건 나는 이 열熱에 못 이겨 남보다 먼저 그늘을 찾지 않을 수 없는 자이다.

그늘이란 두말할 것도 없이 더위에 대한 상대적 개념인 까닭이다.

여름을 주저함도 나의 직책이 아니려니와, 더위와 허덕이며 뱃심 좋게 여름을 찬미함은 더욱이나 나의 할 바 아니다. 여름의 진리는 그 쏘는 듯한 광휘와 그 찌는 듯한 작열에 있다. 내 반드시 이를 사랑할 의무는 없는 것이다.

세상에 찬미될 만하면서도 찬미되지 못한 너무나 많은 사물이 있음에, 왜 구태여 여름에 강하지 못한 나더러 팔월의 적제赤帝를 환대하라 함인지, 실로 이해하기 괴롭다. 사랑할 수 없는 것을 사랑하게 하려는 포학暴虐같이 심한 형벌도 드문 것이다.

여름은 여기 와있고, 여름이란 본시 더운 것이라는 이 정당한 인식만으로 문제는 충분치 아니한가. 그것의 시비를 논의할 여지는 조금도 없는 것이다. 암만 숙고해보아도 여름은 더운 것이요, 암만 반성해보아도 더운 것은 사람에게 싫은 것이다.

하일이 염염한 이 철자에 서늘한 문장을 쓸 임무를 지게 된 내가 반대로 동선하로^{冬扇夏爐} 여름의 화로와 겨울의 부채를 독자에게 제공하는 이유는 이와 같다. 다행히 문명은 우리에게 약간의 청량제를 준비하여 주고 있으니, 더운 사람은 만사를 제쳐놓고 그것에 향하여 돌진함이 좋을 것이다.

＊ 동경왕래^{憧憬往來}

또 더운 여름은 왔다. 그러나 조금도 놀랄 까닭은 없는 것이다. 생활은 의연히 계속된다. 그리하여 모든 다른 사람이 아무 일 없는 듯이 살고 있으니까, 나도 따라서 이 여름을 살아볼까 함에 지나지 않는다.

사람이 산다는 것은 참으로 무서운 습관이기도 하다. 내가 사는 이유는 곧 다른 사람이 사는 이유다. 더욱이 얼음이 무척 소비되는 것도 이유가 없지 아니하다.

세상이 사람을 통하여 백의백화^{白衣白靴} 흰옷 흰 구두를 가득히 도랑^{桃狼}시키니 할 수 없이 나도 따라 흉내는 내었으나, 자! 대체 인생 생활이라 하는 이 난업^{難業}이 일로써 석연히 해결될지, 더욱 알기 어렵다. 믿지 못할 어떤 사람들의 정책이 생기기 전에 이미 잡히게 된 몸이었다.

이 인생을 생각함은 벌써 내 프로그램에는 없는 일이지만, 하루를 살면 살수록 이 하루는 나에게 인생의 형상을 투시할 수 없게 하는 흑막을 내리고 간다.

하루는 실로 번뇌한 피로일 뿐이다. 너무나 우리의 사는 의미가 명확하고 단순한 까닭으로 이 인생은 더욱 알 수 없는 것이 되기도 한다.

그를 요구하는 사람의 불법^{不法}을 우리는 인식할 따름이다. 본래 인생이란 별 것 아니잖느냐? 겨우 두어 갈래의 흰 길에 공연히 왕래하는 것이 사람의 속일 수 없는 현실인 것이다.

아침에 어디인지 나갔다가 저녁에 어디인지로 돌아간다. 똑같은 흰 도로를 가운데 두는 두 군데의 일정한 장소다.

따사로우니 봄인가 한다. 더우니 여름인가 한다. 서늘하니 가을이며, 추우니 겨울인가 한다. 계절이란 동동(憧憧)히 왕래하는 노상의 감각에 그칠 뿐이다.

산중에는 역일(曆日)이 없다한다. 그러나 저자에도 일자(日字)는 소용이 없는 것이다. 갖고 싶은 때 기념할 날은 우리는 갖지 않는 까닭이다. 축배를 들 기회를 우리는 영원히 잃어버린 것이다.

간혹 집밖에 갈 곳이 없는 우리가 현세에 어울리지 않는 탈선을 하게 된 밤, 이 무내용(無內容)하나 한없이 복잡한 밤을, 우리는 행복하다고 생각하지 아니하면 안 된다. 그러나 행복은 후회 없이는 오지 않았다.

우리의 낭만주의는 걸어보지 못한 길을 걷는 데 있었다. 걸어보지 못한 길은 언제든지 위험하였다. - 하나 우리의 행복이 반드시 타인의 불운을 의미할 때, 우리는 이 조그만 야심, 이 조그만 참으로 사랑할 수 없었다.

그러므로 우리는 여름이 왔다 하여 그를 기이하게 생각할 수는 없다. 더욱이 그를 찬미할 능력은 전무하다. 여름은 여름이다. 결국 우리는 우리일 뿐이다. 더위에 대하여 준비하는 것은 본시 오인(吾人)의 생활 태도에는 구할 수 없는 것이다.

온(溫), 서(暑), 량(凉), 한(寒)이라는 사계(四季)의 온도를 제외하면 계절의 차이란 없다. 꽃은 온실에 가면 사철 피고, 겨울의 점두(店頭)에도 수박의 향기는 떠 있다. 이곳 임금나무에서 임금이 떨어졌을 때, 미국의 임금나무에도 임금이 맺힌다. 그러고 보면 계절의 차이란 배양의 문제이며, 수입의 문제일 뿐이다.

★ 목가연연牧歌戀戀의 정

사람이란 항상 자기의 현실에서 잠시라도 떠나려고 노력한다. 모든 삶은 각기 그에 상응하는 고뇌와 우려를 가지고 있는 것이다.

그리하여 사람은 무엇인지 알 수 없는 다른 것을 동경하여 마지않는다. 사람이란 언제든지 현재에 만족하지 못하는 동물인 까닭이다.

인생의 생활면은 결코 순탄치는 않다. 그러므로 그가 간혹 노한다하여 그의 죄로서만 돌려서는 안 된다. 그가 노함에는 그의 생활 배후에 신성한 이유가 누워있었던 것이다.

그러나 우리는 될수록 우리의 고난을 잊어야 한다. 화원의 향기를 더듬어 이 어여쁜 식물의 애정 깊은 화학작용에 의해서, 얼마간이라도 위로되는 기회를 될수록 놓치지 않음이 필요한 것이다.

사람이 무엇인지 알 수 없는 것에 대하여 그리운 시선을 보내고 있다. 우리가 오늘에 항상 목가牧歌에 대한 희망을 버리지 못하고 있는 것은 전연 이유 없지 아니하다.

자연의 혜택을 상상할 수도 없게 많이 입고 있는 옛 사람도 일찍이 고달픈 속세를 버리고 산간소곡山間小谷에 고요한 은둔생활을 영위한 사실은 우리가 잘 알고 있다.

실로 목가에 대한 동경은 인간의 가슴 속에 뿌리 깊게 박힌 하나의 요구로서 예로부터 전래된 것에 속한다.

우리는 우리의 생활 이상理想이 과연 무엇인가를 모른다. 그러나 하여간 우리는 고향을 갖지 않는 자이다.

나이 사십에 소지주가 되어 파리 혹은 날씨를 등지고 강변 가까운 곳에서 멜론이나 따 먹고 칠면조나 키울 수 있을 만한 정원이 붙은 소정小亭을 짓고 살려함은 홀로 불란서프랑스인의 이상 생활에 그칠 따름일까?

일찍이 로마의 신시나투스Cincinnatus가 그리고 그리던 초과草果의 평행을, 혹은 오디세이Odyssey가 성도 칼립소Kalypso 또는 Calypso에 건설한 꿈을 우리도 오늘에 철없이 그리는 바 아니지만, 목가에 대한 우리의 한없이 애달픈 희망은, 인생의 황야를 방황하고 있는 우리에 있어서는 그 생각만으로도 우리를 윤택하게 하여주는 녹지가 된다.

그 어느 사람이 새로운 나라에 대한 동경을 그의 깊은 내면에 지니고 있지 않은 자여! 아, 목가에 대한 동경이 죽음에 대한 오인은 생자生者가 아니다. 이 새로운 나라는 멀리서 빛나는, 그러나 현실의 지도에는 보이지 않는 나라일지도 모른다.

그것의 존재를 이제 우리는 묻지 않는다. 그것은 참으로 우리를 행복하게 하는 지리적 개념이 되면 충분하다. 개연적 유희를 우리는 흔히 목가와 더불어 농하는 것이다.

어느 때에 우리가 목가를 추구하지 아니하려면 특히, 여름이 되면 이 무르녹은 더위가 우리의 인생고와 아울러 우리의 목가에 대한 동경의 정을 강조하여 마지아니한다.

우리는 이 더위를 피하면서 한 가지 우리의 목가를 그리운 산, 그리운 바다에서 찾아보려는 것이다.

★ 도피행逃避行

인생의 우고憂苦는 결코 작지 아니하다. 그 위에 더위는 우리를 물고 놓지 않는 것이다. 피할 수 있으면 이 환영할 수 없는 온도라도 피하고 싶다. 보천지하普天地下 넓은 세상에 혁혁한 서열署熱 없는 곳이 없다 하되 시원한 특수지대는 있을 수 있다.

바다의 잔잔한 물결은 뛰고, 산악에 푸른 고목은 웃고 있다. 다행히 하기夏期의 일부는 우리의 생활 습관에 의해 면치 못한 노동을 잠깐 중단하는 구두점이 되어 있다.

우리는 우리의 목가牧歌에 대한 저 동경의 정을 실현할 기회를 갖게 될 것이다. 얼마간 여비를 장만해 넣고 낡아빠진 의자를 차버린 후 여행 가방을 손에 들고 피서지로 갈 수 있는 때의 우리의 마음은 무어라 하여도 경쾌하다 아니할 수 없다.

기차는 달아난다. 알 수 없는 나라를 향하여 기차는 달아나고 있다. 생각하면 기차를 탄 지도 오래간만이다. 기차에 행복스러이 흔들리면서 우리의 마음은 괴로운 현실을 떠나 약간의 우수가 없지는 않으나, 어떻게 가벼운지 모르겠다.

이 신체의 미동만으로 우리는 완전히 취하여 버리는 것이다. 군부郡部에서 군부로, 촌락에서 촌락으로, 이 정차장에서 저 정차장으로 탄탄한 평야를 기차는 힘차게도 질구疾驅한다. 그러나 우리를 태우고 기차는 오직 질구할 뿐이다.

우리는 차차로 권태를 느끼기 시작한다. 우리가 일찍이 연모하던 목가는 이제 어디 있는고? 차창으로 내다보이는 것은 평탄한 나라 인사 이외의 다른 골상骨相을 가지고 있지는 않다.

어떠한 변화가 있는 것이 아니며, 어떠한 파노라마가 있는 것이 아니며, 또 어떠한 모험까지 단순한 여수旅愁를 기차에서 얻은 자기의 경박을 후회하지 않을 수 없다.

후회하여도 이제는 쓸 데가 없다. 기차는 우리를 태우고 질구할 뿐이다. 우리는 보지 않으려도 보지 않을 수 없다. – 들과 밭에서 사람을 본다.

소읍小邑의 행인을 좁은 길 위에서 발견한다. 그들의 방문 앞에 앉아있는 아이들을 본다.

어린 초동들이 산등결에 앉아 기차의 통과를 갈채하는 광경을 본다. 남녀노소 또 그들에 속하는 유용한 동물급, 무용한 동물의 다수를 우리는 보는 이외에 연돌에서 나오는 연기를 보며, 부엌에서 나오는 연기를 본다.

수 대의 마차, 수 대의 인력거人力車, 혹은 노동하는 광경, 혹은 쉬고 있는 풍치 - 우리는 자신의 토지에서 하고 있는 일상생활을 지리를 조금 달리하여 여기 기차를 타고 보고 있음에 불과하다.

우리의 가는 곳에 청산靑山이 빛나고 해수海水가 움직인다 하여도, 우리의 눈에 굳세게 사무치는 것은 한 가지 일어나 먹고, 마시고, 사랑하며, 미워하며, 그리하여 잠자는 것과 현실적 인식이다.

여기 대도회와 조금이라도 다른 낭만주의가 어디 있느냐?

* 와방수난臥房受難의 도圖

모든 것은 운명이다. 그러므로 우리는 우리 앞에 부딪친 운명을 가장 아름답다 생각함이 긴요하다. 도회인에게는 무어라 하여도 도회가 좋다.

산광해색山光海色 산의 빛 바다의 색을 그다지 선망하지 말라. 그에 대신할, 아니 그 이상의 인지人智는 도회의 여름을 장식하고 있지 아니한가?

찬 장판방에 가만히 엎드려 소낙비나 쏟아지면 이를 우리는 우리의 자연이라 하고자 한다. 나날이 오는 신문이 서늘한 기사를 만재滿載하고 있다. 여름의 잡지는 천하의 산수山水를 그대로 가지고 우리의 코앞에 오는 것이다.

우리는 발을 조금도 움직일 필요가 없이 큰 대大 자로 팔자 좋게 드러누워 이 인쇄물이 싣고 온 양미兩眉를 두 눈으로 뜨면 그만이다.

여름에는 무엇보다도 움직이는 것이 나쁘다. 조금만 움직거리면 땀이다. 살과 옷 사이를 땀이라 하는 염류가 도도히 흐를 때, 그것은 확실히 불쾌한 감각이다. 우리는 무위의 진의를 여기서 습득하기 시작하여야 한다.

팔월의 재료에 의하여 몸을 될수록 가벼이 가진 후 만사를 가을에 미루고, 고요히 언제까지든 누워있을 수 있을 때까지 누워있으면 이 피서 법은 실로 만점이다. 언제까지 드러누울 수 있을지 모른다.

그러나 밤이 되어 저 무수한 형리刑吏가 결코 동의할 수 없는 악취를 가지고 사람의 피를 짜려 할 때, 어지간한 사람은 그의 무연상태無然狀態를 지속할 수 없다.

이것에 대해서는 필자 역시 몸을 일으켜 어떠한 형식의 살육을 감행하지 않을 수 없는 것이다. 본의에 없는 땀을 흘리면서 나는 인체를 특히 괴롭히는 이 생물의 명예에 대하여 생각하기도 하는 것이다.

여름이 다 가도록 누워만 있을 수도 없는 일이다. 밤의 서늘함을 이용하여 도회의 밤을 거닐면 여름의 밤같이 유혹적인 시간도 드물다. 모든 것이 해방적이다.

그러나 보이는 만큼 또 해방적이지는 않다. 아름다운, 또 더러운 비궁祕宮에 들어갈 듯이 들어갈 수 없는 고달픈 민정民情이 있다.

만질 듯이 만질 수 없는 여자의 살의 고혹에 대하여서도 많은 시詩는 있을 수 있을 것이고, 활짝 열린 창에서 가득히 흘러내리는 피아노의 절주節奏에도 어쩐지 친근하기 쉬운 애정이 팽창하여 있는 듯하다.

돗자리 한 벌을 격하여 땅 위에서 자는 사람 사람들, 나도 곤한 다리를 그 사이에 넣고 자보았으면 하는 사교욕社交慾을 한없이 일으킨다.

인생 고뇌와 인생 향락은 결국 최후에는 일치하는 것임을 나는 여름의 밤에 흔히 느낀다.

선풍기는 돌아간다. 인공폭포는 떨어진다. 산수山水는 벽에 붙어있다. 이는 도회의 실내 풍경이다. 우리는 간혹 카페 한구석 의자에 앉아 얼음을 마시고 있을 뿐이다.

여급은 그 신선한 피부에 땀을 가벼이 추기면서 더위에 잔뜩 이완하고 있다. 그대의 손가락은 앨러배스터alabaster 같이 투명하다. 여름은 모든 생물의 세포를 윤택하게 갱생시켜주는 것이다.

이 광선! 이내 마음!

도회의 생활에 달月은 전혀 무용하다. 그러나 여름의 밤에 달이 뜨면 그것은 헛되이 하늘에 속할 뿐인 정문旌門은 아니다. 호외戶外에서 사는 우리의 정서에 그것은 하나의 아름다운 자극을 준다.

중추의 달이 쾌랑快朗하다 하되, 그것은 너무도 찬 감이 있다. 우리는 땅을 베개하고 아무 장애가 없이 또 자연하게 이 여름밤의 달을 처음 만끽할 수가 있는 것이다.

우리의 생활이 개방적인 것같이 또한 여름의 사상이 개방적이다. 우리는 이 발랄하고 무비밀한 감정을 여기 기록하여도 좋을 것이다.

그러나 이미 호외에 나타난 언어를 나의 붓으로 힘들여 전달하는 노력을 생략함이 더욱 타당한 일일 것이다.

우리는 각기 밖에서 이를 보고 또 들으면 좋다.

여름에는 많은 것이 보이고 또 많은 것이 들려오는 까닭이다.

(1933년 8월 「중명衆明」 3호)

우림림雨霖霖

큰 볼일도 없는 사람에게 비는 확실히 은밀하기 비할 곳 없고, 마음의 평화를 유지하여 주는 좋은 벗이다.

한고비가 지난 것만은 사실이나, 이 장마가 언제 끝이 날지, 아직도 알 바 없다. 그야 그럴 수밖에 - 왜냐하면, 우리의 힘으로서는 이 천상天上의 힘의 장엄한 폭발을 방어할 도리도, 이해할 방법도 없기 때문이다.

비, 비 하지만, 이번 비같이 맹렬한 세력의 비는 참으로 보기 드물었다. 이 비 가운데서 다른 것은 고사하고, 우선 불안스러이 자기 집 천장을 살펴보지 않은 이가, 과연 얼마나 될까.

그도 낮이면 강우降雨의 동정을 직접 우리 눈으로 볼 수 있으므로 자연히 우리가 품는 불안감도 덜하지만, 한밤중에 혹은 불면철야의 상태로 암담한 천지 속에 우렁차고 요란한 빗소리를 들을 때, 사람은 확실히 넓은 범위의 범람 속에 침면한 고독한 자가 일가一家를 몇 번인가 우려하지 않을 수 없었으리라.

단단한 집 속에 사는 사람은 그렇지도 않았겠지만, 군데군데 축대가 무너졌다는 소식을 들은 뒤부터는 사실, 나도 산지山地에 위태스러이 세워진 집 속에서 나의 비참한 수궁水宮을 지키는 수밖에 없었다.

우천순연식雨天順延式 비가 오면 그다음 날로 미루는 일으로 볼일은 비 개인 뒤로 미루고, 비 내리는 날에는 집 안에 잠복하고 싶은 것이 염원의 하나인지라, 비가 오면 쉽사리 소원은 성취되므로 하여간에 심신이 편하다.

좁은 집이나 방 안에 가만히 엎드려 줄기차게 낙하하는 빗발에, 만사를 붙여 서늘한 안일 속에서 유연히 임우霖雨의 귀추를 살피는 고요하고 그윽한 기쁨 - 아니 이것이 기쁨이 아니라면, 어떤 것을 기쁨이라 할까보냐.

별로 큰 볼일도 없는 사람에게 대해서는 비는 확실히 은밀하기 비할 곳 없고, 마음의 평화를 유지하여 주는 한 좋은 벗이기 때문이다.

구태여 젖은 날에 찾아갈 필요, 찾아올 염려가 어디 있겠느냐. 그나마도 집 안에 남은 두 개의 헌 우산이 일시에 없어졌다.

한 개는 집 아이가 학교에다 놓고 와서 없어지고, 또 한 개는 집에 놀러 온 친구가 가지고 가더니 그날 밤으로 도둑을 맞고 만 것이다. 사태가 이렇게 되고 보니 나는 볼일이 있어도 우산이 없는 관계상 출입을 할 수 없게끔 되었으므로 더군다나 편하게 된 것이다.

이 요량할 수 없는 장맛비에 우산 없는 행차란 나로서는 도저히 불가능한 일이었기 때문이다.

조선의 비는 원시 많지 않고 봄에 비 오는 날만은 더러 생각도 나는 장화, 우비 준비를 게을리한 것을 요즘은 비 밑에서 후회할 때가 있다.

그러나 평시에 가만히 보면, 이곳 학생들은 반 이상 우산준비조차 없는 것이 눈에 뜨임은 물론이요, 신사들 속에도 비교적 무관심한 인사가 압도적으로 많은 까닭에 우구雨具로 장신한 사람을 보면 퍽 화사한 종족 같아 보인다.

이러한 우중 귀족雨中貴族은 그 성질상 부녀자에게 많거니와, 요즈음 여성은 우비를 들지 않아도 그 짧은 치마에 샌들, 또는 고무 신발이 이미 청우

겸전霖雨兼全 날이 갬과 비가 내림이 반복됨의 호분장이므로 그대로 눈에 보아 조금도 어설프지 않아서 좋다.

천기예보天氣豫報 일기예보는 원래 맞지 않는 것으로 평가되어 있기 때문에, 아침에 집을 나설 때, 하늘이 흐릿하거나 오던 비가 잠시 그치거나 하면, 우리는 대개 좁은 뜰에 서서 조그만 하늘을 쳐다보고 청우晴雨 여하를 점치는 것인데, 이럴 때 우산을 휴대할 것이냐 안 할 것이냐 하는 결의의 순간적 단행은 사람을 문득 신경질로 만들어 자못 불유쾌하다.

그러므로 나는 최근에 비를 맞으면 얼마나 맞겠느냐 하는, 약간의 자기적自己的 뱃심에 맡겨 우의雨意가 결정적이 아닌 경우에는 그대로 나서는 것이 보통이다.

그 찰나에 옆에서 천기를 잘 보는 듯이 우산을 가지고 가기를 권하는 이가 간혹 튀어나와, 그 때문에 가벼운 동요를 느끼고 할 수 없이 들고 나섰다가, 그것이 헛짐이 될 때의 불쾌는 자못 견디기 어렵다.

길 가는 사람이 든 우산에 대해서도 나는 어쩐지 여러 가지로 그 심리를 추측하는 버릇이 있어 특히, 내가 우산을 가졌을 때 다른 이는 갖지 않고, 반대로 내가 들지 않았을 때, 다른 이가 들었을 경우 같은 때는, 나는 도저히 무관심을 표할 수 없다.

이 불안은 단순히 비를 맞느냐 안 맞느냐 하는 문제보다도 천기 판단에 대한 자기의 착오와 무력을 본능적으로 두려워하는 데서 오는 것일까.

(1941년 7월)

재채기 양孃

T양은 매일 그 시간에 뒤를 보듯이 으레 한 번씩 재채기를 일과로 하는 것이 수일간 판명되자, 나는 그녀에게 '재채기 양'이란 별명으로 동료들의 유쾌한 찬동을 얻었다.

'우리는 우리의 신체에서 세 가지 방법으로 풍기를 발산시킨다. 밑에서 나오는 방귀와 입에서 내놓는 트림과 코에서 나오는 재채기가 바로 그것이다.'

이것은 미쉘 몽테뉴Michel de Montaigne의 유명한 에세이의 하나인 『마차에 대하여』 모두冒頭에 나오는 말이다.

우리는 구태여 몽테뉴의 입까지 빌리지 않더라도, 우리들이 제각기 가지고 있는 세 가지 구멍에서, 우리 자신이 기묘한 생리적 산물을 일상 제조하고 있는 것만은 사실이다.

말하자면 방귀와 트림과 재채기 삼자가 우리들 인생에 대하여 얼마나 친애한 교섭을 가지고 있는가 하는 것을 여기 구구히 설명할 필요는 조금도 없을 줄 안다.

그중에서 트림쯤은 그다지 주목할 만한 거리가 못 되니 말할 것이 없거니와, 폐기 혹은 딸꾹질도 트림과 같이 입에서 나오는 기묘한 산물임에는 틀림없다.

그것은 횡격막의 경련으로 원래 병적 소산인 경우가 허다하니, 어린애들이 추위를 못 이기면 흔히 딸꾹질을 하게 되는데, 그런 관계인지, 그것은 우리에게 죄 없는 웃음을 일으키기보다는 가벼운 동정을 끌기가 쉽다.

그런데 여기 한 가지 재미있는 일은 딸꾹질에는 무엇보다도 재채기가 즉효약이 된다는 사실이다.

지편紙片 종이조각으로 노를 꼬아 이것을 콧속에 서서히 들이밀어 재채기를 낚아내는 데 성공하면, 이제까지의 딸꾹질이 난데없이 그치는 장면은 극히 유머러스하지만, 원래 이 재채기의 습격하는 법이란 실로 놀라우리만큼 돌발적이어서, 한 번 사람이 이 재채기의 습격을 당하면 누구라도 그 화를 면하기는 도저히 어려운 것이다.

왜냐하면, 방귀는 혹은 이를 압살하고, 혹은 이를 당분간 연기할 수는 있어도, 이 재채기만은 엄숙한 국제회의 석상에서 의사를 진행시키고 있는 명예로운 의장의 절체절명적인 체면으로서도 피하기 불가능하기 때문이다.

그러므로 일찍이 철학자 블레이즈 파스칼Blaise Pascal도 뜻이 있어 '사람은 극히 약한 물건이다. 사람은 재채기 하나를 정복할 힘이 없다.'고 말한 적이 있다.

여하간 재채기는 다시 말하면, 그 돌연적인 기습성을 가지고 인간을 불시에 정복하여 안면을 비강하게 왜곡시키는 재채기는, 그 복잡한 취기臭氣와 유성무성有聲無聲의 변화 많은 음향을 가지고 사람의 하신下身에서 나오는 방귀와 같이, 우리의 일상생활에 나타나며 이유 없이 그것은 우스운 자들이기 때문에, 주위의 모든 사람들을 기어코 웃기고야 만다.

재채기가 울적한 내부의 풍기를 토하는 생리적 현상인 것만큼, 그 성질이 자연 명랑하고 해방적임은 두말할 것도 없거니와, 방귀라 할지라도 그것은 옆 사람에게는 구릴지 모르나, 당자에게 대해서는 그의 소화 작용과 밀접히 관련된 통쾌한 산물이 되는 것만은 엄연한 사실이다.

나는 나의 사랑하는 재채기 양孃을 단순히 소개하기 위해서, 그러나 소용없는 너무나 긴 전제를 늘어놓는 것도 같다. 그러나 가다 보면 서론이 본론보다 긴 경우도 없지 않으니, 이도 할 수 없는 일이지만, 사실이 별로 재미있는 이야기는 못되니 미안하다.

내가 일을 보고 있는 방에는 일곱 명의 사람이 있는데, 나와 또 한 남자를 제외한 다섯 사람은 모두가 이십 전후의 여자다.

많은 여자 속에 섞여 일을 한다는 것은 확실히 더러는 유쾌도 하지만 괴로운 순간이 따르지 않는 것도 아니니, 그것은 오래오래 두고 항상 종종거리려 하고, 항상 웃으려 하고, 젊은 여자들의 상대가 되어 그 비위를 어느 정도까지 맞추려면 상당한 노력이 필요하기 때문이다.

그래서 내가 낫살이나 먹은 남자란 관계로, 내가 맡은 번잡한 공무 이외에 그들의 쾌락에 봉사하는 치기만만稚氣滿滿 유치하고 어리석음이 가득함한 일거리를 암묵 중에, 언제부터인지 또 한 가지 담당하게끔 된 것을, 나는 이제 나의 아름다운 의무라고까지 생각하고 있다.

내가 다음에 말하려 하는 소삽화小揷話는 실로 이런 처지에서 빚어진 여러 가지 작은 사건 중의 일에 불과하다.

내 이웃 책상에서 타이프라이터를 치고 있는 T양은 들어온 지가 며칠이 안 된 관계도 있겠지만, 원래가 얌전하고 과묵한 색시라, 사무 중에 그의 말을 들을 기회가 없었다. 기탄없이 서로 웃고 떠들고 놀려 먹기는 무어라 해도 나와 I양과 R양 세 사람이었다.

얌전한 색시라면 T양 외에도 또 다른 한 사람이 있어서, 언젠가 나는 'K양은 온종일 재채기 하나 하는 일 없이 묵묵히 일만 한다'고 핀잔을 주어 방안을 웃음으로써 소란하게 만든 일이 있었다.

우연히 하루는 듣자니까 새로 들어온 T양은 퍼머넌트 머리를 가벼이 흔들며 밑 없는 재채기를 고요히 하는 것이 들리지 않는가.

집무에 권태를 느끼고 있던 내가 이 기회를 놓칠 리는 없다. 다른 분들도 이 귀중한 음향을 들은 눈치길래 서슴지 않고 '허, T양은 그래도 재채기만은 하오, 그려!' 하고 부르짖었더니 좌중이 호응해서 대소하였다.

그런데 이상하지 않는가? 후일에 이 최초로 문제된 재채기가 T양을 재채기 양으로 만들 계기가 될 줄이야 누가 알았으랴.

우리는 사실 주의해서 듣는 것도 아니었는데, 그 후에도 우리보다는 빈번히 이 밑 없는 재채기를 T양은 하였고, 우리는 또 일하는 것보다는 웃는 것이 즐거우니까, 전날 생각이 나서 따라 웃곤 하였다.

그런데 더욱 재미있는 일로 T양은 매일 사람이 그 시간에 뒤를 보듯이 정확히 재채기를 하는 것은 아니었지만, 으레 한 번씩 일과로서 하는 것이 수일간의 관찰에 의해서 판명되자, 나는 그녀에게 '재채기 양'이란 별명을 용감히 봉정함으로써 동료 제군의 유쾌한 찬동을 얻었다.

과연 우리의 재채기 양은 재채기 양인 것만큼 일에 있어서도 사귄 지가 두 달이 넘는데, 하루인들 그의 일과를 궐한 일이 없었다.

그래서 우리는 매일 T양의 유쾌한 산물을 기대하는 것이 또한 일과로 되어 있었는데, 물론 우리의 기대는 한 번도 어긋난 일이 없다. 집무 시간 중에 우리들이 못들은 때, T양은 자기 집에서도 반드시 그것을 한다는 것이다.

어쩌다가 방을 비웠기 때문에 못 듣는 경우도 있는 일이니까, 나는 간혹 오늘 재채기를 했는가 안 했는가 하는 질문도 발하는데, 그것도 진작 나와 버리면 시원하지만, 퇴청 시간이 임박해도 T양에게서 아직 재채기가 안 나올 때, 우리의 초조함과 실망은 자못 크고, 그럴 때 얼토당토않은 방주위의 코라던가, 인실隣室의 코에서 재채기가 발성되는 일이 있으면 재채기 양에 대한 월권을 조소하는 우리들의 음성은 어지간히 높은 것이다.

재채기 양은 재채기로서 이제는 우리들 사이에 없지 못할 유쾌한 존재가 되고 말았지만, 그러나 섭섭한 일로는 금후로 따뜻한 봄날의 일기가 계속되면 T양의 재채기도 바람이 나서 더러 결근을 할 것이 명백하다는 사실이다.

그러나 나는 앞으로 차차 T양이 재채기를 않는 대신에 재미있는 봄날의 화제로 그것을 충당하는 이상의 친밀을 가지고 있는 맹아萌芽 새싹가 은연 보이므로 충분히 안심하고 있다.

재채기로 의해서 서로 풀어진 우리들의 마음은 사실 T양에게서 예상 이상의 공감을 얻는 데 성공했기 때문이다.

여하간 나는, 우리의 무료와 피로를 위로할 수 있는 것이라면 무엇이든 거절하지 않겠지만, 봄이 왔다 해서 T양이 재채기와 생리적으로 소원한 관계에 들어가기를 바라는 자는 아니다.

왜냐하면, 이 돌발적 비동鼻動 – 재채기만큼 즉흥적인 쾌감을 우리에게 전달하는 물건도 세상에 그다지 흔한 것은 아니므로.

(1939년 4월 「신세계新世界」)

이발사理髮師

나는 이 집에 놓여있는 낡은 의자에 앉게 되면 일시에 피로가 온몸에 퍼져나가는 것을 느낍니다. 이곳이 유일한 안식처인 듯 머리를 깎는 동안 이발사와 나는 이야기 친구로 즐거움을 맛보는 시간의 동반자입니다.

사람을 대하는 직업 중에 우리들의 얼굴과 가장 가까운 거리에 서서 일을 하는 직업이 무슨 직업일지, 여러분은 아십니까? 그것은 말할 것도 없이 이발사입니다.

이발사는 적당한 시간을 두고 우리들과 장 근거리에 위치를 정할 뿐이 아니라, 큰 체경을 앞에 놓고 높직한 안락의자에 우리들이 한 번 털썩 자리를 잡고 앉게 되면, 이발사는 그의 뜻대로 우리들의 얼굴과 머리를 통치하기 시작하는 것입니다.

우리들이 두부頭部의 지배를 그에게 완전히 위임한 이상, 그의 방침에 의해서 만지는 대로 아무 말 말고 가만히 있어야만 할 것은 물론입니다.

또 사실에 있어서 우리들이 직접 한 달에도 한 번 이상은 보통 경험하는 일이 올시다만은, 크나큰 거울, 그 으리으리한 거울 속에 희고 깨끗이 빨아 내린 넓은 보자기를 몸에 두르고, 목 위만 내어놓고 있는 자기의 얼굴을 잘 났건 못났건 한참 만에 물끄러미 바라보면 서로 고요한 대면을 하게 되며, 또 여러 가지 관계로 그 사람들 중에서 영년永年 긴 세월의 단골이 되는 사람도 있는 것이므로 이발사의 지식은, 그것만으로서도 지식을 필요하게 생각하는 사람에게는, 결코 적은 것이 아닐 것입니다.

그러한 지식 이외에 또 인생과 세상도 짐작하는 늙수그레한 이발사를, 우리들이 만나게 되어 안락의자 위에 편안히 앉아 좋은 기분 속에서 이해관계를 떠나 이런 말 저런 말 주고받을 수가 있다면, 그것은 더욱 바랄 만 한 일이 아닙니까?

가령, 우리가 모르는 곳에 여행 갔을 때, 간단히 그 땅에 관한 지식을 구하려면, 어느 다른 곳보다도 그곳 이발소를 들르는 것이, 가장 편하고 유효한 방법이 아닐까 합니다.

여진旅塵 여행의 피로을 트는 데는 물론 목욕탕도 있으나 거기는 지식을 제공하는 사람이 없기 때문입니다. 면도도 하고 이야기도 듣고 이것이야 말로 소위 일석이조一石二鳥 일거양득一擧兩得이 아니겠습니까?

그러나 가다가는 더러 말이 너무 많은 이발사를 만나는 일이 있는데 거긴 딱 질색이에요. 사람의 내부 생활까지를 들추어서 알아내려고 하는 그 지식의 철저는 도저히 찬성할 수가 없습니다.

역시 이발사는 이발사답게 머리를 깎는 일 그 자체에 중점을 두어 손님이 침묵을 지킬 때는 침묵을 지키고, 손님이 말할 때는 말을 하는 것이 온당하다고 적어도 나는 생각합니다.

말이 많은 이발사에 한해서 깎는 것도 이리 보고 저리 보고 훑어 굽어보고 야단스럽기 한이 없는데, 그 야단법석에 비하여 깎는 폼, 깎는 솜씨가 훨씬 떨어져서 둥그런 머리가 얼마 뒤에 일그러진 배 모양으로 되는 수도 가다가는 없지 않단 말이지요.

물론 부족한 기술을 그는 말로서 보충할 생각인지는 알 수 없으나, 머리의 됨새는 고사하고 손님의 기분까지 잡칠 거야 무엇이겠소?

우리들이 이발소를 더러 들러서 훌륭한 외관을 만들어 가지고 나온다는 것은 좋은 일입니다.

그리고 이발사의 덕분으로 신선한 인생의 선수가 돼서 생활의 경기장에 활발한 출장을 할 수 있다는 것은 고마운 일이지만, 이러한 결과만을 무조건하고 예찬할 수는 없는 일입니다.

내가 이발소에 앉아서 늘 불만스럽게 생각하는 것은, 우리에게 상쾌한 위안을 제공하는 화장실이, 우리들의 고마운 미용사가 좀 더 위생과 청결과 위안에 대해서 주의를 해줄 수 없을까 하는 점입니다.

나는 얼마 전에 한 삼 주일이나 될까, 갑자기 밤에 어느 좌석에 앉아야 할 필요가 있어서 석양 때, 길거리에 있는 조그만 이발소에 닥치는 대로 들어가서 삭발을 하게 된 것입니다.

그 이발소는 개업한 지 얼마 되지 않은 듯, 아무렇게나 조작한 재목 향기만은 신선했고 체경도 요새 만든 신품인 듯 새것이었으나, 퍽 자그마한 것이 초라해 보였으며, 이발사 두 분이 다 육십 내외의 음울한 노인분이었습니다.

이발소로써의 인상이 좋지 못했으나 급한 대로 머리를 깎았습니다. 때묻은 동저고리 바람의 노 이발사의 기술은 상당했습니다.

아마 젊었을 적의 직업을 노후에 다시 활용하기 시작한 것이라고 나는 보았습니다.

이것은 누구에게도 흔히 있을 수 있는 간단한 사실에 불과하며, 또 나로서도 이 우연한 이발이 상당한 사건이 될 줄이야 꿈에도 생각하지 못했던 것입니다.

그날 밤 집에 돌아와서 자리에 누우니, 이상스럽게도 얼굴이 화끈거렸습니다. 아마 술 때문이겠지 하고 그대로 잤습니다.

아침에 일어나도 역시 화끈거리는 증세가 남아있으므로 거울을 대고 보니, 두드러기 같은 것이 안면 전체에 피부염을 일으키고 있지 않습니까?

'이상하다. 아마, 이것은 요새 성해지는 두부 습진이 내려온 것일까.' 혹은 그렇지 않으면, 과히 마시는 술의 독인지도 알 수 없다고 혼자서 곰곰이 생각되는 일이 엄청나게도 많았습니다.

학교에 나가서 아침 시간을 초조한 마음으로 끝마치고 퇴근하는 길에 병에 대해 다행히 기다려주는 의사가 있음을 아는 터이므로, 이 역시 닥치는 대로 뛰어 들어간 것이, 또 어디였느냐 하면, 재주 없이도 하필 왈, 근처의 여의전병원女醫專病院이었습니다.

때마침 피부과장 선생의 임상강의 시간에 표본 환자標本患者로서 우울한 나는 등장하게 되었기 때문입니다. 십여 명의 여의전 학생들의 포위 하에 선생과 대응하게 된 나는, 붉은 얼굴을 더욱 붉히며 상의까지 벗고 앉아 선생의 진단만 기다리는 모양이었습니다.

그러나 선생은 예상과는 반대로 한 달에 면도는 몇 번이나 하며, 최근에 이발은 언제 했으며, 그 이발소는 잘 다니는 곳인가, 그때 쓴 비누가 무슨 비누인지 알 수 없느냐 등의 질문을 말한 다음에, 이것은 면도, 비누, 화장품 계통에서 온 피부염이라는 것이었습니다. 확실히 그렇다면 생각나는 점이 있었습니다.

이 염증은 저 - 여러분, 이것이야말로 망중한忙中閑의 유유한 풍경이 아니고 무엇이겠소?

그래서 잘 났으면 잘 난대로, 못났으면 못 난대로 자기의 얼굴을 바라보면서, 가벼운 가위질은 귀 바로 곁에서 듣기에도 상쾌한 소리를 내기 시작했고, 이발사의 따뜻한 몇 개의 손가락은 두부와 안면의 이곳저곳을 부드럽게 어루만져 이 이상스러운, 또 생각하면 지극히 단순한 음악과 촉감의 작용에 의하여 우리들은, 언제나 고요하고 유쾌한 졸음의 은근한 나라로 어느덧 끌려 들어가게 되므로, 우리들은 자진해서 이발사의 고혹적인 지배에 완전히 순종하게 되는 것입니다.

어렸을 적에 우리들의 머리를 쓰다듬는 부모의 애무가 그 형식에 있어서 이와 같았겠지요. 커서는 아마도 우리들의 애인이 오직 할 수 있을 터인 행동이 이발사 제공諸公에게 허락되었다고 할 수 있겠지요.

이 세상에서 우리들의 아름다운 이발사 - 우리들을 잠시 동안 유쾌한 기분 속에서 아름답게 만들어주는 아름다운 이발사에 대해서 반기를 드는 자가 있다면, 그것은 우리들이 이발하러 갔을 때, 이따금 눈으로 보는 저 철없는 애기들뿐이리라.

"네, 그렇구말구요."

이 철없는 애기들의 철없는 울음소리 - 댓가지를 쪼개는 듯한 그 울음소리에 참말 이발소가 아니면, 맛보기 어려운 정밀하고 상쾌한 기분이 깨어져서 딱 질색인걸요.

철없는 애기라도 자주 이발을 시켜 버릇된 애기들은 그 상쾌스러운 감촉을 이해하는 까닭이겠지요. 당초에 어디 웁니까? 울기는커녕 기분이 좋아서 벙글벙글하는 애기조차 개중에 있는 것을, 우리는 보고 쾌감에 동감할 때가 있지 않습니까?

나는 한 달이면 평균 한 번은 더 되고, 두 달 동안에 세 번가량이 상쾌한 조발調髮의 기분을 맛보고 있을까.

이발을 할 때에 한해서만은 그때마다 기분이 신선해지므로 금후부터는 머리가 길든 길지 않든 그 장단長短을 묻지 않고 자주 머리를 깎으리라고 결심을 새롭게 하는 것입니다.

이발소 문을 한 번 나선 다음에는 늘 머리만을 생각하게 되지 않고,

또 여러 가지 다른 일로 시간을 빚어내기도 어렵고 해서, 보기 싫을 정도로 머리가 더벅해서 문자 그대로 봉두난발蓬頭亂髮이 되어야, 비로소 부득이 이발소의 문을 두드려 이발사의 신세를 지게 되므로, 또 다시금 그동안 왜 자주 못 왔던가 하고 후회를 하는 것입니다.

나는 우리들의 유쾌한 이 집 이발소에 줄줄이 놓여져 있는 안락의자 하나에 올라앉게 되면 앉기가 무섭게 일시에 피로가 전신에 퍼지는 것을 느낍니다.

이곳이야말로 유일한 내 안식처라는 듯이 말입니다.

그래서 나는 머리를 깎는 동안 '보통으로 깎아 주시유.'하는 한 마디 첫말 이외에는 야속하고 냉혹하리만큼 최후까지 일언一言을 발하지도 않거니와 일언의 기회를, 우리의 고마운 이웃 사람에게 주는 일도 없이 철두철미 침묵의 사람이 되어 시종일관 이발사가 제공하는 매력에 가득한 기분만을 향락하며, 이발사가 인도하는 그윽한 몽유의 나라로 서서히 들어가는 것이 보통입니다.

머리를 그의 지배에 맡기고 얼마를 잤을까. 비몽사몽非夢似夢이란, 정히 이를 말함이겠지요.

"세수하시지요."

하고 누운 몸을 일으킴으로, 벌써 다 됐나하고 바로 앉으면 거울 속에 불의에 나타난 세련된 외관外觀 - 정말 이것이야말로 자기가 아니면 누구겠느냐 하는, 일종의 만족감을 맛보면서 머리를 깎고 면도를 했으니, 첫째 상쾌하고, 한숨 잤으니, 둘째로 몸이 가벼워져 잠이 설깨어 비틀거리며 세면대로 걸어가는 기분이란 말할 수 없이 좋은 것입니다.

이발사는 원래 사람의 귀에 가장 가까이 접근해서 미용과 조발에 종사하게 되므로, 이발사와 객은 피차 이야기의 가장 좋은 상대자를 발견할 수 있는 것입니다.

그러기에 소위 이발사 정담政談이란 세계를 통해서, 어느 나라를 물론하고 무시하기 어려운 어떤 부류의 의견을 대표하고 있습니다.

그래서 가만히 보면 이발사에게도 두 종류의 타입에 있어서, 대체로 한 부류는 일에 충실한 이발사, 또 한 부류는 이야기하기를 좋아하는 이발사, 이 두 가지로 나눌 수 있다고 생각합니다.

우리 조선에서는 아직도 이발소를 경영하는 사람과 이발을 하는 이발사가 서로 다른 경우가 많습니다.

직업을 신성한 천직으로 생각하고 꾸준히 일가一家를 이루려는 안정된 신앙이 없어서 직업을 자주 바꾸는 경향에 지배되어, 대개 이발사는 젊은 사람들이 많기 때문에 은근히 세상 이야기를 할 만한 연배로 세파도 겪어 보고 인생도 이해할 만큼 믿음직한 이발사를 만나기가 힘든 것은 사실 유감입니다.

이발소는 여러 가지 종류와 직업의 사람들이 드나드는 곳이요, 드나드는 사람이면 상당한 시간을 두고 실로 이발 당야當夜 당일 밤부터 시작되었기 때문입니다.

일주일만 치료하면 완쾌되고, 그런 병은 요사이 가끔 있다는 선생의 말에 조금 용기를 얻었으나, 그 이발소에 안 가고 다른 이발소에 갔으면 얻지 않을 병을 얻은 것이 제일 분해서, 사람이 재수가 없으면 옴이 오른다더니, 이것이 그건가 하고 혼자 탄식하는 수밖에 없었습니다.

그런 꼴을 하고 나가는 것 자체가 삼갈 일이나 할 수 없는 경우에 사람을 만나면, 얼굴이 웬일이냐 하고 묻습니다.

그래서 이발한 얼굴이 그렇게끔 되었노라 고소로서 대답하면, 사람마다, '허, 참! 그런 일도 있나.' 하고들 놀라는 것이었습니다.

득병 후 삼 주일이 지났는데도 완쾌를 못 보고 앓아본 결과 속병보다 거죽 병이 더 괴로움을 알았으며, 신체 중에는 얼굴이 가장 귀중한 부분임을 새삼스레 깨달았습니다.

가렵고 쑤시는 이 얼굴은 일시인들 나를 쉬게 하여주지 않습니다. 주야로 줄창 거울을 들고 고약화장靑藥化粧을 하면서, 내가 생각하는 것은 이 귀중한 부분을 맡은 이발소와 이발사는 절대적으로 위생적이어야 한다는 점이었습니다.

이런 종류의 피해는 이미 기계충병, 즉 원형탈모증圓形脫毛症을 통해서 벌써부터, 우리들이 잘 알고 있는 일이기 때문입니다.

우리들의 유쾌, 명랑한 화장실을 더욱 청결히 하여 드물게 맛보는 이 상쾌한 기분을 조금도 손상함이 없기를, 나는 우리들의 아름다운 이발사 제공에게 바라마지 않습니다.

가위질을 하는 이발사의 때 묻은 소매는 확실히 우리들을 찡그리게 하고, 그 한 가지는 백 가지, 천 가지를 말합니다.

일찍이 염세와 불신의 철학자 쇼펜하우어Schopenhauer는 이발을 하게 될 때 반드시 뒷머리만 깎고 앞 면도는 못 하게 했다고 해서 유명합니다. 그는 모든 사람을 믿을 수 없는 것같이 칼을 든 이발사들 역시 믿을 수 없었기 때문입니다.

나는 이 철학을 본뜨는 것은 아니로되, 나의 위생을 위해서 가장 청결한 이발소를 찾는 동시에 당분간 앞 면도는 보류할지도 모릅니다.

이제 내게 남은 한 가지 의무는 금후의 피해를 막기 위해서 저 노 이발사에게 경고를 말한다는 것입니다. 그러나 나는 아직까지도 주저하지 않을 수 없습니다.

왜냐하면, 만일에 그 노 이발사가 나의 경고에 대해서

'그따위 병을 어디서 옮아 가지곤, 우리 집에서 옮았다는 거야. 면도 중독이 다 무슨 소리, 원 점방을 차린 지는 얼마 안 돼두, 그런 소린 당신한테 처음 듣는구려.'

하고 역정을 되려 내고 고집을 피운다면, 아무 효과도 나타낼 수 없겠기 때문입니다.

그러나 나는 시민의 위생을 위해서 의무는 의무로서 수행할 작정입니다.

(1948년 5월)

매화찬 梅花讚

산을 저미는 한기 속에서 고고히 피는 매화, 선구자의 영혼에서 피어오르는 꽃이다. 꽃이 청초하고 향기에 넘칠 뿐만 아니라, 그 열매 매실은 선구자 성격을 닮아있다.

나는 매화梅花를 볼 때마다
항상 말할 수 없이 놀라운 감정에 붙들리는 것을 어찌할 수가 없다.
왜냐하면 첫째로,
그것은 추위를 타지 않고 구태여 한풍寒風을 택해서 피기 때문이다.
둘째로, 그것은 그럼으로써 초지상적인,
비현세적인 인상을 내 마음속에 던져주기 때문이다.
가령, 우리가 눈雪 가운데 완전히 동화된 매화를 보고
혹은 찬 달 아래 처연히 조응照應된 매화를 보게 될 때,
과연 매화가 사군자梅蘭菊竹의 필두로 꼽히는 이유를 잘 알 수 있겠지만,
적설과 한월寒月을 대비적 배경으로 삼은 다음이라야만,
고요히 피는 이 꽃의 한없이 장엄하고 숭고한 기세에는
친화한 동감同感이라기보다는 일종의 굴복감을
우리는 품지 않을 수 없다.
매화는 확실히 춘풍이 태탕駘蕩 화창함한 계절에

난만히 피는 농염한 백화百花와는 달라

현세적인 향락적인 꽃이 아님은 물론이요,

이 꽃이야말로 이 세상에서 우리가 찾을 수 있는

가장 초고超高하고 견개狷介 절개가 곧은한 꽃이 아니면 아니 될 것이다.

모든 것이 얼어붙어서 찬 돌 같은 딱딱한 엄동,

모든 풀, 온갖 나무가 모조리 눈을 굳게 감고

추위에 몸을 떨고 있을 즈음,

어떠한 자도 꽃을 찾을 리 없고 생동을 요구할 바 없을 이 때에

이 살을 저미는 듯한 한기를

한기로 여기지도 않고 쉽사리 피는 매화다.

이는 실로 한때를 앞서서

모든 신산辛酸 맛이 맵고 심을 신산으로 여기지 않는

선구자의 영혼에서 피어오르는 꽃이랄까.

그 꽃이 청초하고 가향佳香에 넘칠 뿐만 아니라,

가품家品과 아취가 비할 곳 없는 것도 선구자적 성격에 상통되거니와,

그 인내와 그 패기와 그 신산에서 결과된 매실은

선구자로서의 고충을 흠뻑 상징함이겠고,

말할 수 없이 신산맛을 극極하고 있는 것마저 선구자다워 재미있다.

매화가 조춘만화早春萬花의 괴魁 으뜸로서

엄한을 두려워하지 않고 발화하는 것은

그 수성樹性 자체가 비할 수 없이 강인한 것을 말하는 것으로,

이 동양 고유의 수종樹種이

그 가지를 풍부하게 뻗치고 번무繁茂 번성하는 상태를 보더라도,

이 나무가 다른 과수에 비해서

얼마나 왕성한 식물인가 하는 것을 알 수 있다.
그러므로 매실이 그 독특한 산미와 특종의 성분을 가지고
고래로 귀중한 의약의 자資가 되어
효험이 현저한 것도 마땅한 일이라 할밖에 없다.
여하간에 나는 매화만큼
동양적인 인상을 주는 꽃을 달리 알지 못한다.
특히 영춘 관상용으로 재배되는 분매盆梅에는
담담한 가운데 창연한 고전미가 보이는 것이
말할 수 없이 청고淸高 맑고 높음해서 좋다.

(1939년 3월 「여성女性」)

권태예찬 倦怠禮讚

나는 권태를 사랑하는 사람이다. 고달프고 바쁜 생활에 눈코 뜰 새가 없는 사람이 홀연 권태에 빠질 때, 권태는 형극에 찬 인생의 생활을 치유하는 숨은 진통제와 같은 역할을 한다.

인생의 권태란, 대체 어디서 오는 자이냐?

그것을 과연, 어느 뉘가 알리오마는, 그것이 우리 앞에 옴에, 이 인생은 졸지에 빈상貧相해지고, 졸지에 무색채無色彩해지고, 졸지에 소원해지는 바, 저 저주할 인생의 권태란 대체 어디서 오는 자냐?

좌고우면左顧右眄 앞뒤를 재고 망설임, 어떠한 방법으로 살핀다 해도 이 세상의 모양은 그다지 심심해 보이지는 않는다.

언제든지 대지 자연은 오묘한 신비와 지미至美한 경관을 감추고 있는 것이며, 인생의 생활이라 할지라도 그것은 정열과 투쟁과 애착과 발전에 가득하여, 말하자면 천국적으로나 지옥적으로 이는 참으로 비할 곳 없이 흥취 깊은 연극에 속한다 할 수 있다.

이 우주와 인생이 전일에 있었던 그대로 의연히 다채多彩하고 다단한 상태에 있어서 존재하고 있음에도 불구하고, 아니 사실에 있어서는 날이 지남에 따라 세상은 그 화려함과 미묘함을 더해가고 있음에도 불구하고, 여기 한 번 이유 모를 권태의 감정이 우리를 지배하게 되면, 어찌 된 까닭인지 금시에 그 아름다운 매력을 잃는 듯 보임은 물론이요, 그 절주節奏에 응하여 노래하던 우리의 심장은 문득 음악을 중지하고 만다.

그때 우리를 자극하는 아무것도 없고, 우리를 즐겁게 하는 아무것도 없고, 우리를 맞아주는 아무것도 없는 문자 그대로 평범하고 어두운 이 땅에 날아다니는 건 무엇이냐 하면, 그것은 오직 시들은 낙엽일 뿐이다.

굴러다니는 건 무엇이냐 하면, 그것은 오직 회색의 사력砂礫 모래와 자갈일 뿐이요, 길고 더디게 발목을 끌고 가는 건 무엇이냐 하면, 그것은 오직 저 공허하고 지루하기 짝이 없는 시간일 뿐이다.

그러나 생각하면, 나는 여기서 더 이상 생生의 권태가 우리에게 대하여 과연 무엇을 의미하며, 그리하여 권태란 제군의 마음속에 있는 것이요, 결코 이 세계 속에 존재하는 자는 아니라는 등의 주장을 구구히 진변陳辯 사정을 말함할 이유를 가지지 않는 듯 보인다.

왜냐하면, 우리는 불행히도 이러한 위안 없는 상태를 이미 자신의 흉중에 품고 있는 것이며, 혹은 그렇지 않은 행복한 경우에는 너무도 용이하게 그것을 우리 주위에서 발견할 수 있기 때문이다.

그러므로 그대의 시인들은 필설筆舌을 같이 하여 권태를 인생고의 하나로서 지적하고 있으며, 심지어 철학자 쇼펜하우어Schopenhauer 같은 이는 그의 유명한 염세철학厭世哲學의 근본 원리를 이 인생고 위에 두고 있음을 보아도, 우리는 이것을 조금도 의심함 없이 당연하다고까지 생각하고 있는 것이다.

사람이 생에 대하여 권태를 느끼게 하는 것은, 어떤 의미에 있어서 무상한 현세에 대한 확고한 자아自我의 정신적 우월을 실증하는 것으로서, 주로 정신적 생활을 영위하고 있는 교양 있는 사람은 면할 수 없는 아름다운 숙명이라고 할 수 있다.

또한 현대의 많은 사람들이 인생고로 권태의 감정에 사로잡혀, 어찌할 바를 알지 못하고 있는 자태를 사람에게 보이고 있는 것은 이른바, 이러한 정신적 우월이 그들로 하여금 그리되게 한 점에서 우리는 일방적으로 그들에게 경의를 표하는 동시에, 그러한 고상한 정신을 오히려 감동시킬 수 있을 만큼 이 세상이 항상 저속과 평범을 탈脫치 못하고 있다는 점에서는, 그들에게 동정의 염을 우리는 금할 수 없는 자이다.

내가 여기서 한 번 생각코자 하는 것은, 무엇보다도 우리 현대인이 오늘날과 같이 이러한 속도의 시대에 처해서도, 오히려 전대인前代人이 경험했음과 같은 인생고를 권태의 감정을 통하여 맛볼 수 있느냐 하는 점이다.

나는 사사로이 다음과 같은 생각에 머리를 갸우뚱거리는 순간이 가끔 있다. - 만일에 감정의 시대적 변천이라는 것이 있다면, 우리의 권태감이야말로 시대를 잘 구분하고 있는 것이 아닐까?

우리는 우리 인생의 의미를 예전같이 그렇게 엄숙하게 토구討究하지 않는 것과 같이 권태를 권태로써 느낄 시간을 가지지 못하는 것은 아닐까?

전前 세기의 사람들에게 권태는 얼마나 큰 고통이었을지 모르나, 우리들에게 권태가 주는 이 희귀한 한가閑暇는 실로 얼마나 큰 쾌락인가?

'시인의 권태는 황금색으로 빛나는 권태다. 그러므로 시인에게 너무 동정해서는 안 된다. 노래하는 자는 그의 절망까지를 시화詩化할 수 있는 것이다.'

이는 아나톨 프랑스Anatole France의 말이려니와, 나는 이러한 시인적 마술을 가지고 공허한 시간적 고압으로서의 권태를 시와 예찬하려는 자는, 결코 아니다.

차라리 나는 '생활의 철퇴는 바야흐로 격렬하다. 우리는 꿈꿀 사이가 없다.'고 말한, 독일의 소설가 칼 쇤헤르Karl Schönherr의 견지에 서서 소박한 일, 정신적 노동자로서 우리의 황망한 생활에 종교적 정적을 제공하는 안한(安閒)한 시간적 해방으로서의 권태를 한없이 찬미하려는 자에 불과하다.

혹은 이러한 나의 기도를 무모하다 하여 안비막개(眼鼻莫開 일이 분주하여 눈코 뜰 사이 없음)의 현대적 동란 속에도 권태로서의 권태는 의연히 존재한다는 것을 주장한다면, 나는 그러한 종류의 숭엄한 권태의 고민이 참여할 수 없는 나의 정신적 둔감과 시간적 분망을 오히려 다행하다 여길 수밖에 없다.

이리하여 내가 단순히 우리 인생이 영영축축(營營逐逐 명리를 얻기 위해 바쁘게 지냄)함이 과연 무엇을 구함인지는 알 수 없으나, 여하간 모든 것이 기계와 같이 선화하지 않으면 아니되는 조급한 시대적 속도 속에 있어, 우리에게 유일한 안식의 기회를 보장하여 주는 이 권태를 예찬함은 대단히 자연스러운 일이라면 일이었지, 이것이 참신한 행동이라든가, 또는 역설적 태도가 아님은 두 말할 것도 없다.

그리하여 너무도 격렬한 속력에 광분하고 있는 듯 보이는 현세기의 정신이라 할지라도, 우리의 극도로 피로한 신경에 기적적 완화의 작용을 베풀며, 우리의 새로운 사상, 새로운 행동에 대하여 항상 비약적 지반을 빌려주는, 저 말할 수 없이 존귀한 상태에 일편의 송장(頌章)을 붙이려 하는, 우리의 심회를 결코 방해할 수는 없을 것이다.

'고달프고 바쁜 생활에 눈코 뜰 새가 없는 사람이 권태에 빠질 때 격심한 활동과는 가장 멀 뿐만 아니라, 상반되는 한 개의 상태에 한동안 머물 수 있다는 것이다.

말하자면 이른바, 망중한(忙中閑)으로써 우리 앞에 문득 나타나는 이 권태! 이는 참으로 형극(荊棘)에 찬 인생의 생활 속에 숨은 일복(一服)의 진통제요, 거칠 대로 거칠어진 인생의 정원에 간간히 솟아나는 한 떨기 장미화에나

비길 자이니, 권태의 이 황홀한 행렬을 어찌 사람은 두 손으로 맞이하려 하지 않고, 도리어 이를 괴롭다 하며, 이를 심심타 하여, 멀리 피하려 하는가?'

그러나 나는 이 권태의 상태를 한없이 사랑하는 자다. 이 속에 앉아 혹은 그 속에 누워 아무것도 생각지 않음은 물론이요, 무엇인가에 대하여 생각할 야심조차 가지지 않고 더러 담배나 피워 물고 입에서 나오는 자연^紫^煙의 귀추나 살핌이 사업이라면, 세상의 훤소^{喧騷} 소란스러움는 이미 먼 곳에서의 일이다.

우리가 기다리는 아무것도 가지지 않고 또는 우리를 찾는 아무것이 없을 때 – 우리가 전심적으로 경험하는 바 권태의 쾌감, 무위의 일락^{逸樂}은 참으로 큰 것이니, 이는 말하자면 정신의 체조라고나 부를 수 있을까?

왜냐하면, 이것은 우리가 마당에 서서 아침의 신선한 공기를 들이마실 때, 육체적인 도취의 기분과 서로 공통되는 점이 있어 보이기 때문이다.

'총명한 두뇌에 태태^{怠惰} 게으름는 존재하지 않는다. 나는 어떤 사람들에게 공허하게 보일지 알 수 없으나, 권태 속에 빠져있을 때 같이 공부가 된 적은 없다'는 것은 레이몽 라디케^{Raymond Radiguet}의 말이요, '깊은 권태 속에서 우리는 가장 잘 우리의 생활을 맛볼 수가 있다. 권태를 이해하는 사람은 어디인가를 취할 곳이 있다. 평범한 쾌락보다도 차라리 권태가 낫다.'는 것은 르미 드 구르몽^{Remy de Gourmont}의 말이다.

우리는 설사 예리한 재주를 가지지 못하고, 또 그들과 같은 시적 심경에 도저히 접근하기 어려운 자라 할지라도, 이 권태의 신성한 상태를 애무하려는 점에서는 그들에게 지고자 하는 자가 아니다.

이리하여 우리가 감미^{甘味}한 권태에 몸을 맡기기 위하여 열렬히 요구하고자 하는 것은, 현실이 허락하기보다는 보다 이 천국의 은총이 우리 머리에 내리소서 하는 점에 존재하지마는, 불행히도 생활의 철퇴는 바야흐로 격렬하다. 우리에게는 권태를 느낄 시간이 없는 것이다.

사람은 여기서 기탄없이 나의 천래天來의 태만성을 지적할 수 있을지도 모른다. 그러나 만일에, 그 태타怠惰 게으름가 그 사람에게 무슨 영양이 될지도 알 수 없는 경우는 단순히 그 성질만 가지고 배척할 수는 없는 것이다.

확실히 큰 권태는 비난되어야 할, 사람의 나쁜 속성에 틀림없다. 그러나 조그마한 태타는 반대로 크게 찬양되어야 할 성질의 것이라고, 나는 생각한다.

왜냐하면, 큰 태타가 사람을 내적으로 외적으로 마비시키며 노둔魯鈍 둔하고 어리석다게 하는 데 대하여, 작은 태타는 우리의 일상생활이 그 조급함과 훤소함을 가지고, 우리를 항상 위하할 때, 그것은 우리를 구제키 위하여 문을 열어주는 피난소의 안전판이 되기 때문이다.

그러므로 소한적小閑的인 권태는 조천대우早天大雨 동틀 무렵의 큰 비의 의미를 갖는다 해도 과언이 아니다.

(1937년 4월 「조선문학朝鮮文學」)

농민예찬農民禮讚

자기 손으로 뿌린 씨가 싹으로 돋아
나 날마다 자라나는 것을 보는 기쁨,
그것이 건강한 배추가 되었을 때 상
위의 찬으로 맛보는 즐거움, 이것이
창조하는 기쁨이다.

도시가 팽창해 가면 팽창하여 갈수록, 도시가 농촌에 인접하면 인접할
수록 도시는 농민정신으로부터 벗어나고 멀어지는 것이 원칙이다.

도시는 기계가 지배하고 농촌에는 곡물이 무성하다. 여기서 우리는 경
솔히 곡물을 기계와 비교하여 국민 생활에 대한 가치와 축복에 있어서
어느 편이 큰가를 탐구하고자 함이 아니다.

다만 우리는 기계의 장래를 크게 기대하는 도회인에게, 만일 그와 같은
도회인이 있다면, 그 무모한 심취와 기만적인 과오를 지적하면 그뿐이다.
왜냐하면 곡식 없이는 기계도 문명도 있을 수 없기 때문이다.

그러므로 우리는 다시 한번 하늘과 땅이 주시는 선물인 곡식만이, 오직
인생 존재의 원리가 되는 것이라는 사실을 감지하고 이해하지 않으면
아니 될 것이다.

우리들이 익어가는 곡전穀田 앞에, 신비 앞에 설 때, 우리가 마음속 깊이
이제는 안 계시는 부모 생각과 목가적牧歌的인 고리故里에 대한 애달픈 향수에
얽혀 하나의 경건한 전율을 느끼는 것은 실로 그 때문이다.

이제 황금빛 물결치는 나락밭 앞에 서되, 뿌리 깊은 귀의심歸依心을 잃은 불행한 도회인은, 모름지기 씨를 뿌리는 농민의 저 위대하고 장엄한 창조자의 상형象形을 생각하고, 소비자로서의 지위를 다시 한번 반성하여 봄이 좋을 것이다.

소위 '창조의 기쁨'이란 말이 있는 것을 알지 못하는 사람이 없겠거니와, 이것이 무엇을 의미하는지를 모르는 사람만큼 가련한 인간은 없다.

단 한 포기의 채소일망정 그것을 좁은 뜰 한구석에 심어본 경험이 있는 사람이면, 이 '창조의 기쁨'이 무엇인가를 이해할 것이다.

자기 손으로 뿌린 씨가 잎이 되어 땅속에서 솟아나고, 그와 같이 솟아난 싹이 날마다 자라나는 것을 보는 기쁨, 그것이 드디어 배추가 되었을 때, 그것을 상 위에 찬의 한 가지로써 먼저 음식으로 맛보는 즐거움, 이것이 곧 창조하는 기쁨이다.

일찍이 철학자 프란츠 폰 파르데는 말하되 '기관은 작용함으로 의해서 움직이고, 그 기능이 정지될 때 소멸한다. 오직 발표된 언어, 표현된 사상만이 자기의 것이다. 이리하여 외부화할 수 있는 것, 정히 그것만이 비로소 내부화할 수 있다.'고 했다.

참으로 지언이라 하지 않을 수 없으니, 사실에 있어서 사람이 자기 손으로 몸소 어떠한 물건을 만들었을 때, 그것만이 참으로 가치가 있는 것이기 때문이다.

그러므로 확실히 농민은 대부분 필요한 물건을 자기 스스로 만드는 까닭으로 굴강무비屈强無比 몸의 의지가 뛰어남 확고부동의 인간이요, 오늘의 도회인은 다른 사람들이 생산한 기성품만을 소비하는 까닭으로, 심지어는 그들의 사무私務와 쾌락까지도 흔히 타자의 창조에 의뢰하는 까닭으로써 빈상貧相 궁색한 인상하기 그지없는 무리들이다.

우리들 도회인은 책을 가지고, 시네마cinema를 가지고, 축음기를 가지고 있다. 그리하여 우리는 묵묵히 앉아 그것을 듣고 있기만 하는 것이니, 실로 듣는 점에 있어서는 위대하다.

그러나 언제나 호흡만 하고 있는 이 익살맞은 사람들을, 우리는 과연 어떤 방법으로 구제하여야 될까?

이제 아무리 세계 기근의 바람이 휩쓸고 있다고 해도 흙을 굳이 밟고, 직접 생산하며, 창조하는 농부는 하나도 두려울 것이 없으니, 말하자면 그 말은 참된 존재의 원리 위에 신념 있는 예로부터서의 견고한 생활을 축조하고 있기 때문이다.

(1947년 8월)

제3부

·

내
삶
에
피
는
꽃

책을 가지고 있고, 그것을 읽는 침착한 이성
을 지니고 있는 사람이라면, 그는 불행할 수
없다. 이 지상에 머무를 수 있는 좋은 친구와
함께 있는데, 왜 그가 불행하여야 된다는 말
인가?

춘양독어 春陽獨語

봄은 올 적마다 모든 사람에게 자기
가 이곳에 온 뜻이 어떠한 것인가를
묻는다.
이에 쾌락과 함께 노동을 소박하게
선물로 받고, 그의 질문에 대답할 수
있다면, 그는 행복한 사람이다.

추위, 추위 해도 이번 겨울같이 그 추위가 처음부터 끝까지 우리의 예산
과 체질을 위하威嚇 위협한 일이란, 근래에 그 예가 드문 듯 보였다.

우리의 오랜 동안의 경험에 의하면 확실히 이번 겨울은 조선朝鮮이 주문
한 그러한 시후時候는 아니었다.

이것은 조선이라도 어느 태고시대에나 있음직한 겨울이요, 그렇지 않다
면, 다른 곳으로 수입되어 가는 도중에 있던 북국이 이 나라에 잘못 들어온
감이 전혀 불무하다.

잘못 들어왔거든 잘못 들어온 이유로써 봄이 오기 전에 하루바삐 정당
한 방면을 수하여 감이 옳을 일이로되, 이제 우리는 두 가지의 설을 치른
지 오래이고, 봄이 돌아옴을 증명하는 입춘이 간 지 순일旬日에 가까워도
아직 여한餘寒은 자못 완강히 세상의 피부와 참담한 고투를 계속하고 있다.

분분한 백설白雪, 그것은 모든 것이 돌과 같이 딱딱하고, 모든 것이 남루襤
褸같이 초라한 겨울날에 있어 우리가 가질 수 있는, 오직 하나의 부드럽고
아름다운 서정시에 속하지만, 요사이 며칠을 거듭하여 이상스럽게도 날이

급작스레 풀리는 것 같음에도 불구하고 수차나 춘설春雪이 변연이 내리며 난데없는 춘양春陽의 작용에 이 동절의 사물이 힘없이도 녹을 뿐만 아니라, 온 겨우내 처음으로 해동解凍의 현상이 지면에 나타남으로 보게 되니, 과연 이 백설은 별리를 아끼는 엄동의 최후의 선사인가.

봄이 차고 있는 시계는, 아마도 조금쯤은 더디 감이 상례라 할지라도 성좌력星座曆 별자리 책력이 자고로 사람에게 예약한 따뜻한 봄은 대단히 원만하다. 하지만, 이제부터는 우리를 실망시킴이 없이 예의 광명과 예의 색채와 예의 노래를 가지고 차차로 이 세상을 장식하기 시작할 것이다.

겨울이 추우면 추울수록 모든 생자生者의 봄을 기다리는 마음이 더욱 절실하여질 것은 두말할 것 없다.

설사 이곳에 완전히 모든 생명력이 발아發芽하는 봄, 연소하고 분해하고 재생하는 봄, 동결凍結의 북국을 쫓고 새소리와 꽃향기와 해방된 유수성流水聲이 정열과 탄생의 위대한 전설을, 다시금 노래하는 봄, 그러한 봄이 구상화具象花하지 않았다 하더라도 단순히 우리가 피부의 고통으로부터, 우리를 해방시켜 주는 봄의 혜택만을 생각할 때, 벌써 이 사실은 결코 평범하지 않은 것이다.

방 안보다도 외기가 뜨시다는 것은 겨울을 치르고 난 인생이 봄날에 문득 경험하는 바 놀라운 사건에 속하거니와, 그러므로 이때는 부엌에 장작단이 많이 보이지 않아도 그다지 큰 걱정거리가 아님은 물론이다.

우리가 따뜻한 하늘 밑에 서서 구부렸던 허리를 처음으로 바로 펴고, 그 모진 추위 속에서도 고생은 고생이었으나, 별로 이상은 없었던 옛 인생을 다시금 유유히 관찰하며 유열愉悅은 결코 적은 것이 아니다.

시인 막스 다우텐다이Max Dauthendey가 일찍이 '새들은 태양에 취하고 모든 정원에선 노래가 빛나네. 사람 마음속엔 새들이 깃들고, 모든 마음은 정원이 되어 다시금 피는 시작일세.'라고 봄을 노래한 것 같이, 올 봄은 틀림없이 모든 사람의 마음을 음악화시키고, 정원화시켜 한없는 재탄^{再誕}의 쾌락을 맛보게 할 것이겠지만, 그러나 다시 생각하면 봄은 우리에게 대하여 유쾌한 일면만을 제공하는 것은 아닌 듯싶다.

봄은 쾌락과 함께 많은 노역^{勞役}을 사람에게 가져다줌을 결코 잊지 않을 뿐만 아니라, 오는 봄은 항상 그가 올 적마다 모든 사람에게 각기 자기가 이곳에 온 뜻이 어떠한 것인가를 깊숙이 묻지 않고서는 아니 두는 까닭이다. 이리하여 어떤 사람이 쾌락과 함께 노동을 소박하게 받고 그의 질문에 단순히 대답할 수 있다면 그는 행복한 사람이다.

그렇다고 나는 몇십 번째의 봄을 이제 맞이하느냐 하는, 세상에 흔히 있는 감상을 가지고 아무것도 한 일 없이 헛되이 사는 연치^{年齒}를 비탄하는 야심가는 아니다.

주는 나이야 안 먹을 수 있느냐, 못할 일이야 하는 수 없다는 것은 사람의 건전한 철학적 쾌활을, 이미 옛날에 해결한 문제라고 나는 생각하고 있는 까닭이다.

여기에 나의 관심사는 무엇이냐 하면, 그것은 일언으로 말하자면, 어떻게 해야 이 인생이 될수록 즐겁고 길게 살 수 있겠느냐, 즉 다시 말하면 어떻게 해야 이 인생을 절도 있게 향락할 수 있겠느냐 하는 것이다.

그러나 이 방법은 누구보다도 봄이 잘 알고 있으니까.

무르녹는 봄이여, 어서 오라.

(1936년 2월)

송춘頌春

봄은 모든 생명력에 대해서 아까워하지 않는 창조의 시절입니다. 봄은 온갖 생명력에 대해서 일제히 불붙이기를 명령하고, 녹아지기를 희망하고 재생을 허락합니다.

'음악 없이는 인생은 틀린 것'이라고, 철학자 니체Nietzsche는 말한 일이 있습니다만, 저는 그를 본떠 한 번 더 말해보고 싶습니다.

'만일 봄이 없다면, 우리 생활은 글렀다'고, 사실이 그렇지 않습니까?

차갑고 추운 삼동을 겪고 난 우리에게 저 따뜻하고 포근한 봄의 은총이 없다면, 얼마나 우리네 살림살이는 쓸쓸할는지요?

아니 언제적 봄이길래, 이제 새삼스레 봄을 찬미하는 것이냐 하실 분이 혹시 계실지 모르나, 이를테면 거지 이상의 아무것도 아닌 겨울 신세를 지다가, 문득 화사한 왕자인 봄을 맞이하게 되면, 그때마다 자연 엄청난 감탄사는 입을 치밀고 나오게 되어서, 사실 우리는 매양 봄을 찬송하지 않을 수 없는 것을 어찌합니까?

말하자면 얼어붙는 북국을 쫓고, 온 대지가 쾌활히 지저귀는 새소리와 일제히 해방된 물소리 속에 정열과 탄생의 위대한 전설을 노래하는 봄, – 이러한 봄이 우리 앞에 한 걸음 두 걸음 다가올 때, 대체 누가 과연 이 봄의 매력을 거절할 자 있겠습니까?

그러나 어느 해던지, 봄은 우리를 가장 안타깝게 합니다. 귀하신 손님네가 그다지 쉽게 우리들의 문을 들어서지 않듯이, 봄은 우리를 퍽은 기다리게 하기 때문입니다.

아마도 봄이 차고 있는 시계는 더디 가는 게지요. 올 듯 올듯하면서도 봄은 아니 오고, 억센 겨울만 머뭇거릴 때 선뜻 자리를 내주지 않는 겨울을 원망하는 나머지, 우리는 흔히 봄을 기다리는 마음을 잊기조차 합니다.

봄은, 그러나 항상 짓궂은 웃음을 띠고, 언젠가 하루아침에 갑자기 옵니다. 그래서 벙글벙글 웃고 춤추는 아가씨처럼 가만히 날아드는 봄은, 마치 우리가 길에서 멀리 마주쳐 오는 벗을 언뜻 볼 때의 저 일종의 복잡한 감정을 우리로 하여금 맛보게 합니다.

아, 봄!

봄빛은 참으로 어머니의 품속 모양으로 따스하고 보니, 누가 그 속에 안기기를 싫어하리오.

이래서 봄은 방 안에서 오슬오슬 떠는 우리를 은근히 밖으로 잡아 끌어내는 것인데, 만물이 춘광에 흠씬 취해 도연陶然한 시간을 가지고 온갖 집이란 집의 뜰 안에 노래가 빛날 때, 사람 마음엔들 왜 물이 오르지 않으며, 싹이 트지 아니하며, 꽃이 피지 아니하며, 시詩가 뛰놀지 않겠습니까?

그런데 봄은, 대체 왜 그리도 조용합니까?

어디선지 슬피 짖는 개소리가 들려옵니다. 목청껏 우는 어린애 소리도 섞여서 요란히 귀에 울립니다.

부녀자들의 재재거리는 소리, 누구의 한숨 쉬는 소리, 누구의 웃음 치는 소리, 문 여는 소리, 문 닫는 소리, 유창하게 들리는 닭 울음소리 - 이러한 온갖 음성이 하나도 빼놓지 않고 밑을 엿볼 수 없는 거대한 정적 속에서 들려오니 참으로 봄의 기운은 이상하지 않습니까?

이 정적은 말하자면 큰 바다에서나 찾을 수 있는, 또는 넓은 들이나 높은 하늘에 있음직한 그런 고요함입니다.

이와 같은 고요함 속에서 그 또한 고요히 서로 시각을 다투어 대개는 밤새에 터져나며, 또 싹은 더욱 푸르러지니 참말 놀라웁지 않습니까?

봄이 되어 도처에서 소리 없이 움직이는 이 맹렬한 싹트는 힘을 볼 때, 우리는 놀라기보다는 그 조화의 섭리에 일종 두려움까지를 느끼지 않을 수 없는 것입니다.

봄은 모든 생명력에 대해서 아까워하지 않는 창조의 시절입니다. 봄은 온갖 생명력에 대해서 일제히 불붙기를 명령하고, 녹아지기를 희망하고, 재생을 허락합니다.

이러한 봄인지라, 여러분은 일찍이 한 번이나 나뭇가지에 귀를 대어보신 일이 있습니까?

이때 여러분은 필경 뿌리에서 솟아오르는 물 힘으로 싹이 바야흐로 터지는 소리를 역력히 들으셨을 줄 압니다.

요만 때, 동물원은 하루의 소일거리로 가장 적당한 곳이 아닙니까?

약속한 거와 같이 사람들이 이곳으로 물밀 듯 모여드는 것도 괴이한 일은 아니지요.

따뜻한 봄볕을 받고 봄을 느껴 이리 왔다 저리 갔다 하는 야수의 무리를 오래 보지 않다 보는 것도 한 재미려니와, 특히 못 속에서 오래간만에 참으로 오래간만에 첫 목욕을 하고 있는 오리 떼는, 더욱이나 보는 이에게 삼월다운 너무나 삼월다운 풍경을 보여 주어 정취의 깊은 것이 있습니다.

이곳저곳에 다투어 봄을 노래하는 새소리들, 원숭이를 보고 손뼉을 치며 웃는 아이들 소리도 봄 하늘 아래에서는, 왜 그리도 명랑하게 들린다는 겁니까? 봄에는 공기가 유달리 밝고 맑은 관계이겠지요.

모든 음성은 마치 전파나 탄 것처럼 멀리멀리 운반되는 것입니다.

봄이 왔습니다.

이 하늘, 이 대지에 생명의 신비로운 감을 흠뻑 뿜어주는 봄이 왔습니다.

봄은 어디보다도 우리가 살고 있는 동쪽엘 먼저 들르지요.

이 봄을 맞이하여, 우리의 가슴에 벅차오르는 생명의 싹트는 소리야말
로 새 세기를 창조하는 굵고 억센 기름이 아니고 무엇이겠습니까

괴테의 범람

대학 시절 독일 문학을 전공한 나에
게 괴테에 대한 정신적 교의는 폭발
적이었다. 그러나 나는 놀랄 뿐이었
다. 감당할 수 없는 매력에 불과하였
다.

대학 시절에 있어서 우연히, 내가 독일어와 독일 문학을 전공하게 된 관계상 괴테Goethe에 대한 정신적 교의交誼는 독서나 기타 기회로 결코 없었다고는 할 수 없다.

문학 방면에서 뿐만이 아니라, 도처에서 괴테는 서적상에 출현하여 그 숭고한 인격과 총명한 언행은 항상, 나를 경탄케 하여 마지않았다.

그러나 나는 오직 놀랄 뿐이었지, 그에 대한 인티머시Intimacy 친분는 그렇게 용이하게는 발생하지 않았다.

독일의 정신 문화에 있어서의 괴테의 위력은 참으로 크고 세었다. 그리하여 괴테의 이러한 범람氾濫은 나와 같은 빈약한 사람으로부터 그 매력을 점차로 감퇴시키기에 충분할 뿐이었다.

특히, 내가 특수성에 침면하는 재능을 굳이 의식하게 되던 날에 보편성을 대표하는 최대의 인물 괴테가 나로부터 더욱 멀어진 것은 물론이다.

그리하여 언제인가는 나에 의하여 파악되어야 하고, 양해되어야 하고, 표명되어야 할 일개의 거대한 현실 괴테가, 항상 나의 직접한 토구討究의 과제인 위치로부터 배제되지 않을 수 없었던 것을, 나는 나 자신의 성장을 위하여 오늘날에 있어서도 유감으로 생각하고 있다.

(1932년 12월 「조광朝光」)

비밀의 힘

비밀의 힘을 자기의 가슴속에 느끼
고 있을 때만큼 삶에 대해 확고부동
하고 신념에 불타는 순간은 없을 것
이다. 비밀의 힘을 간직하지 않은 사
람은 외면에 표현된 사람일 뿐이다.

괴테Goethe는 그의 일기 속에서 몇 번인가, 그가 착수한 작품을 완성하는
기쁨이 완전히 탈고하기도 전에 섣불리 남 앞에서 낭독함으로서 없어지고
만 사실을 지적한 바 있다.

그에 있어서 노작勞作의 완성에 필요한 정신적 격려는 그의 성급한 구두口
頭 전달에 의하여 돌연히 그 운전을 정지하는 듯한 관성慣性을 정하였던 것이다.

말하자면 완성 전의 작품 공개는 그로 하여금 그의 노작을 계속하여
형성하지 않고 남에게 말해버린 미완성의 작품, 말한 그 순간부터 그에
게 어떠한 매력도 자극도 줄 수 없었던 것이다.

이리하여 괴테의 많은 작품은 발단 내지는 반단半端 절반의 상태에서 방치
되지 않을 수 없었던 것이다. 물론 이에 대한 책과責過는 그가 사전에 작품의
비밀을 고백하여버린 데 있다.

그것이 작품 행동이든, 실제 행동이든 간에, 어떤 행동을 성취함에 있어
서 비밀을 엄수한다는 것이 얼마나 중대하냐 하는 것은, 괴테의 입을 빌리
지 않더라도 우리가 일상 경험하고 있는 일로써 행동에 뜻이 있는 사람이

면 무엇보다도 그 입을 묵중히 가져야 된다는 것은 너무나 흔한 옛 교훈에 속한다.

우리 자신 남몰래 획책하고 있는 어떤 행동에 대하여 의식적으로 혹은 무의식적으로 말을 마치자, 그 순간 이후 곧 우리의 행동을 앞으로 추진시키는 압력은 웬 까닭인지 소멸되는 일이 많은 것을, 우리들이 흔히 경험하고 있는 일이다.

원래 다변多辯 말이 많음의 인사이란, 고래로 비범한 행사를 할 수 없는 것이 통칙으로 되어 있는 것이지만, 다변의 인이 그들의 계획을 사전에 다른 사람에게 통고함으로 하여, 그 행사에 완료를 위험하게 만들고 마는 것은 잠시 고사하고서라도, 그들을 억제하기 어려운 요설욕饒舌慾 때문에 행동의 전제가 되는 적극적 무장에까지 이변이 있도록 만드는 일이 허다하다.

그러므로 사람은 말하는 중간에도 침묵하는 것이 얼마나 필요한가 하는 것을 이해하도록 노력하지 않으면 안 된다.

이것은 다른 사람에게 자기의 사상과 의욕을 규시窺視 엿보다하지 못하게 하기 위해서만 필요한 방법이 아니다.

그것은 자기 자신에 대하여서도 필요한 방법이라 할지니, 무릇 사람은 자기의 계획을 말하는 동안에 행동의 수행에 대한 박차를 놓쳐버리기가 첩경쉬운 것이다.

또 사람의 계획이란 그것을 언설言說하는 동안에, 어느덧 그것이 실현된 듯한 착각을 사람에게 일으킴으로 해서 우리는 그 계획을 완성하기 위해 노력하는 대신, 우리가 속으로 상상하고 있는 일편의 환상에 만족하고 치우는 일이 십상팔구이기 때문이다.

사실 의견의 긴장이 점점 팽창하여 가고 생동력의 치구馳驅 거센 힘가 목적지에 접근하는 정도에 따라, 즉 다시 말하면 계획하고 있는 일이 실현에 가까워 가면 가까워 갈수록 큰 기쁨이 되는 반면에 큰 부담도 되는, 이러한 내적 긴장을 하루바삐 벗어나려 하는 유혹도 사람 마음속에서 차차로 커지는 것이 원칙이다.

이 시기야말로 무슨 일을 꾀하고 있는 사람에게 있어서 가장 경계를 요할 시기임은 두말할 것이 없지만, 이와 같은 비평적 순간에 우리가 자칫 잘못하여 고백에 대한 큰 유혹에 굴복되어 한마디 말이라도 구외口外 다른 말하는 날에는 실로 큰 일거리를 장만하는 것이 되리니, 이때의 일언은 그들의 계획 전체에 대하여 치명적인 함정 역할을 하는 것이리라.

그것은 마치 깨진 솥에서 증기가 쏟아지듯 이 틈을 타서 퇴적된 사람의 정력은 완전히 새어나가고, 몇 달 몇 해를 두고 쌓이고 모인 끈기와 인내력도 일시에 소산되고 말 것이다.

나중에는 아무리 후회하여도 소용이 없다. 설구泄口를 얻어 일단 풀릴 대로 풀린 사람의 에네르기에너지가 전일前日같이 다시 모여들 수 없는 일 아닌가.

비밀을 지킨다는 것은 타인에 대하여서만 필요한 것이 아니요, 자기 자신에 대해서도 역시 필요한 것이다.

왜냐하면 우리의 의지가 활동할 최후의 무대를 암흑 속에 안치함으로 하여 사업의 완성을 비로소 잘 기할 수 있기 때문이다.

작품의 완성을 위하여 작품의 사전적 분석을 피하는 일이 비단 예술가에게만 필요한 것은 아니다.

모든 행동은 그것이 실현되는 날까지 의식의 광선을 피하는 과정을 요구한다. 결국 모든 작품, 모든 계획은 암흑의 아들이기 때문에, 그것이 광명 천하에 힘 있게, 자신 있게 나타나기 위하여서는 조금이라도 미리 광선을 받아서는 안 된다.

우리가 아무 비밀 없이 명랑明亮 쾌활함한 마음을 가지고 모든 것에 대할 수 있을 때, 그것은 얼마나 아름다운 일일까?

현대는 확실히 명랑을 이상으로 삼고 있는 시대임에 틀림없다. 그리하여 소위 정신분석학은 사람의 모든 비밀을 여지없이 밝히는 데 성공했다.

그러나 여기서 우리들이 한 번 생각하여 보고자 하는 것은, 현대인의 이상인 마음의 명랑을 얻기 위하여 그 때문에 잃어버린 것은 과연 무엇이냐 하는 문제다.

사람이 비밀의 힘을 자기의 가슴속에 느끼고 있을 때만큼 확고부동하고 신념에 불타는 순간은 아마도 없으리라.

그러므로 비밀의 힘을 간직함이 없는 사람은, 결국 외면에 표현된 그대로의 그것뿐인 사람에 불과하다.

가령 여러분은 파의破衣를 두른 백만장자의 모습, 상인常人으로 분장한 황후장상王侯將相의 흉중을 한번 생각하여 보자.

(1939년 10월)

무형의 교훈

조상이 전하는 무형적 교훈은 자손들이 안 배우고도 스스로 가질 수 있는 것, 무의식중에 배울 수 있는 것으로 후손들의 인격과 기풍을 만들어 가는 전통적 혈통교육이다.

세상에 나쁜 사람은 많아도 원래 악한 부모란 없는 법이니까, 나 역시 다른 모든 이들과 마찬가지로 나의 부조父祖로부터 여러 가지 교훈을 받았다고 생각합니다. 교훈이래야 경우에 따라 내려진 자지레한 것들입니다만, 그것은 지금 일일이 기억할 수도 없고, 또 여기 적을 필요도 없습니다.

그러므로 내가 부조父祖에게서 받은 교훈이랍시고, 여기서 특서 대필할 것은 가지고 있지 않습니다마는, 부조가 우리들에게 주신 무형적無形的 교훈은 무슨 유형적인, 또는 도덕적, 설교적인 교훈보다도 차라리 경홀히 할 수는 없는 귀중한 교훈이라고 할 수 있지 않을까 생각합니다.

그러면 대체 여기서 말하는 무형적인 교훈이란 무엇을 가리켜서 말하느냐하면, 그것은 한 마디로 혈통이 그것이오, 가풍이 그것이라 할 것입니다.

나는 물론 귀천貴賤, 상반常班을 가리는 귀족주의자가 아닙니다.

옛말에도 신언서판身言書判이라고 해서 첫째로 몸가짐을 치고, 둘째로 언변言辯을 들며, 셋째로 가문을 무겁게 보는 것과 같이, 자기 자신만 똑똑해서 그 처신이 얌전하고 보면 그 위에 다시 더 볼 것이 없음은 두말할 것이 없습니다만은, 그러나 사람이 부조에게서 받은 좋은 유전의 힘을 떠나 후천적으로 완전한 자립을 바라기는 극히 어려운 것입니다.

이런 점에 있어서 사람이 선조의 좋은 전통, 또는 선조의 바른 풍습에 의뢰하는 바 여덕餘德은 결코 적은 것이 아닙니다.

그래서 이와 같이 부조의 무형적 교훈은 우리들이 안 배우고도 스스로 가질 수 있는 것, 가르치지 않아도 자연히 무의식중에 배울 수 있는 것으로, 자질과 후손의 인격과 기풍을 만들어가는 위에 있어서, 이것이 얼마나 중요한 기초가 되는가 하는 것은 여러 말로 설명할 필요까지 없을 만큼 명백한 사실이 아닐까 합니다.

그런데 나로 말하면 후천적 노력이 불충분하였기 때문에, 결국은 이와 같은 평범한 사람이 되고 말았습니다마는, 내가 현재 가지고 있는 비교적 좋은 점들은, 가령 그 성질이 온후한 점이라든가, 물질적으로 과욕한 점이라든가 하는 이 모든 점은, 실로 내가 나의 부조에게서 받은 무형적 교훈이라고 해서 틀림이 없는 것으로, 나는 이런 성질을 내게 주신 선조께 언제든지 감사해서 마지않는 바올시다.

나의 선친도 일대의 한학자漢學者로 기회 있을 적마다 한학의 교육을 신학도인 우리 형제에게 내리심으로 우리는 무겁고 헛된 짐으로 여기고, 한학을 맹렬하게 반대하는 처지에 있게 되었습니다.

그러는 중에도 그 감화가 적지 않은 것을 생각하고, 한문이 우리들의 교양에 대해서 얼마나 중대한 요소가 되는가 하는 것을 이제 깨닫게 될 때, 그 귀중한 교훈까지 마저 받지 못한 것이 큰 후회거리가 되었습니다.

그래서 오늘을 당해 내리시는 교훈이면, 무엇이든지 받아야 된다는 것이, 나의 굳은 사상이라고 할 만치 되어버렸습니다.

(1927년 7월 「가정지우家庭之友」)

사상과 행동
참된 인간의 형성

사상과 행동은 분리되고 대립된 상태가 아니며 양위일체로 결합하여 자연과 과학을 조화시킨다. 과학이 실험관에서 이끌어낸 지혜라면, 철학은 현실에서 도출된 개념이라 하여 생활지식에 기여한다.

확실히 기억할 수 없으나, 영국의 H. 밸록이 아니었던가 생각된다. 그가 누구이든 이 논문과는 상관이 없으므로 깊이 천착하지 않거니와, 여하 간에 역사소설 『올리비에 크롬웰』의 작자는 한 농가의 아들로서 후일에 영국공화제英國共和制 시대의 유명한 호민護民에까지 영달한 크롬웰Oliver Cromwell의 파란에 넘치는 생애를 서敍하되, 많은 전기 작가들이 일찍이 크롬웰에 대하여 지니고 있던 세속적인 견해를 그대로 답습하지 않고, 완전히 이색적인 원리를 가지고 저술했다.

그러므로 이 작가의 보는 바에 의하면, 크롬웰이 어찌할 수 없는 심리적 사정에서 하지 않을 수 없었던 행동 때문에, 우연히 덕을 보게 된 것이 유일한 동기가 되어, 그는 드디어 수없이 성공을 전함에 이르렀다는 것이다.

정치가 크롬웰은 우리들이 보통 생각하는 것과 같은 행위의 인간, 의지의 인간은 결코 아니었던 것이요, 그는 철두철미 사유의 인간, 감정의 인간이었다.

크롬웰은 말하자면 극도의 우울증으로 하여 고생한 사람이고 보면, 그가 원래부터 일정한 목표 인식과 장시간의 숙고를 경과한 끝에 유유히 행동에 나아가는 성질의 사람이 아니었음은 물론이다.

차라리 그보다도 그의 심적 상태는 그의 의지에 반하여 쉴 새 없이 활동하도록 그를 강제할 것이라고 보는 것이 타당하리라.

그래서 그로 하여금 항상 행동에 나서게 하는 이 충동은 매양 소극성과 사색벽 때문에 번민하고 있는 우유부단한 자기 자신을 도회韜晦하기 위한, 다시 말하면 그와 같이 연약한 자기 자신으로부터 이탈하기 위한 성격적 필연의 산물이요, 또 결과였다.

그것은 동시에 자기를 우울증에서 건지려 하기 때문에 그의 하의식下意識의 수단이기도 했다.

이리하여 그의 행동 일체는 근본적으로 그 자신의 '햄릿'적 성질로부터의 도피를 의미하는 이외에 아무것도 아니었다면, 이 사실을 전적으로 수긍하지 않을 사람이 혹시 있을지도 모르겠다.

사실인즉 크롬웰이 최초의 이러한 눈물겨운 성격적 모순에서 절망적으로 취한 행동이 의외로 성공을 거두게 되었을 때, 이것은 후에 그의 일생을 지배하는 원동력이 되었고, 또 시기를 부여하는 위안자가 되었음에, 그는 우연히, 혹은 필연의 세勢로 차츰차츰 불면불휴不眠不休 잠자지 않고 쉬지 않음의 열렬한 행동주의자가 된 것이다.

어떤 사람의 의지가 강함을 우리가 알게 될 때, 우리는 그가 당연히 용감한 행동에 나아갈 것을 소박하게 승인하지만, 그의 의지가 박약하고 의식의 분열이 심함을 그에게서 발견할 때, 우리는 그가 용감한 행동을 취할 수 없을 것을 예상한다.

그러나 이것은 뭐라 해도 너무도 단순한 관찰임을 면할 수 없을 것이니, 왜냐하면 사람은 흔히 그가 약하기 때문에 그 약점을 숨기기 위해서 맹목적 행동에 나아가는 수도 없지 않기 때문이다.

말하자면 크롬웰의 경우는 후자의 전형적 예증이라 할 수 있을지니, 그는 자기의 약함에서 오는 모든 번뇌와 상극을 피하기 위하여 행동에 나선 사람이다. 그리하여 무엇보다도 중대한 것은 그가 최초의 행동에 성공했다는 사실이다.

오직 약한 자기의 내적 번뇌를 잊기 위하여 그가 행동에까지 나아갔을 때, 그는 자기의 약함을 완전히 망각할 수 있었을 뿐만 아니라, 행동 자체로서도 뜻하지 않고 대성공을 전했는지라, 그가 그 후부터 연속적으로 행동을 추구하게 된 것에 무리가 있었으리라.

우리가 크롬웰의 내적 상태를 보다 자세히 이해하기 위하여 그 소설에 나타난 크롬웰의 대화를 소개하면, 저간의 소식은 더욱 명료하게 되리라 생각한다.

즉 크롬웰은 그의 종형 햄프턴에게, 또 한 번은 스코틀랜드의 장자 레슬리에게 전후를 불고하는 맹목적 행동을 경고함에 대하여 다음과 같이 말한 것이다.

"사람이 어디를 가는지 모를 만큼 멀리 갈 수는 없는 것입니다."

크롬웰의 이 말은 미지의 길을 걸을 때라야 사람은 가장 먼 길을 걸을 수 있다는 것을 의미한다.

이 말이 증명하는 바와 같이, 요컨대 크롬웰은 처음에는 자기 자신으로부터 도피하기 위하여 지향 없는 행동의 길을 열광적으로 걸었던 것이 동기가 되어 다행히 많은 성공을 전하게 되자, 역사적 인물에까지 발전한 행운아의 한 사람임에는 틀림없다.

이상 말한 크롬웰의 경우는 적어도 우리들이 세계에서 흔히 볼 수 있는 범속한 예가 아니므로 많은 사람은 이 사실에 대하여 일종의 기이한 느낌을 품을지도 알 수 없다.

그러나 우리는 이곳에서 크롬웰의 경우가 어느 정도까지 정당하며, 또 진실한가 하는 것을 해명하려는 것이 목적은 아니다.

다만, 우리는 크롬웰의 경우를 하나의 대표적 좋은 전재로 삼을 때, 여기서 우리가 생각하지 않을 수 없는 것은 비단 크롬웰뿐만 아니라, 가령 나폴레옹Napoléon이나 비스마르크Bismarck같이, 무슨 일에 착수하더라도 손쉽게 성공을 거두어들인 저명한 행동적 인물에 있어서도 이 '도피적' 요소는 그들을 행동으로 나가게 한 최초의 근원적인 동기가 아니었는가 하는 사실이다.

그러나 자기 자신으로부터의 도피가 그들의 행동 속에 용이하게 발견되지 않는 이유는, 최초의 많건 적건 행한 계획 없이 수행된 행위가 당연한 귀결로서, 그다음에 오는 그들의 미래의 행동에 확고부동의 목표가 있었던 것은 확실하다.

다시 말하면, 그 행동 최초의 원천인 도피적 요소는 그 이후의 이차 삼차의 행동에 대한 계획적 실행에 목표가 점차로 확립하게 되는 데서, 그들은 비로소 일생을 바칠 수 있는 위대한 과제를 보다 명백히 인식해 갈 수 있음에 불과한 것이며, 무조건 우리는 그 도피적 요소의 존재를 부정할 수는 없다.

그뿐만 아니라, 우리가 회고적 견지에서 어느 행동적 영웅의 기복이 많은 실천 역행을 볼 때는, 그가 남긴 허다한 업적과 최후에 도달한 그의 목표가 무엇보다도 주목을 끌기 때문에, 그의 일생은 흔히 일정한 방향을 가진 일관된 계획적 항행航行으로서 간주되는 것이어니와, 그의 최초의 출발이 이미 구성적 의미를 갖는 목적의식적 행동이었다고는 도저히 생각할 수 없는 일이다.

이 점에 있어서 크롬웰의 도피적 형식의 행동은 우리들 사유인思惟人에게 적지 않은 암시를 주는 것이라 아니할 수 없다.

그렇다고 나는 사람의 행동 전부를 도피적 형식의 행동 범주 속에 몰아넣으려는 것은 아니다.

여기 도피적 형식의 행동에 대립하는 엄밀한 의미의 자주적 행동이 있을 수 있음은 불가쟁不可爭의 사실이기 때문이다. 그러면 대체 이 자주적 행동과 도피적 행동과의 한계선은 과연 나변那邊에 있을까?

도피적 형식의 행동은 그것이 맹목적이요, 자기적自棄的이요, 또 무계획적인 행동으로서 나타나기 쉬운 것이기 때문에, 괴테Goethe도 일찍이 말한 것처럼 '나중에는 우리를 드디어 파멸의 길로 이끌어 들이는' 바 행동이지만, 우리는 이와 같은 도피적 행동에 대하여 어떠한 장해障害도 모르는 선천적 행동인의 적극적 행동이 세상에는 엄연히 존재하고 있다는 사실을 잘 안다.

그러므로 크롬웰적 인간의 행동은 정통적 행동이 아니요, 어디까지 파생적이요, 방계적傍系的인 성질을 가진 행동이라 하겠다.

왜냐하면 이런 종류의 인간은 자기를 감연히 행동화하기 전에 활동적 생애와 관조적 생활 사이에 누워있는 차이에 대한 광대한 지식의 화원花源이 되어 통렬한 의식의 분열을 체험하지 않을 수 없기 때문이다.

그들은 순수 사고純粹思考의 절대한 유혹을 물리칠 수 없다. 그들은 '머리'가 좋고, 너무나 많은 것을 알고 행동의 어리석음을 잘 알고 있기 때문에 더욱 깊이 추상적 사유 속에 심신을 매몰시킴으로 하여 행동을 더욱 '경멸'하는 것이다.

흔히 그들의 지적 생활을 존재적 확실성을 위협함에 이르기까지 심각화하는 것이니, 가령 그들이 인생의 의미가 무엇임을 탐구했다고 할 때,

그들의 순수사유는 이 문제에 대하여 무슨 답안을 요리했던가?

결국 인생 문제는 그들의 노력에도 불구하고 그 성질상 영원한 불가해^{不} ^{可解}가 아니고 무엇인가. 개념적 규정만으로서 인생 현실의 중심점을 포착할 수 없는 것이다.

여기서 이제까지는 반행동적인 사유를 존중하는 지식인이 생활원리로서 행동이 얼마나 중대한 것인가를 새삼스레 깨닫고 '도피적'인 행동이 되려 할 때, 요컨대 그의 행동은 생활의 지반을 잃은 애달픈 영혼의 마취제에 불과하다.

사유의 무한을 행^{行}의 유한에로 효과 있는 전환을 꾀하기 위해서는 무엇보다도 강렬하고 현명한 의지가 필요한 것은 두말할 것 없지만, 그러므로 괴테도 일찍이 그의 『빌헬름 마이스터의 수업 시대$^{Wilhelm\ Meisters\ Lehrjahre}$』 속에서 '사람이 관계하는 모든 것은 무한으로 뻗어있다. 사람은 활동에 의해서만 자신을 무한에서 건질 줄 안다'고 말한 것이다.

앞서 잠시 논급한 바와 같은 선천적 행동인의 행동형식은, 물론 저 도피적 행동의 비극적 강행과는 아무런 접촉점도 가지지 않는다.

이들의 행동은 말하자면 그들이 타고난 위대한 소박성의 자연스러운 소산이라 볼 수 있는 것으로 모든 철학, 모든 과학이 이곳에 있기 전에 자연스러운 전재 형식에서 조화 있는 생활을 할 수 있었던 옛사람의 행동과 조금도 다를 것이 없다 할 것이다.

그러므로 선천적 행동은 병적 행동의 반사유성이라든가, 또는 순수사유의 반생활성과 같은, 다시 말하면 사상과 행동의 반목 배치^{反目配置}에 대하여 전연 아는 바가 없다.

그들의 빈틈없는 인간적 조화는 분열의 비극을 알지 못할 뿐만 아니라, 자기를 떠나서 자기를 초월해서는 아무것도 생각할 수 없고, 그들의 사고는 곧 행동을 의미하는 실생활의 영역을 벗어나지 않는 경지를 언제든지 지켜준다는 것이다.

가령 한 예를 든다면 바이힝거Hans Vaihinger의 「알스는 오(인듯)」이라든가, 또는 켈케고오르의 「앤트베더 오더인가(전가)」의 회의에 소호小毫인들 공명할 도리는 없다.

사상과 행동은 서로 분리되고 대립된 두 개의 상태가 아니며, 그것은 그들의 존재적 전체 속에 양위일체兩位一體로서 결합되어 있는 것이므로, 그들은 정통을 그대로 계승하여 인생의 의미를 물음이 없이 인력人力을 다하고 천명을 기다리면 그뿐이다.

이러한 원시적 인간은 오늘날에 있어 생활하기보다는 사상하기를 즐기는 사람들과 서로 이웃하여 실재하고 있음을 우리는 안다.

그리하여 이런 사람은 모든 미지의 것을 적대시하는 경향을 가지는 것이 원칙인데, 만일에 그들의 평온한 경험에 의해서 이 미지의 요소가, 어느 기회에 침입하여 그들이 미지자未知者를 분석 해부하지 않을 수 없을 때, 그들의 사상과 행동의 통일체는 최초의 분열을 야기하게 된다.

여기서 그들은 철학哲學하기를 시작한다. 마침내 그들이 철학하는 데 성공했을 때, 이것을 과학이라 한다. 그들은 생활 행동을 떠나 과학적 사변에 전념한다.

그리하여 그들의 '사상은 확대되었으나 정신은 마비된' 사실은 꿈에도 생각하지 못하고, 그들의 새로운 생활 방법을 정신적 생활이라 하여 칭송하고, 생활 내부에 나타나는 새로운 문제를 사변적 방법으로 해결하려는 노력을 참된 생활 정신을 위하여 봉사하는 일이라 확신하는 것이지만, 사실은 어떤가.

때늦게 그들은 모든 과학을 전체로서의 생활 현실의 기술적 보조수단에 불과한 것을 알게 되는 것이다.

확실히 그렇다. 전 인류의 과학적 사변의 총체는 풍요한 인생 현실을 단순화, 분류화하고 목록_{目錄}한 것에 불과하지 않은가.

과학자이면 으레 존재하는 모든 것을, 한 번은 자기적으로 철학화 하는 것을 위대한 의무로 생각하고 있지만, 그러나 빈틈을 시멘트로 극명하게 막으려 하는 이 '체계에 대한 의지'는 니체도 지적한 것 같이, 결국은 '성실성의 결여'에서 오는 것이다.

수많은 지혜와 수많은 미美가 희랍의 신화神話에서 발생한 사실을 우리는 부정하지 못하지만, 신성한 가상과 고의의 착오가 우리의 사유 속에 요구되는 동안, 이런 종류의 사유적 해부학이 우리의 참된 정신을 천명할 수 없는 것은 두말할 필요가 없다.

그뿐만 아니라 원래 증류수는 레토르트蒸溜水속에서만 존재할 수 있는 것이요, 자연 속에서는 나타날 수 없는 물水인 데다가 증류수는 현실의 물과는 그 성분을 달리하고 있는지라, 그것을 마셔서 맛도 없고, 또한 우리의 구갈을 면하게 하는 생명수도 아님은 물론이니, 과학이 실험관에서 이끌어낸 지혜라 하고 철학이 현실에서 도출한 개념이라 하여, 이것이 다 같이 우리들의 참된 생활지식에는 기여하는 바, 다분히 공허한 생산물임은 넉넉히 추측할 수 있는 일이 아닌가 한다.

이리하여 개념의 세계를 치구馳驅하는 사유인은 지상의 모든 구속을 탈각하고 초연히 군림하여 관조에 취해 있는지라, 그것은 이를테면 폭포가 고지에서 냉기를 흠씬 머금고 장엄하게 떨어지듯이, 마치 그와 같은 전율적 만족을 향락하고 있는 자라고나 할까?

그러나 모든 도취의 종은 높이 울려지고 말았다. 언제까지나 우리는 유해무익한 지혜의 노예가 되어 각성의 종은 높이 울려진다. 언제까지나 우리는 유해무익한 지혜의 노예가 되어 현실과 유리된 침사沈思 상태에 빠져있을 수는 없기 때문이다. 그러면 저 도취가 일과一過한 후에 우리의 머리에 불현듯 떠오른 지혜, 이것이야말로 그 이름에 값할 지혜란 대체 무엇일까?

그것은 실로 우리가 임기응변적으로 그때그때의 필요에 부딪쳐 오색이 영롱한 색즙色汁을 빌어서 도해하려 했던 오직 현황할 뿐인 한 폭의 사고상思考像을 만들기 위하여, 우리가 육체와 영혼이 서로 융합되어 있는 전체적 존재로서의 선천적 자립성을 어느덧 헛되이 잃어버렸다는 것에 대한 떨칠 수 없는 인식이다.

이것을 더 좀 쉽게 말해본다면, 그것은 우리가 쓸데없는 생각에 빠져 눈을 감고 기계적으로 앞만 보고 걷다가, 문득 눈을 뜨고 살피니 이것이 웬일인가. 우리는 위험하기 그지없는 층암절벽에 다다라 있지 않은가.

일보를 내딛기만 한다면 천인만장하千仞萬丈下에 희생이 되고 말 몸이었는 지라, 여기서 우리는 잠시 정신을 가다듬고 상상이 얼마나 유해한가를 통감하면서 우리가 발을 디디고 설 전지대를, 다시 말하면 정로를 찾는 격이랄까.

현대의 많은 지식인이 걸리는 사유병, 심장병, 생활 염기병生活厭忌病 등은 확실히 불치의 난병은 아니라도 치명증에는 틀림없다 할 것이다. 이 병세를 진단하기 위하여 일찍이 수많은 우의愚醫가 그들의 특효약을 가지고 나타나지 않은 것은 아니다.

가령 한 예를 들면, '자연에의 복귀'를 병자들에게 향하여 경련적으로 부르짖은 '루소'Jean Jacques Rousseau' 배輩는 우의에 속하는 그런 전형적인 예일 것이다.

물론 생활을 멸시하는 사유병 환자들의 잠월을 치료하기 위하여 자연

요양도 그다지 나쁘지 않을지 모르나, 그러나 이 점에 우리가 더욱 두려워하는 것은 자연요법은 환자의 야만화, 환자의 정신적 퇴화를 반드시 초래하고야 말 것이기 때문이다.

그러므로 이 경우에 있어서는 자신의 건전한 치료를 위하여 구치救治는 많은 의사의 경험이 가르치는 바와 같이 외부에서 올 수 없는 성질의 것이 아니오, 그것은 사유병 환자 자신 속에 숨어있다는 것을 앎이 무엇보다도 필요하다.

그리하여 우리는 자신의 의사가 됨으로 해서 새로운 요법을 발견하지 않으면 안 된다. 물론 이 새로운 요법이란 두말할 것 없이 우리의 정신을 반생활성反生活性에서 해방하는 방법밖에는 없다.

즉 문제는 참으로 간단한 것이니, 사유가 이제까지와 같이 사유를 위한 사유에서 출발해서는 안 되며 동시에 육체적, 정신적인 전체로서의 인간으로부터 출발하는 것이라면 좋다는 말이다.

그것은 우리의 사유가 철학의 중심점이 아니라 안건 자체가 실로 '필로조피렌philosophieren 철학적 사색'의 중심점이요, 출발점이어야 할 사세의 순서에서 생각해 본다 하더라도 극히 소박한 문제에 불과하다.

이리하여 우리의 모든 사변적 노력이 '산 인간'과 결합하게 될 수 있을 때, 저 사유의 절대화가 일정한 제한을 받지 않을 수 없을 것은 정한 이치이니 생활의 방침이요, 정신의 기술을 의미하는 모든 사상과 과학이 어찌 이곳에서 반생활적일 수 있으랴.

이 점에서 생각할 때 확실히 새로운 이성을 가지고 산 인간을 그들의 철학의 유일한 과제로 삼는 '존재철학'은 그 의미와 사명이 크다고 아니할 수 없다.

지혜의 과실을 따서 먹었기 때문에 타락한 인간을 구제해야 할 시기는 도래하였다. 지성의 가치가 바야흐로 고조되는 이때에 행동의 의의를 절규하는 것은 일견 모순인 듯 보일지 모르나, 인간의 이성이 결국은 사상과 행동의 평형 관계에 있다는 것을 반대할 논자論者는 없으리라.

기형적으로 발달한 두뇌보다 요컨대, 더욱 중요한 것은 인간 전체를 생활 중심적으로 완성시키는 데 있다.

이제 세계 정국의 풍운에는 험악한 것이 있다. 현대에 들어 행동주의그것이 참된 의미의 행동인지 아닌지는 시별時別 문제로 하고가 모든 종류의 합리화 운동, 계획 경제 내지는 통제 정책 속에 여실히 나타나 있음을 우리는 볼 수 있는 것이어니와, 이제 사람들은 자기 자신을 국가적으로 행동화함에까지 이르렀다.

이런 기회에 우리가 전선戰線의 전개를 주시하는 한편, 자기를 크롬웰의 경우와 비교 대조해 보는 것은 그다지 무의미한 일은 아니라 생각한다.

(1939년 9월)

연극 촌언

관중이 웃지 않으면 웃음을 쓴 작가
가 운다. 관중이 만족하며 눈물을 흘
리면 작가는 웃음을 높인다. 대체 어
느 쪽이 희극이고, 어느 쪽이 비극인
가?

이 세상에는 희극이 도리어 비극이 되며, 비극이 도리어 희극이 되는
경우가 허다하다. 내가 말하고자 하는 것은, 그 일례에 불과하다.

두말할 것도 없이 희극이란 사람을 웃기는 곳에, 또 비극이란 사람을
울리는 곳에, 그 거룩한 목적을 두는 것이다.

그러나 여기 어떠한 희극, 어떠한 비극이 있되, 그것이 사람을 웃기면,
드디어 사람을 울리지 못할 때, 이 한 개의 희극, 한 개의 비극은 과연,
여하한 결과를 가져올 것인가?

다른 것이 아니라, 참으로 무엇보다도 희극의 비극, 비극의 희극이란
명명命名에 값할 자일 것이다.

웃지 않는 희극은 있을 수 없다. 울지 않는 비극은 있을 수 없다. 그러나
연기만이 웃고, 연기자만이 울 때 하나의 희극, 하나의 비극은 물론, 그
목적을 달성하였다 할 수 없다.

연기자만이 홀로 무대 위에서 웃음 치며 눈물 지우는 것은 이해할 수
없는 일이다. 그뿐만이 아니라 연기자의 동작을 동감의 눈을 가지고 볼

수 없는 관중에게 한없이 같잖고 싱겁고 또 미안 답답한 일이지만, 그가 웃고 그가 우는 것은, 그 극劇의 작자 그 사람이, 그렇게 하도록 하였다는 문제에 불과하다.

특히, 이것은 극에서 예를 취한 것이지만, 이러한 어색한 사실은 우리 일상생활의 허다한 회화 속에서도 보이는 바이다. 즉 우리 스스로가 크게 웃음 치며 사람이 들으면 웃지 않을 수 없는 기지를 발하였다.

혼자 생각하고 기대를 품었음에도 불구하고 관객은 이를 몰라주고 이상한 침묵의 면상을 지을 때, 우리의 마음은 얼마나 쓸쓸하였던가를 항상 새롭게 오인吾人은 회상할 수가 있지 아니한가?

나는 생활에서, 또는 극劇에서 종종 이와 같은 감정의 도착을 느끼지 않을 수 없는 것이다.

그러나 문제는 일보를 더 나아간다. 설사 어떠한 희극이 만장의 관중을 홍소哄笑의 쾌활한 나라로 모셔드렸다 치더라도, 그뿐만이 아니라 저명한 비평가의 극찬을 박拍하고 말았다 하더라도, 대개 이 극의 명예로운 작자로 말하면, 도저히 그것만으로서는 관중과 같이 유쾌히는 웃을 수는 없는 일이다.

이 작자의 위대한 희극은 이 극이 당연히 생산하여야 할 금전의 가치를 발양할 수 없을 때, 졸연히 비극화 하지 않을 수 없는 까닭이다.

총명한 서사書肆의 주인이 황금을 가지고, 이것을 사는 순간에 희극작가는 비로소 웃을 수 있는 일이다. 조선이라고는 하고 싶지 않지만, 확실히 조선 같은 어떤 땅은 어떠한 의미로서든지, 이 희극의 비극화를 우리에게 약속하는 듯 보인다.

그러나 좀 더 깊이 우리가 생각하여 보면, 이러한 상태야말로 차라리 당연한 상태라고도 말할 수 있다.

만일에 이 세상에 극劇 어떤 지경이라는 것이 있어야만 한다면 극이 아니고, 극 비슷한즉, 사람을 웃기지도 않고 울리지도 않는 무엇인지 알 수 없는 연극이 있어야 할 것이다. 왜냐하면, 웃음이란 또 울음이란 신성한 까닭이기 때문이다.

그러므로 어떠한 희극이 사람을 웃기지 아니하고, 또 어떠한 사람이 관객을 울리지 아니할 때, 그것은 극 자체의 의미를 떠나 작가 그 사람이 한 말 - 웃음과 울음은 신성하다는 이 잠언箴言을 확수한 문제에 불과하다.

그렇다, 어째서 하나의 희극, 하나의 비극이 세상에 다시 없이 신성한 저 웃음, 저 울음을 모독하여야 옳으랴!

그렇다면 조선의 울음을 우리는 어디 가서, 어느 날 찾을 수 있을까. 나는 본시 탄식하는 바, 빗방울은 아니지만, 사실에 있어 웃음과 울음이 신성한만치 다 큰 남녀들을 쉽게 웃기며 울리기란 실로 용이한 일이 아닌 것이다.

일편의 소근笑筋이 자극되고, 한 날의 누적淚滴이 여기 성립되기에는 파열될 듯 긴장한 역사의 표현이 있어야 할 것은 다언多言을 요구치 않고, 이 신성한 감정의 주위에는 적어도 제삼자의 선량한 인격이 있어야 하는 것이다.

하나는 사건을 장만하는 사람일 것이며, 하나는 이 묘의妙意 아리송함를 이해하는 사람일 것이며, 하나는 이해하고 웃고 웃을 수 있는 사람일 것은 자명한 일이지만, 이 삼 개 인격의 결합은 미묘하기 짝이 없어 역사상 그들의 동석同席은 희귀한 예에 속한다고 할 것이다.

이들 삼자의 동석이 실현될 때 참으로 희극은 희극이 되고, 참으로 비극은 비극이 되는 것이지만, 이 결연이 안전치 못하는 사이, 희극의 비극, 비극의 희극은 실로 그칠 날이 없는 것이다.

오늘날 물론 조선은 아니지만, 조선 비슷한 어떤 나라는 작가를 요구할 뿐만 아니라, 좋은 관중을 요구하며, 좋은 비평가를 요구하고 있으니, 이 극은 지극히 단순하나 그러나 복잡하다.

그거야, 그럴법한 일이 아닌가? 사람이 드디어 웃을 수 있기 때문에, 사람이 드디어 울 수 있기 때문에 하나의 길고 긴 전제가 필요한 데다가, 우리는 벌써 용이하게는 웃지 않고, 용이하게 웃지 않는 정신과 육체를 구비하고 있다고 확신하는 성인인 까닭이다.

그러나 우리는 어느 정도까지 극이 요구하는 것에, 예를 표시할 필요는 있다. 희극은 웃음을 요구하므로 관중은 웃는 척하는 것이 작가에 대한 예다.

관중이 웃지 아니하면 웃음을 지은 작가가 운다. 관중이 만족하게 눈물을 흘리면 비극 작가는 반대로 높게 웃음을 친다. 대체, 어느 것이 희극이고 어느 것이 비극이냐?

막이 내린 뒤에 침묵이 극장 안을 지배하면 이는 침묵이 아니고 부르짖음이다. 높이 부르짖는 반의反意는 표명이다. 침묵이 웅변이란 말은 참으로 의미 깊은 말이다.

(1934년 12월 「극藝○○」)

독서술讀書術

책의 가치는 책 속에 기록되어 있지 않은 아무것도 없다는 점에 있으며, 책을 펴기만 하면, 우리들이 요구하고 있는 것이 무엇이든 반응되어 나온다는 점이다.

'내가 내 생애를 한 번 통관하여 본다면, 내 생애에 있어서 가장 행복된 시간을, 나는 아마도 서적에 귀착시킬 수밖에 없음을 발견한다.

좋은 서적은 언제든지 우리에게 무엇인가를 제공하면서, 그 자신은 어떠한 것도, 우리에게 요구하지 않는다. 서적은 우리가 듣고 싶어 할 때 말하여 주고, 우리가 피로를 느낄 때 침묵을 지켜준다.

서적은 몇 달이나 몇 해이던 간에 참으로 참을성 있게 우리들이 오기를 기다리고, 그리하여 우리들이 하다 못해서 다시, 그것을 손에 든 때라도 서적은 결코 우리의 감정을 상하는 일은 하지 않고, 최초의 그날과 같이 친절히 말하여 준다.

책을 가지고 있고, 그것을 읽는 이성理性을 가지고 있는 사람이면, 그는 결코 불행할 수 없다. 이 지상에 있을 수 있는 가장 좋은 사교社交를 갖고 있는데, 왜 그가 불행하여야 된다는 말이냐?' - 파울 에른스트Paul Ernst

오늘날에 있어서 우리들의 생활과 서적은 상호 불가결의 깊은 관계를 맺고 있으니, 가정이면 가정마다 다소간 책을 갖고 있지 않은 집이라고는 없을 것이다.

애독하는 책, 혹은 필요한 책들이 꽂힌 고요한 서가書架가 실내의 일우一隅에 세간의 일부분으로서 반드시 놓여있는 것을 우리는 발견할 수 있다.

그리하여 모든 사람은 문자를 이해하고 있는 이상 독서기讀書家로서의 자격을 구비한다고 말할 수 있을 것이니, 사실상 우리들은 기회가 있을 때마다 독서 행동에 나아가고 있다.

아침에 일어나면 신문을 읽으며, 편지가 배달되면 편지도 보고, 새 잡지가 나오면 잡지도 뒤적이며, 그 위에 다소 여가가 있다면 단행본 같은 것도 읽는다. 다만 문제는 독서의 정도에 차이가 있을 따름이라 할 것이다.

즉 다시 말하면, 어느 정도로 우리가 서적을 이용하며, 또 독서를 위하여 얼마만큼의 시간을 할애하느냐하는 점에 문제가 소재할 것이다.

남자가 학교를 졸업하고 사회인이 되면 책과는 절연하는 사람이 많다. 여자는 더욱이 결혼을 하고 가정주부가 되면 자녀 양육이라는 뒤치다꺼리가 이만저만하지 않으므로 대개는 책과 담을 쌓게 된다.

그러나 이 자녀 교육이라는 것만을 가지고 본다 하더라도 자녀 교육의 중요성은 그 물질적인 일면에 있기보다는 그 정신적 방향에 있는 것이다.

부인은 좋은 전통의 보호자라는 말을 우리는 가끔 듣는데, 이 말은 무슨 말인고 하면, 부인은 대대로 물려오고 내려오는 전통과 유산과 습관과 풍속을 잘 받아들이고, 잘 간직해서 이를 후세에 전함에 있어 남자보다도 훨씬 중요한 위치에 있다는 것을 지적한 말이다.

조부모가 남겨놓은 헌 옷가지를 줄이고 꿰매서 손자들에게 입힐 뿐만이 아니라, 우리의 선조가 가지고 있는 문화적으로 기념할 만한 보물과 기구를 후대後代에 남겨주고, 모든 좋은 풍속과 행사와 노래와 이야기와 제식祭式과 의식과 유희 같은 것을 후세에 인상 깊이 새겨줌으로 하여, 그 모든 것이 새로운 형식으로 발전되고 성장되도록 만들어주어야 할 의무, 그러한 아름다운 의무를 부인들은 가지고 있다는 것을 두고 하는 말이다.

특히 우리 한국이 현재 건국 도상에 처하여 새로운 생활원리, 새로운 자녀교육의 이념을, 가정을 세워야 할 중대한 시기에 있으므로 단순히 명랑 평화한 가정을 위해서만이 아니다.

실로 건국을 위하여 모든 사람은 남녀를 불문하고 독서에 정신적인 극粮을 구해야 될 시기에 직면한 것이다.

적어도 책을 읽는 사람이면 책에 대한 선택을 한다. 어떤 일정한 목적을 가지고 책을 참고하는 전문가, 독서가는 다시 말할 것이 없고, 심지어는 소학생, 중학생 또는 독서에 있어서의 초보자들만 해도 자기가 읽을 수 있을 만한 책을 읽는다던가, 자기의 힘으로 살 수 있는 책, 또 자기 수중에 들어온 책을 읽는다는 점에서 보면, 모든 독자는 책에 대하여 일종의 선택법을 사실상 실행하고 있다고 볼 수 있을 것이다.

마치 우리가 백화점과 같은 곳에 들어가서 소용 품을 살 때 이것을 살까, 저것을 살까, 고르고 생각하고, 추리고 하는 태도와 조금도 다를 것이 없으니, 문제는 어떤 물건을 택해서 사는 것이 자기에게 제일 적당하고 유리할까 하는 점에 있지 않을까 한다.

다 같이 그만한 내용과 형식을 소유하고 있는 많은 상품 중에서, 가장 나은 것을 실지로 사용하고 시험하여 보기 전에 추려내고 뽑아낸다는 것은 대단히 어려운 일이다.

서적의 선택도 역시 이러한 행동과 조금도 다를 것이 없으니, 그 부문에 의해서 그 방면의 전문가가 아니고 보면, 물론 확실한 표준을 세울 수 없는 것이다.

서적의 가치는 간단히 말하면 책 속에 기록되지 않은 것은 아무것도 없다는 점에 있으며, 그리하여 그때그때에 그 책을 펴기만 하면 우리들이 요구하고 있는 것이, 무엇이든지 반응되어 나온다는 점에 있을 것이다.

그러나 책의 가치가 이와 같이 아무리 절대하다 해도, 만일에 우리가 이를 잘 선택해서 효과 있게 읽지 않는다면, 수백 권이라 하는 서적이 그 가치를 잘 발휘할 수 없을 것은 두말할 것이 없다.

여기 독서의 의미와 책을 선택하여야만 되는 필요가 생겨나는 것이다. 원래 책은 읽혀지기 위하여 생긴 물건이므로, 한 권의 책은 수많은 독자를 가지고 있는 것이다. 우리들이 현재 가지고 있는 책은, 그 책을 만든 저술 가著述家의 독립된 지식에서 생겨난 것은 결코 아니다.

이 세상이 시작된 이후로 책이라 하는 이 귀중한 상속품은 세대로부터 세대로 물려오고 상속되어 온 까닭으로, 오늘날 우리들이 볼 수 있는 것 같은 인간 지식의 총화總和, 총결산에 대한 귀중한 기록물로서 도서는 우리 앞에 놓이게 된 것이다.

물론 독서는 많이 하면 할수록 좋은 것이겠으나, 훌륭한 책이 있음에도 불구하고, 우리가 만일에 그보다 못한 책을 읽는다면 정력과 시간의 손해 는 여간 큰 것이 아니다.

학문의 길은 그 갈래가 무수하고 도서의 수효는 무진장하다. 이 세상에 있는 책의 수는 무려 삼십억만 권이나 된다고 한다.

이처럼 책은 많은데 우리가 독서하는 시간을 충분히 못 가진 사실은, 우리에게 절대적으로 서적 선택의 필요를 느끼게 할 뿐만 아니라, 모든 사람은 그 지식 정도가 다 다르고 그 취향과 기호까지 서로 다르므로, 더욱이 책의 선택은 필요한 것이다.

일찍이 독일 문호 괴테Goethe는

'나는 독서하는 방법을 배우기 위해서 팔십 년이라는 세월을 바쳤는데,

아직까지도 그것을 잘 배웠다고는 말할 수 없다. 사람들은 가치 없는 책을 너무도 많이 읽는 경향이 있다. 그 결과는 시간만 공연히 허비할 뿐이고, 아무 소득이 없다. 우리는 항상 경탄할 만한 가치가 있는 책을 읽어야 한다.'

고 말한 바 있다.

여기 괴테가 경탄할 만한 가치가 있는 책이란 것은 영구히 오늘날까지 전해 내려온 고전을 말하는 것으로, 적어도 고전에 속하는 책이란 그 책을 저작한 사람이 그것을 쓸 적에 우리들을 위해서 살고, 우리들을 위해서 생각하고, 우리들을 위해서 느낀 진실한 서적을 말하는 것이다.

그러므로 책을 선택함에 있어서 가장 상식적이요, 가장 확실한 표준은 될수록 세계적으로 유명한 인격과 그 인격에서 흘러나온 언행에 접근하는 방법일 것이다.

아직 유명하게 되지 않은 것, 아직 확실히 평가되지 않은 많은 책을 읽기보다는 정평이 있고 사회적인 선택을 여러 번 거친 고전을 읽는 것은 가장 틀림이 없는 책의 선택 방법일 것이다.

실로 고전은 성서聖書라든가, 논어論語, 맹자孟子와 같은 오늘날까지, 아니 미래까지도 길이길이 그 생명을 지속할 수 있는 책을 말하는 것이므로 그 가치가 영구함은 물론이요, 그 가치가 확실한 만큼 그것은 만인의 흉리에 감동을 일으키고 힘이 센 영향을 주는 것이다.

그러나 고전도 물론 많으므로 그것을 우리들이 전부 독파한다는 것은 불가능하다. 그러므로 고전 중에서도 엄밀한 선택법을 실행한 후에 고전의 고전을 읽는 것이 필요한 것이다.

그리하여 고전 한 권을 정독精讀하느니 보다는 그 시간에 두 권, 세 권, 다독주의多讀主義를 취하여 고전의 대강을 짐작하도록 하고, 그것을 대강

추려서 읽은 다음에 자기의 취향을 쫓아서 매력 있는 책을, 다시 선택하여 정독하도록 함이 좋을 것이다.

독서 행동은 물론 일종의 정신활동에 속하므로 정신을 전적으로 운전시키기 위하여서는 육체는 될수록 피로하지 않도록 완전한 이완 상태에 놓여져야 할 것이다.

여기 독서에 있어서의 자세의 문제, 묵독默讀과 낭독朗讀의 장단, 공과功過 등 독서술에 있어서의 여러 가지 문제가 있을 것이로되, 그런 것은 다른 기회에 말하기로 한다.

(1937년 9월)

문화와 정치

지도자와 민중은 상호의존을 필수조
건으로 하는 관계이며, 지도자가 없
는 민중은 맹목자요, 민중이 없는 지
도자는 허무적 존재다.

　문화文化란 한마디로 요약하건대, 자연의 일편인 인간이 자연에 대립하
여, 그의 모든 요구와 이상을 실현하는 부단한 정신적 완성을 의미하는
것이다.

　이 경우에 무릇 사람의 요구와 이상이란 스스로 자연히 실현되는 것이
아니요, 거기에는 반드시 그와 같은 이상을 인식하고 인정하여 현실 속에
도입하며, 그것에 생명을 부여하는 어떤 주체가 개재하지 않아서는 아니
될 것은 물론이다.

　그리하여 이 새롭고 보편타당적인 이상의 출현과 이상에 대한 헌신
귀의獻身歸依는, 언제나 개별적인 인격 속에서만 성립되는 것이요, 일반 사회
대중은 너 나 없이 그들의 선조先祖가 생활하던 그 모양 그대로 전통에
의지하여 살아나가기만 원하는 것이다.

　이곳에 문화와 정치의 교섭은 시작되는 것이니, 이상理想을 가진 어떤
주관이 그의 이상을 민중民衆 속에 도입함으로써, 그 이상을 실현하기 위하
여 역사상 허다한 영웅걸사英雄傑士가 배출된 것이니, 민중은 결코 인도하는

법이 없고, 민중은 민중 속에서 민중에 의하여 그들의 이상을 실현하려는 이념적 인격에 의하여 항상 인도되는 법이다.

지도자와 민중의 양자는 상호의존을 필수조건으로 하는 것이니, 지도자가 없는 민중은 가치적으로 맹목자요, 민중이 없는 지도자란 무의미한 허무적 존재다.

그러나 지도자가 그의 이상을 실현하기 위해 민중을 획득할 수 있는 유일한 근거는, 원래 민중 자체가 동류 동질의 용해체가 결코 아니요, 각자가 개성적으로 - 물론 그 개성이라는 것이 비교적 저급하고 동일 비등한 교양 정도의 것임은 두말할 것이 없으니, 여하간 개성적으로 존재할 수 있는 그러한 사실 속에 있다.

그러나 인간적 개성으로서 그들을 부단히 보다 높은 교양과 문화의 단계에까지 끌어올릴 수 있고, 또 끌어올려야 될 것은 물론인데, 이러한 문화적 행위를 실행하는 방향과 노정을 항상 지시하지 않으면 안 된다.

그러므로 일찍이 역사적으로 모든 위대한 문화가치의 습성에 있어서 지도자와 민중, 이들 양 요소의 상호협력은 반드시 있고, 또 절대로 필요하기도 했던 것이다.

이와 같은 문화의 씨를 뿌리는 자는 반드시 일개인이지만, 그것을 배양하며 형성해 가는 토양은 언제나 민중이다.

이 사실은, 우리가 앞날에 일정日政시대의 압제에 의하여, 얼마나 우리들 마음의 완성이어야 할 문화가 저지되었는가를, 한 번 생각하여 볼 때, 일시에 요연하게 되려니와, 그러므로 앞으로 좋은 지도자의 정치는 우리들의 저속한 문화적 계발과 향상을 위하여 시급히 요망되는 바이다.

좋은 이상과 적절한 목표와 현명한 통찰력을 겸비한 정치가의 헌신적 시책 없이는, 모든 방면에 긍亘하여서, 우리들의 문화적 향상은 무릇 절망이 아닐 수 없다.

나는 앞에서 교양과 문화의 정도가 저급한 민중의 개성을 보다 높은 자각적 단계로 끌어올리는 것이 정치가의 신성한 임무임을 지적하였다.

이것은 민중이 문화가치의 실현자라는 의미에서만 중요할 뿐만 아니라, 소위 석일昔日의 가사유지 불가사지 지적정치可使由之不可使之知的政治를 완전히 버리고, 참된 민주정치의 조속한 실현을 위해서도 절대로 필요한 것이다.

민주정치란 민중 자신이 정치를 운영한다는 것이 아니요, 정치를 운영하는 사람을 민중 자신이 선택하고 평가한다는 것을 의미한다.

그러므로 민주정치의 실현에 대하여 가장 중요한 일은, 어떠한 인물과 정당政黨에게 정치의 운영을 위탁할 것인가를 아는가는 민중의 판단력이다.

좋은 정치가 좋은 민중과 상호 제휴할 수 있을 때 주관적 정신과 객관적 정신의 유일한 종합이요, 구경에 있어서는 모든 사람의 정신적 완성을 의미하는 이 문화는 가장 완전한 발달을 제시할 것이다.

(1948년 1월)

문학열 文學熱

순진한 문학청년 시절, 자기가 존경
하는 작가를 위하여 분투노력한 때
의 무모한 흥분을 생각하면 지난날
의 추억이 되고 말았다.

이제 그 이름은 기억할 수 없으나, 일찍이 영국 어느 작가의 소설을
읽다가 대단히 흥취 깊은 장면에 부닥친 일이 있다.

그것은 사랑할 술벗이요, 친한 싸움 벗이요, 서로 다 같이 문학의 열렬
한 애호자인 어떤, 두 친구가 몰리에르Moliere와 셰익스피어Shakespeare 두 문
호文豪로 말미암아 격심한 투쟁이 야기되는 경과를 그린 장면이다.

두말할 것 없이 논쟁의 중심점은 이 두 문호 중의 어떤 자가 더 위대하냐
는 것에 있으며, 또 무엇보다도 그 점을 즉시로 처결함이 두 사람에게는
한없이 중대한 문제였던 것이다.

그래서 두 친구는 깊어가는 밤 에든버러Edinburgh 시의 큰 길에 서서 피차
에 지긋지긋하리 만큼 자기가 숭배하는 문호의 어구를 인용, 나열하기
시작하는 것이었다.

결국은 순사巡査가 나타나서 흥분한 그들의 싸움을 말릴 때까지, 말하자
면 이 전쟁은 언제까지나 계속되었을까 하고, 독자인 나는 자못 큰 염려가
되는 것이다.

이러한 쾌활한 장면을 그린 소설을 읽었을 때, 나는 이 같은 종류의 논쟁이란 퍽 어리석은 짓이라는 것을, 첫째로 생각하는 동시에, 이러한 맹목적 열정은 그것이 금전에 대한 탐욕貪慾의 싸움이 아니요, 여자를 위한 치정의 싸움이 아니요, 개인적 해害를 떠나 문학을 사랑하는 마음에서 우러나온 하나의 순결한 정신적 감정임에 틀림없음을 생각할 때, 무엇인지 알 수 없는 매력이, 어딘지 알 수 없는 곳으로 나를 이끌고 가는 것을, 둘째로 깨닫지 않을 수 없었다.

역시 우리가 비교적 순진한 문학청년이던 한 시절에는 자그마하고, 좀 더 얌전한 형식으로 자기가 존경하는 작가를 위하여 분투노력, 어리석은 쟁탈전에도 참여함을 물리치지 않았지만, 이제는 진실로 무모한 흥분을 생각하면, 지나간 좋은 날의 아득한 추억이 되고 말았다.

우리는 이 어리석은, 그러나 문학의 번영을 위해서는 절대로 필요한 아름다운 편견, 사랑할 맹목을 어떻게 하면 다시 얻을 수 있을까?

감히 밤의 종로 네거리를 소연히 하고, 문학적 의견의 적으로서 상대함을 원하지 않으나, 좋은 의미의 문학청년으로서 구두口頭로, 필단筆端으로 좋은 의미의 논쟁을 소박하게 하는 기풍을 널리, 너무도 무풍호담無風豪膽 조용하고 담대하다한 문단에 일으킬 수 있었으면, 확실히 그것은 그다지 해로운 일은 아닐까 한다.

그리하여 문단의 이러한 기품이 어느 정도까지 독자의 기품을 유도해 가고 규정해 갈 수 있음은 또한 췌언贅言 쓸데없는 말할 필요가 없다.

문학청년이라면 – 조선에는 어쩐지 좋은 의미의 문학청년이 잘 나타나지 않는 듯 보인다. 다시 말하면 야심 있고 소질 있는 신선한 문학적 요소가 이미 있는 바 문학 속에 가미되는 일이 지극히 희귀하다는 것이다.

날은 새롭고 계절은 변하여도 문단의 대관大觀하면 옛 그대로의 발자취

문학열文學熱 245

요, 옛 그대로의 살림이다. 우리가 귀를 기울이고 눈을 떠 볼만한 새로운 말, 새로운 생각이란 이미 없어졌다는 말인가?

신문잡지를 펼치면, 항상 아는 사람의 얼굴이요, 늘 듣던 사람의 이름인데는 절망을 느끼지 않을 수 없다.

더러는 새로운 이름의 일맥一脈의 신선미를 띤 강렬한 자극이 간망懇望되고 있음에도 불구하고, 이러한 종류의 새로운 수확이 극히 적은 것이 유감이다.

슈니츨러Arthur Schnitzler의 작품에 한 문학자가 익명으로 자기의 작품을 비평하고 반박하는 내용이 있음을 보았다.

만일에 여기 새로운 말을 가진 신인의 출현이 이와 같이 드물다면, 역량 있고 정력 있는 기성 문인의 이중 인격적 활동은 문학의 풍부를 위하여 절대로 필요한 것이 아닐까 나는 생각한다.

(1937년 4월)

문학의 내용

재료의 무질서한 진열만으로 문학은 그 목적을 달성하기 어렵다. 사회적 생활의 풍부한 배열은 시대와 사회를 반영하므로 작품의 성공 영역이 되는 것이다.

인생이라는 것이 어떠한가를 간단히 설명하기란 어렵다.

그러나 인생은 우리 앞에 있다. 그러므로 우리는 각기 임의대로 이 인생의 제상諸相 여러 가지을 봄이 좋을 것이다.

어떤 사람은 이를 얕게 본다. 어떤 사람은 넓게, 어떤 사람은 좁게 본다. 결국은 이 인생을 어떻게 이해하느냐 하는 것이 문제가 되는 것이다.

문학이란 별다른 물건이 아니다. 이와 같이 하여 우리에게 이해된 인생이 문학적 제 형식을 통하여 표현되었을 때, 그것이 곧 문학이란 이름에 값하는 자이다. 그리하여 문학의 내용이란 인생 자체 이외의 하자가 아니다.

인생에 대한 이해는 인간 정신에 결코 그칠 줄을 모르는 바, 하나의 욕망에 속한다. 그리하여 더욱 이 문학 내지 제반 예술의 임무는 항상 특이하게 반영시키려 하는 곳에 존재한다.

이를 간단히 환언할 것 같으면 문학의 사명이 되고, 문학의 의미가 되고, 또 문학의 임무가 되는 것은 이 인생의 불가사의, 이 인생의 복잡다단에 대한 오인吾人의 감정을 더욱 선양하며, 더욱 강조하며, 더욱 심화하는 데 있는 것이라 할 수가 있다.

그것은 우리가 어떠한 작품을 읽은 뒤의 저 인생 생활에 대한 극히 국한된 현실적 인식을 해득시켜 줄 것에 그치지 않고, 그것이 한 걸음 더 나아가서 인생이란, 우리의 눈으로 감히 엿볼 수 없는 미궁과 같다 하는 감을 아울러 힘차게 암시하는 자가 아니면 안 된다.

그럼에도 불구하고 오늘에 있어서 사람은 인생의 너무나 외딴 구석, 너무나 작은 단면만을 보고 있다. 그러므로 그들의 눈에는 이 인생 생활이 세계사상世界事象이 극히 평면적이고, 직선적이고, 무문제하고, 또 무사탄탄無事坦坦 무사태평하여 곧 천명되고, 곧 해결될 것같이 보이는 것이다.

나는 삼십이 되지 못한 자 아무 경험도 없이, 그러나 확신에 찬 표정을 가지고 문필을 들어 신변잡기 따위를 그려낸다. 그도 확실히 한 재주에는 틀림없으나, 그것이 과연 우리에게 무엇을 의미할지를 모른다.

이렇듯 협소한 인생 이해人生理解일지라도, 그것이 문학의 일 내용이 될 수 있다면, 우리는 이러한 문학을 단연 부정하고 싶다.

우리가 흔히 보는 바와 같이 기절幾節의 '…' 말하였다. 그는 '…'라고 대답하면서 웃었다. 등류의 회화로서 구성된 우습지도 않은 이야기가 소설이란 미명 아래 인쇄되어 세간의 잡지 면에 나타나 있음을 볼 때 독자의 불운에 대하여 재사再思치 않을 수 없다.

여기에는 오직 필자의 유치한 독단이 호흡하고 있음을, 우리는 느낄 따름이다.

현대생활의 복잡 무비한 기구를 투시할 자, 또한 누구라마는 연재年在 이삼십의 약관에 불과한 자 불행히 그 성질이 겸손치 못한 까닭인가. 너무도 빈약한 인생 관찰을 오설娛說함은 가히 삼가야 할 일이 아닐까 생각한다.

그들이 그들의 독단과는 합치 않는 것, 또 그들의 의견과는 모순되는 것, 그 모든 것을 보지 않았다는 것은, 실로 그들을 위하여 불행이었다. 그럼으로써 오히려, 그들은 안여(安如 마음이 편함히) 그들의 유치한 태도를 버릴 수 없이 일면성에서 경화하고, 피상적인 것에 집착하는 것이다.

이러한 소박한 단순화가 아동적 매력을 가짐으로써 약간의 의미를 갖는다면 모르거니와, 인생의 심각함에 대한 감정을 문학에 요구하는 사람에게 대하여서는 너무도 무가치, 무의미한 자이다.

우리는 홀로 약년(若年)인 까닭으로 유치함을 미리 가정하여, 그들의 구상 유취(口尚乳臭 말이나 하는 짓이 유치함)를 무조건하고 배척하려는 것은 우리의 보는 바에 의하면 청년 시대에 이미 완성된 작품을 낸 천재도 희귀하지 않다.

인간의 성숙은 연령의 노쇠를 반드시 요구하지 않는다. 그러나 우리가 인간의 생성 과정을 고려에 두고 사람의 정신적 발전을 성찰할 때 백발의 혜지(慧智)는 명확히 존재한다.

그것이 젊어서이건, 혹은 늙어서이건 여하간, 인간은 어느 때엔가, 그에 상응하게 성숙할 수 있다는 것은 두말할 필요가 없다.

사람이 살고 있는 이 시간의 도상에서 그의 정신이 발연히 성숙한 가운데 달하는 날이 있다면, 무엇보다도 먼저 그의 눈에는 청년으로서의 무반성한 최초의 일별(一瞥 한 번 흘깃 봄)에서 보임보다는, 훨씬 많은 용적을 이 세상이 가지고 있다는 사실이 결정적으로 보일 것이다.

모든 종류의 인간주의자가 최후에 그를 획득하려 하는 이간혜지(離間慧智 헐뜯음을 막는 총명한 슬기)란 결국 무엇이냐?

그것은 이 세상에는 자기만이 홀로 살고 있지 않는 것이며, 자기와는 여러 가지 의미에서 다른 많은 사람이 함께 살고 있다는 것의 참된 의식에서 시작되는 것이다.

다시 말하면, 이러한 인식을 출발점으로 하여 우리들에게는, 우리의 눈에 명백히 보이는 것만이 우리의 인생에 속하는 것은 아니며, 백주의 배후에는 암흑한 밤이 인접되어 있다는 예감 - 생활을 표현하기에는 가히 무색할, 수 없이 깊고 험한 존재의 층대는 한없이 축조되어 있다는 것의 예감이 온다.

그러므로 인생이란 이해자理解者의 눈에는 이 인생을 조금이라도 이해할 수 있는 실체로서는 결코 비추이지 않는다.

그의 눈에는 나중에 생각하고 보면, 그가 사실 눈으로 직접 목도하고, 또 마음으로 간절히 느낀 것과 동일한 사람이란 이 현실 세계에는 없었을 만큼, 즉 환언하면, 오직 한 사람의 참된 모양인들 그는 알 수 없을 만치, 모든 존재는 이리 얽히고 저리 얽혀 식별할 도리가 없는 것이다.

좋은 의미에서나 또는 나쁜 의미에서나 그의 눈에는 모든 인간이 하나의 가면을 쓴 영혼으로써 나타난다.

그리하여 모든 사람은 각각 다른 사람으로 결코 관여할 수 없고, 또 동감할 수 없는 그 고유의 체험을 갖는 것이다. 또한 많은 것을 인생에 대하여 알 수 없는 것은 아니나, 정말 많은 것을 우리는 모른다.

우리의 인생에 대한 이해력은 밤 천지를 비추는 하나의 풍전등화風前燈火에 비교될 수 있을 것이다. 이리하여 인생 생활의 진상은 실로 암흑 그것과 다름없다는 인생 이해자의 결론이 되고 만다.

암흑이라기보다도 차라리 갈수록 불어가는 샘물이라 할까. 이해하면 할수록 '인생이란 알 수 없는 것이다.'라고 하는 혼돈된 느낌을 오직 깊게 할 뿐이다.

일언이폐지一言以蔽之하고 보면, 이 '인생이란 알 수 없는 것이다.' 하는 심원한 예감이 즉, 인간의 지혜인 것이다.

인생에 대하여 깊이 생각하는 사람은 그가 어떻게 행동하고 또 판단한다 하더라도, 항상 틀린 수작을 하고 있다는 사실을 안다. 그것이 사람의 운명인 것이다.

그런 까닭을, 어떤 사람은 그의 인식력이 차차 증대함에 따라, 이 우주와 인생을 보다 명확히 평가하며 파악할 수 있었다고 생각할 때, 그는 그때에 참으로 인생 이해자로써의 무자격을 중시하는 동시에, 인생 무이해자로서의 오류를 범한 것이다.

인생 이해의 정도正道는 이와는 반대의 방향에 있는 것이다. 즉 인생이란 우리가 보다 예리한 인식력보다 투철한 안광眼光을 가지고 보면 볼수록, 그것은 더욱 신비에 찬 것으로써 현시되는 곳에 보다 깊은 진리가 잠재되어 있는 까닭이다.

이리하여 인간 지혜의 가장 놀라운 적敵은 모든 것에 대하여 일일이 맹단을 내리는 바, 저 천박한 자기만족, 저 오만한 자기 과신과 다름없다.

그러면 이 진지 무위한 인생 태도의 문학에 대한 관계는 과연 어떠냐? 있을 수 있는 인생 생활의 전야全野가 문학의 내용이 되기도 한다. 그러나 문학이 인생 사회의 전 영역을 대상으로 할 수는 없는 일이다.

우리는 오직 우리가 본 것, 느낀 것을 묘사하는 수밖에 없는 것이다. 그리하여 우리가 마음에 움직이는바, 그것을 충실히 정직하게 그려내면 이 세상의 인간 생활의 양태樣態 양상를 조금일지라도 포착하고자 하는 오인吾人의 열렬한 의지는 결코 충분하다고는 할 수 없으나, 어느 정도까지는 충족될 수 있는 것이다. 감정이 나타나는 것을 속이지 않는 까닭이다.

인생을 잘 이해하는 까닭으로 문학자가 문학을 제조하는 것은 아니다. 이해할 수 없는 인생을 조금이라도 이해하고자 하는 노력 끝에 그들은 붓대를 들었던 것이다.

그러므로 우리가 가령 세계적 문호의 명편역작名篇力作에 접하는 기회를 갖게 되면, 우리가 발견하는 것은 헛되이 인간적 생활현상의 설명에만 그치지 않는다.

깊은 통찰과 날카로운 재지才智가 작품의 도처에 은현隱現하는 사이 존재의 암흑한 상相은 절실히 예감되고 인생의 불가측함, 인생의 불가사의함이 생활의 상부구조와 떠날 수 없는 긴밀한 관계를 가지고 기이하게도 중시되어 있는 것을, 우리는 보는 것이다.

일찍이 우주론적 근거의 의식이 문학의 자명적 원리가 되었을 때가 있었다. 그리하여 그에 속하는 작품이 오직 상술한 바와 같은 생활감정을 우리에게 보여 줄 수 있음을 더 부연할 필요가 없다.

일찍이 지나간 시대가 우리의 가슴에 하소연하던 심각한 생활감정에 대하여 현대문학이 동시대의 우리에게 주는 생활감정은 어떠한가? 문학의 내용에 큰 차이가 있음을 우리는 본다.

물론 우리가 문학 내용의 차이란 문학이 취급하고 있는 생활 형식의 시대적 상이相異를 의미하지는 않는다. 그곳에 표현된 생활상을 통하여 문학이 주는 바 그 감명이 서로 엄청나게도 다르다는 의미의 차이를 제시한다.

우리가 현대에 사는 사람으로서 생활의 궤도를 가만히 살펴보면 생활형식의 변천은 두말할 까닭이 없고, 오늘날과 같이 여러 가지 문제가 가속도로 쇄도하고 폭주하는 시대는 일찍이 없었다.

현대문학은 마치 이러한 생활의 훤소喧騷를 그들의 문학을 위하여 다행하다 여기는 것 같으나, 여러 가지 복잡한 사회문제를 기꺼이 그들의 작품 속에 될수록 풍부하게 망라시켜 현대적 생활의 한없이 다채다단多彩多端함으로 과시함이 하나의 기술적 습관이 되어 있다.

현대인의 생활 태도가 그러할 뿐만 아니라, 현대의 생활상이 또한 사실에 있어서 그러하니, 문학적 표현 수단을 통하여 그 외부상태를 과시함이 결코 나쁘지 않을 것이다.

독의讀義한 오인吾人 우리, 나의 식욕은 이에 반성치 않을 수 없다. 이 방대한 재료의 과시는 결국 우리에 대하여 무엇을 의미하는 것이냐고, 실로 현대 문학은 생활의 다양을 진열할 뿐임에 오직 '만족'하고 있다는 것이다.

문학이 한 장의 신문지에 그칠 이유는 결코 없다. 재료의 무질서한 진열만으로 문학은 그 목적을 달성하기 어려운 것이다. 사회적 생활의 풍부한 배열은 물론 시대와 사회를 반영하는 의미에서 보면 확실히 성공의 역域에 있는 것이라 할 수 있다.

그러나 문학이 오직 보도報道의 임무를 가짐에 그칠 뿐이라면, 우리는 너무나 많고 또 좋은 기관을 가지고 있다. 이를 구태여 문학에 요구할 이유도 없지 아니한가.

그러므로 문학이 현재 열렬히 추구하고 있는 인간 생활의 헛된 제시는, 그것이 가지고 있는 신문보도적 의미를 제외한다면, 결국 그것은 너무나 인생에 대한 이해가 부족한 까닭으로, 모든 것을 이해할 수 있듯이 맹신하는 약년자류弱年者流 어린 소신에서 흔히 보이는 근시안의 소산에 불과하다.

경조부박輕佻浮薄 사람됨이 진중하지 못하고 가벼운의 도徒는 그가 생활의 도道에 정통치 못한 까닭으로 오직, 이 한 가지 이유로써 사물을 실제보다도 보다 간단히 보는 것이 보통이다.

그들은 백주白晝의 사실을 즐겨한다. 밤의 신비에 대하여 일찍이 그들은 생각해 본 일이 없는 것이다. 그들은 흔히 하나의 의견에 집착한다. 그들에게는 이 세상이 오직 하나의 의견밖에는 없는 것이다.

그들은 자신의 일시적 기분에 움직이어 그 의견을 획득한 것이다. 그러면서도 그들은 자기가 그런 편협한 의견을 차용한 것을 자랑삼는 것이다.

그리하여 그들은 그들의 좁은 안계眼界로 이 세계를 이해하고, 드디어 이 사회를 개조하려고까지 하는 기세를 보인 것이다.

혹은 공산주의적으로, 혹은 파쇼적으로, 혹은 국수적國粹的으로 이 세상을 봄이 결코 나쁘지는 않다.

그러나 그 너무나 유형적, 그 너무나 공식적인 인생 해석이 문학적 내용으로서 심각한 생활감정을 야기시키기에 부적당한 것임은 두말할 것도 없다. 하나의 논문, 하나의 행동이 그 전적 효과를 나타낼 수 있는 것이다.

모든 종류의 주의적 작품은 요컨대 성性 관계에 의하여 세상만사를 이해하고자 하는 정신분석과 같은 이의성과 치기를 가지고 있다.

사람으로서 또는 시인으로서 우리가 성숙하면 할수록물론 성숙은 나이 먹은 사실을 의미치 않는다. 주의적 편견이 의심스러운 것으로서 우리 앞에 나타난다.

물론 그것은 우리가 모든 입장의 정당함을 이해하는 까닭으로서가 아니고 인간사회, 인간 생활에 대한 모든 종류의 독단적 판단이 정곡正鵠을 얻을 수 없는 것을 이해하게 된 까닭이다.

표면에 나타나고 있는 직선을 봄에 그치지 아니하고, 한없이 착종錯綜된 곡선이 상하上下에 운집하고 있는 현실 내부를 우리가 정시함에 이른 까닭이다.

그리하여 문학에 있어서 그 존재와 인간의 다양성은 조각적으로 역학적으로 풍만하게 표현된 인간적 형상 속에 비로소 유로流露 밖으로 드러남하여 무한한 것으로 확대된다.

이십 세기의 초두에 있어 스칸디나비아Scandinavia의 제작가, 또는 러시아의 도스토옙스키Dostoevskii, 또는 독일의 라이너 마리아 릴케Rilke 같은 문호는 그들의 많은 작품에서 인간 영혼의 불가해不可解에 대한 감정, 모든 인생 생활의 마술적 다의성多義性에 대한 감정을 우리에게 느끼게 하여 주었다.

그러나 그 이래로 문학자들의 보는 각도는 변하여졌다.

어느덧 완열完熱 내지 인간 혜지慧智 총명한 슬기에 대한 존중의 염은 지극히 저하해져 버리고 청년적 대담, 일의적 단정에 대한 평가가 반대로 높아진 것이다.

전통을 갖지 않는 젊은 나라인 미국의 문학, 러시아의 문학에 있어서 이 속단의 정신은 특히 심한 것 같다. 그러나 이러한, 모든 사실이 이유 없지 않은 일일지도 알 수 없다.

그리하여 우리는 현재에 있어서는 적어도 사물 자체의 근거를 탐구할 어떠한 여유도 갖지 않는다는 변해辨解 말로 풀어 밝힘까지 당당히 할 수 있을지도 모른다. 우리는 사실 먹고살기만 하면 충분한 까닭이다.

그리하여 작품의 임무는 세상이 움직이고 있는 방향에 대한 오인의 이해를 보조하면 그것으로 족한 까닭이다.

그러나 만일에 예술이라 이름하는 이 예술이 우리가 마음으로 요구함과 같이, 그것은 어디까지든 인류의 보편적 기능이 되어야 하는 것이면, 오직 순간적으로 생각하는 제사건의 반수현상攀水現狀 물감이 번지는 모양이어서는 안 된다면, 하나의 구구한 실제적 목적에 봉사할 뿐인 문학은 보다 높은 의미의 예술에서 단연 구별되는 자가 아니면 안 된다.

이리하여 그것은 일상생활의 번쇄煩瑣한 욕망 위에 유위변천有爲變遷 능력이 향상됨의 신비에 대한 감정을 발랄하게 보유하여야 되는 것이다.

말하자면 문학의 오의奧義는 렘브란트Rembrandt나 그류네발트Grunewald 같은 명장名匠의 그림을 보아도 그렇거니와, 그것은 조금도 독단에 빠짐이 없이 존재의 심연을 어떠한 형상을 통하여 예감시키는 바, 저 인간 이해, 인간 혜지에 누워있다.

그러므로 이러한 깊고 밝은 인간 혜지 앞에서 평범한 어떠한 것도 있지 아니하다. 모든 생활이 다 귀중한 문학적 내용에 속할 수 있는 것이다.

그리하여 문제는 취재의 선악 신구에는 결코 있지 아니한다.

여기 어떠한 생활의 사실이 표현되었을 때, 그곳에 인생 난해의 우주론적 의식이 은연히 움직이고 있느냐, 없느냐는 작자의 깊은 호흡에 의하여, 그 작품 속에 전개된 문학적 내용의 가치가 결정되는 듯하다.

(1933년 8월 「중명衆明」 제3호)

문장의 도^道

문장의 도는 근본적으로 발단의 예술임을 주장할 수 있다. 모든 문장이 첫대목을 가지고 자기의 내용과 형식을 암시할 뿐만 아니라, 자신의 본질적 가치까지 결정해 준다.

회태^{懷胎} 잉태가 있는 곳이라야 비로소, 모든 종류의 창조가 결과할 수 있는 것은 정한 이치로, 문장^{文章}의 제작에 있어서도 좋은 의미의 생산적 기분이 정신 활동의 과잉 속에서 보다 잘 발효될 수 있는 것, 역시 두말할 것이 없다.

이것은 적어도 문필^{文筆}에 경험이 있는 이라면, 다들 알고 있는 진부한 진리에 불과하거니와, 사실 아무것도 없는 뇌수^{腦髓}에서 제법 그럴듯한 지혜를 낚아내려는 노력같이도 괴로운 투쟁은 세상에 없을 것이다.

여기서 말이 잠시 사담^{私談}으로 들어가게 되어 미상불 당돌하고 미안하지만, 나야말로 글이라고 쓸 적마다 이러한 괴로운 투쟁을 피할 수 있는 가장 대표적인 예라고 확신하기 때문이다.

가령 나 자신의 경우를 예로 든다면, 나는 요새도 관에 의하여 간간이 전화 혹은 서신으로 원고 주문을 받는 일이 있는데, 주문을 받게 되면 이 순간같이도 나에게 자기의 무능을 - 더 좀 감각적인 표현이 필요하다면, 자기의 머릿속에 황량한 미간지^{未墾地}가 질펀한 사막이 누워있는 것을 직감적으로 느끼게 하는 순간도 드물다.

간단히 말하자면 원래가 예비 지식이 부족하기 때문에 편집자가 요구하는 제목에 대해서 '이것이 해답이랍시오' 하고 기록할 아무것도 갖지 못하는 경우가 많다는 것이다.

이래서 자연, 나는 원고의 주문을 받는 순간부터 정신적으로 적지 않은 공황과 불안과 회의를 느끼기 시작하는데, 원고 주문에 부수되는 일체의 행동을 개시하지 않으려고 노력한다.

괴로운 일을 후일로, 될수록이면 후일로 미루려는 이 도피, 이 망각에 대한 노력은 다년간의 습관으로 곧잘 성공을 주*하여, 이제는 혹시 가다가다 한가한 시간이 생길 때 원고를 쓰자 해도, 그것이 기일 내이고 보면 되지 않음은 물론이니, 내게 있어서 절대적 세력을 가지고 있는 것은 원고 마감 날이다.

며칠 안 되는 원고 마감 날이 어느 사이에 당도하고 보면, 여기서 나는 기일이 다된 원고 주문서가 나의 애달픈 활동을 기다리고 있는 엄숙한 사실을, 문득 회상하고 원고 주문서를 받던 순간보다는 더욱 구체적으로 공황과 불안과 회의를 맛보면서 세상에도 드문 전투를 향해서 용진하지 않으면 안 되는 것임을 안다.

이 밤 안으로 기어코 원고를 써야만 책임상 자기의 신용을 유지해 나아갈 수 있는 중요한 밤을, 그러나 나는 흔히 초저녁부터 자버리는 것이 일쑤이니, 아무리 해도 원고를 쓰기 시작해야만 될 때에는 원칙적으로 이불을 뒤집어쓰면 글 생각은 일의 괴로움 때문에 잠자는 것의 안이함에 빠지기가 쉽기 때문이다.

그러나 이 잠은 안이한 잠이 아니요, 괴로운 밤을 이루게 하는 압박적인 잠인 것은 두말할 것이 없다.

내가 이러한 밤에 글을 생각하기 위해서 흰 원고지와 필연筆硯을 베개 옆에 놓고 이불을 뒤집어쓴 채 눈을 감고 누웠을 때, 그나마 소위 진통의 괴로움 속에서 되나 안 되나 '문장의 단서'라도 얻는다면, 또 몰라도, 더욱이 갈수록 내적 관조의 길은 암흑 속에 차단되고 구상構想의 기름은 그 운행을 의연히 돕지 못하면, 나는 몇 번인가 힘에 넘치는 철없는 짓을 하고 있다는 것을 새삼스레 뉘우친다.

이처럼 괴롭게 값싼 글을 읽어 득전고주得錢沽酒 돈을 낭비하며 독한 술을 마심하기보다 자유로운 하룻밤을 가짐이 얼마나 더 사상적이요, 문장적인가 하는 사실을 통감하는 일면에, 사람에 의해서는 그 해박한 지식과 풍부한 감정 때문에 글 쓰는 것 자체가 큰 즐거움이 되리라는 것을 부럽게 생각만 할 뿐이요, 이 최후의 밤에 얻는 수확收穫은 항상 적다.

나는 편집자가 결정한 최후의 시간에 약간의 흥분을 느끼면서 항상 이불을 뒤집어쓰는 이유는 잘 되었건 못 되었건 여하간, 내가 쓰려는 문장의 최초의 일구一句 첫 구절같이 중요한 것은 없을 것이다.

최초의 일구一句 – 이것을 얻기 위해서 말하자면, 모든 문장가文章家의 노심초사는 자고로 퍽이나 큰 듯 보이고, 그만큼 이 일구는 문장의 가치에 대해서도 결정적인 세력을 가지고 있다.

이곳에서 문장을 쓰게 만드는 흰 원고지의 유혹은 확실히 무시할 수 없지만, 어디서 돌연히 때늦게 솟아 나왔는지 모르는 이 최초의 일장一章같이 문장인文章人에게 창조의 정력을 일시에 제공함으로 의해서 팔면치구를 하게 하는 요소도 없을 것이다.

백 사람의 문장가를 붙들고 물어본다면, 그중에 여든 사람은, 가로되 이 최초의 일장一章이 얼마나 고난에 찬 최대 최시의 문장적 위기를 의미하는 동시에, 그의 모든 준비를 발전시키는 가장 중요한 지도자임을 말하리라.

훌륭하게 만들어진 물건이 중간에서, 혹은 말단에서 잘 되기 시작할 리야 없겠고, 좋은 결과, 좋은 발전을 위해서 시작이 지난하다는 것은 또한 당연한 일이니, 문장이 매양 좋게 시작만 되면, 그다음은 거저먹기라 할까. 요컨대 다음 문제는 논리적으로 그 방향만, 그것이 가야 될 길만 잃어버리지 않도록 하는 데 있기 때문이다.

여기서 우리는 문장文章의 도道는 근본적으로 발단의 예술임을 주장할 수 있으니, 모든 문장이 첫대목을 가지고 자기의 내용과 형식을 암시할 뿐만 아니라, 자신의 본질적 가치까지 결정해 줌에 따라, 독자에게도 그것이 자연 결정적인 작용을 주게 되는 것은, 우리들이 일상 경험하는 일이다.

재미가 있건 없건 간에 우리로 하여금 문장 전편全篇을 읽게 하는 힘도 첫대목의 여하에 있음은 물론이려니와, 첫대목이 언짢기 때문에 읽다가 치우게 되는 소설도 이 세상에는 얼마나 많은가.

말하자면 문장 최초의 일절一節은 필자 자신을 소개하는 명함名銜이라고도 할 수 있는 것이니, 이를 통해서 우리가 그 문장 전편, 그 작품 전체의 구조와 분위기를 엿보기는 대단히 쉬운 일이다.

(1939년 2월)

주찬酒讚

자신도 알 수 없는 자기, 그러나 더러는 만나보고자 하는 자기에게 술의 힘을 빌어 비로소 만나보게 된 우리는 술 가운데, 처음 자기의 생활과 세계의 온전함을 보는 것이다.

프리드리히 헤벨Friedrich Hebbel은 그의 희곡 『헤로데쓰와 마리암네』 속에서 헤로데쓰로 하여금, '그는 명정酩酊 술에 취함해 가지곤 술을 예찬한다. 그것은 실로 그가 이취泥醉 술에 곤드레 만드레 취함한 한 개의 증거가 아니야?'고 말하게 한다.

과연 옳은 말일지도 모른다. 만일 이것이 옳은 말이라면, 우리들 주도酒道에 대하여 이 말보다 더 신랄한 비평批評은 없으리라고 생각한다.

내가 여기 주찬酒讚을 두어 자 적으려는 초두初頭에 있어서, 이 말이 맨 처음 머리에 떠오르는 이유도 실로 거기 있는 것이거니와, 그러나 다시 한 번 돌이켜 생각해 보면 술은 사람을 취하게 하고 변하게 하는 곳에 그 의의가 있다 할 것이다.

만일에 술이 사람으로부터 빼앗는 것이 없는 동시에 보태는 것도 없을진대, 즉 술을 마신 사람에게 취한 증거가 없을진대, 그때는 벌써 술은 술이 아니오, 물 이상의 아무것도 아닐 것이다.

사실상 주도酒道는 술잔을 들면 서로 주량의 큼을 자랑하는 것이다. 아무리 마셔도 맹숭맹숭한 사람같이 재미없고 싱거운 주중풍경酒中風景도 없다.

그러므로 술을 못하는 사람이 술의 일 배一杯 이 배二杯에 완전히 적화하는 것을 보는 것 같이 유쾌한 일도 없다.

보통 세상의 엄격한 신사 숙녀들은 술의 피치 못할 일작용으로써, 사람에 따라서는 그르치게 나타날 수도 있는 취정이란 결과만을 보고 술의 전부를 평가하여 술을 죄악시하고 해독시하는 것이지만, 우리들 주도의 눈으로 보건대, 이같이 천박한 견해는 그들이 전연 술이 술 되는 진리의 심오에 미도味到해 본 일이 없는 필연의 결과에 불외하다.

결국 주도酒道란 것도, 모든 종류의 수양과 같이 신고와 간난艱難 힘들고 고생스러 움에 찬 인간 수도의 하나이니, 우리는 술을 이해하지 못하는 사람에게 술을 한두 잔 권함으로 하여 주酒의 하자임을 단순히 설명할 수는 없는 일이다.

헤벨은 또 그의 희곡 『유디트Judith』 속에서 홀로페르네스Holofernes로 하여금 유디트에게 '술을 마셔라, 유디트여! 술 속에는 우리에게 없는 모든 것이 들어있다.'고 말하게 하고, 유디트의 입을 빌어서는 '그래요, 술 속에는 용기가 들어있어요, 용기가!' 하고 대답하게 한다.

술 한두 잔이 우리에게 용기를 가져오고, 온도를 가져오고, 관용을 가져온다는 것은 너무나 상식적이요, 너무나 자명한 사실이라, 다시 말할 필요도 없거니와, 우리들 주도에 있어서는 술이 서서히 우리의 심신에 가져오는 작용은 한없이 미묘한 것이요, 말할 수 없이 복잡한 자요, 비할 수 없이 영감적인 물건이어서 음주의 권외에 선 자에게는 영원히 봉쇄된 세계가 주배酒杯의 응수가 거듭됨에 따라 주도 앞에 전개되는 것이다.

요컨대 모든 종류의 주찬酒讚은 주도에게만 이해될 수 있는 말이요, 그렇지 않은 사람에 대해서는 이와 같이 의미 없는 말은 없다.

그러므로 술이란 가히 마실 가치가 있는 물건이냐 아니냐 하는 것을 우리는 여기서 고증하고 싶지는 않다. 그러나 이러한 주찬을 널리 일반에게 주장하지 않음이 우리의 자랑할 도덕이 됨은 물론이다. 취한다는 주후의 사실이 나쁘기 때문이 아니다.

술에 대한 우리의 절대한 찬미讚美가 흔히 명정酩酊 대취의 결과로서 해석됨을 불쾌히 생각하기 때문이요, 또한 우리의 술에 대한 관계는 그것의 가치를 향상시키기에 급급할 만큼 천박하지도 않기 때문이다.

이제 모든 자를 박카스의 제단 앞에 세우기는 어렵다. 오직 마시는 자로 하여금 그 쾌활한 행렬 속에 참가하게 하면 그만일 따름이니, 물론 우리를 현명하게 만들고, 술은 우리를 즐겁게 만든다.

주도는 오직 단순히 이 양자를 겸하기 위하여 몸과 술을 병음竝飮하는 것이다.

술맛을 참으로 알 자, 과연 뉘요. 그를 이해할 만한 현명은 오인吾人의 주갈 이외에는 다시없다. 우리는 술에 즐거웁게 취하고, 물로 너그러이 깨치는 것이니, 말하자면 만사를 감적酣適 격렬함에 부쳐서 속기俗氣를 유수에 씻음이다. 여하간 술이 한 잔 뱃속을 축이면 어인 까닭인지 우리는 즐거워진다.

주酒의 이명異名을 수소수掃愁란 함은 실로 지당한 명명이니, 독일어에도 '조르겐브레하'라 하여 그 뜻이 근심을 쓸어내는 빗자루에 부합된다.

한 잔을 마신 우리는 근심을 잊고 속취를 벗고 도연한 시경詩境에 있게 되는 것이니, 그 작용은 흡사 포도나무가 억센 뿌리로 수척한 땅을 극복하고 장래를 약속하는 무성한 넝쿨이 삭막한 황야를 푸르게 물들이는 그것과 다를 바 없다.

이리하여 우리가 이 각박한 현실의 한없는 우고憂苦와 불여의不如意 속에

살되, 언제든지 모든 속박을 탈각할 수 있는 것은, 이것이 모두 술의 위대한 은택이거니와 우울의 안개가 자욱한 이 세상에서 술이 있다는 것만을 생각만 해도, 우리의 가슴은 벌써 가벼워짐에 하등의 불가사의는 없다.

우리를 기다리고 있는 저녁상의 반주, 그것이 가져올 위안을 생각하기 때문에 많은 사람의 하루 긴 노동은 보다 쉽게 수행되는 것은 아닌가?

술의 공덕은 실로 지궁지대至窮至大 더할 수 없이 곤궁함이 크다하여, 우리는 이를 슬퍼하여 마시며, 기뻐하여 마시며, 분하다 하여 마시며, 겨울날이 춥다 하여 마신다.

이것은 결국 술이 우리를 모든 경우에서 건져주고, 북돋아 주고, 조절하여주는 이상한 힘을 가지고 있기 때문이요, 공연히 갈증도 없는데 물을 마시듯이 술을 많이 마시는 것이다.

우리가 자신으로부터 해방하는 저 고귀한 감흥과 거대한 감정에 대하여 말하려 하고 배기하는 희열과 운신運॥하는 고민, 발화發火하는 사상의 점화, 행복의 절정과 종교적 계시, 이 모든 것에 대하여 말하려 할진대, 우리는 적어도 술을 이곳에 아니 가져오고서는 말할 수 없다.

제군은 일찍이 아나크레온Anacreon의 영원히 경쾌한 찬가讚歌를 읽은 일이 있는가?

미사의 오마르 카이얌Omar Khayyam의 『루 바이야트Rubaiyat, 사행시』 일 편은 그 한 자 한 자가 실로 방순한 미주美酒의 최선의 결과 밑에 된 것이라 아니할 수 없다.

희랍의 서정시인 알케우스Alcěus에 의하면 술은 사람의 거울이라 한다. 그리하여 그의 많은 시는 술잔 밑에는 진리의 여신女神이 살고 있는 것을 노래하고 있다.

일찍이 미국에 금주법이 시행되었을 때, 미국의 모 시인은 알케우스의

시에 대^對를 맞추어 '물그릇 밑에는 기만의 여신이 숨어 있다'는 시를 지은 일이 있다.

알케우스의 시까지 들추어 말할 것도 없이 세상이 다 아는 '이비노 베르타스^{酒中眞理}'란 일어^{逸語}로써 저간의 소식은 요연하거니와, 사실 술을 마신 사람에게는 가면도 없고 위선도 없다.

자신도 알 수 없는 자기, 그러나 더러는 만나보고자 하는 자기에 술의 힘을 빌어, 비로소 만나보게 된 우리는 술 가운데, 처음 자기의 생활과 세계의 온전함을 보는 것이다.

속세가 운전되는 모양은 그 허식, 그 조잡, 그 가혹으로 하여 감히 정시^{正視 똑바로 봄}하기에 어려우니, 우리는 호호탕탕연히 술에 의해 제이의 진리를 구하여 호연의 기우^{氣宇}를 기르는 것이다.

술^酒의 이명^{異名}은 달리 조시구^{釣詩鉤}라고도 하니, 영웅호걸과 시인묵객들이 자고로 술을 좋아한 것은, 누구나 다 아는 사실이지만, 그러므로 앞산을 마신 알프레드 드 뮈세^{Alfred de Musset}는 그 자신이 쓰는 것 같은 글을 쓰지 않았던 것이며, T.A. 호프만^{Hoffmann}은 도연한 가운데서 비로소 예술을 위하여 자기의 참된 마음을 발견할 수 있었던 것이다.

어찌 이들 시인들뿐이리요, 모든 사람이 다 일 배 일 배 부일배^{一杯 一杯復 一杯}에, 이미 나는 내가 아니요, 너는 네가 아닌 지묘한 상태로까지 복귀하는 것이다.

한 잔 마시면 우리의 얼굴이 장미로 화할 뿐만 아니라 만천하가 이제 불그레한 화단이다. 문득 우리의 머리에 철학적 쾌활이 온다.

그리하여 우리는 우리의 모든 성질, 모든 생활이 한 개의 가탁^{假託} 이외의 아무것도 아니었음을 깨닫는 것이다. 우리의 사랑하는 것만이 아니라, 우리의 용서치 못할 적까지를, 우리는 우리의 정에 끓는 가슴에 굳이 안으려 한다.

'만일에 어느 때련가, 한 사람의 참으로 철학적인 의사^{意思}를 할 수 있을 것이다. 그것은 술과 사람 양자의 협동에서 빚어지는 일종의 이중심리에 대한 연구다.

그래서 그는 이 음료가 무엇 때문에 사람의 사상과 인격을 이같이도 앙양시킬 수 있는 능력을 지니고 있는가 하는 것을 분석할 것이다.'

(1937년 「조광^{朝光}」)

취인감학醉人酣謔

술이란 자는 나쁜 자도 아니며, 좋은 자도 아닐 것이다. 소량의 술은 몸에 약이 된다고 한다. 술이 약이 됨은 술의 명예가 아니다. 격에 따라 좋게 보일 뿐이다.

* 주酒의 평가

술이란 정당히 평가하기란 어렵다. 술을 싫어하는 자는 이를 나쁘다고 하고, 술을 즐겨 하는 이는 이를 좋다 한다.

나쁘다면 나쁘고 좋다면 좋을 뿐이지, 그 이상 어찌할 수 없는 일이다. 주자酒者의 호오好惡 좋고 나쁨를 증명할 도리가 우리에게는 없다.

그러나 술이란 물건은 본래 그같이 나쁜 자도 아니며, 또 그같이 좋은 자도 아닐 것이다. 단지 문제는 생후 술을 술같이 마셔본 일이 없는 까닭으로 불면식자不免食者에게는 지극히도 좋은 것같이 보이는 것임에 불과하다.

이러한 경험적 견지에 있어 술의 가치란 신비하다 하지 않을 수 없다. 술을 깊이 마셔보지 못한 자 술을 능히 논할 자격이 없음과 같이, 또 술을 찬미하는 자 반드시 술에 이미 취한 증거를 보일지 모르는 까닭이다.

상식은 말하되 소량의 술은 몸에 약이 된다고 한다. 그리고 술이 약이 됨은 결코 술의 명예가 아니다.

술이 술 되는 진의는 주자酒者가 사람으로 하여금 마시고, 또 마셔도 더욱 마시려는 부족증을 일으키게 하는 곳이 있는 까닭이다.

　＊ 주도酒道의 변

　술이란 가히 빨 가치가 있는 물건이냐, 아니냐를 우리는 이것의 고증을
여기서 의도하고 싶지는 않다. 술이란 말할 수 없이 선량한 것이라고 간혹
말하기는 한다.

　그러나 이러한 주찬酒讚을 널리 일반에 주장하지 않는 우리의 자랑은
도덕이 됨은 물론이다. 취한다는 주후酒後의 사실이 나쁜 까닭은 아니다.
술에 대한 우리의 절대한 찬미가 흔히 명정酩酊한 결과로써 해석됨을 불쾌
히 생각함으로서이다.

　그럴 뿐만 아니라, 우리의 술에 대한 관계는 그것의 가치를 향상시키기
에 급급할 만큼 천박하지도 않다.

　이제 황금의 가치가 확호確乎하기 이상으로 오등吾等에 있어서 술은 의심
할 수 없는 일의 종교로써 계시되는 것이다. 물론 세인이 말하는 것 같이
술은 사람에게 유독할지도 모른다. 모든 종류의 종교 속에는 반드시 유독
한 장기瘴氣가 쌓여있음을 우리는 긍정하여도 좋다.

　그러나 우리는 모든 신자信者와 같이 이 독을 한없이 사랑하는 자이다.
이러한 음식은 우리에게 남은 유일의 아름다운 운명인 것 같이 보이는
까닭이다.

　물론 술은 우리를 현명하게 만들고, 우리를 즐겁게 만든다. 주도酒道는
오직 단순히 이 양자를 겸하기 위하여 물과 술을 병음하는 것이다.

　참으로 물맛을 누가 알랴. 그를 이해할 만한 현명한 오인의 주장 이외에
는 다시없다. 우리는 술에 즐겁게 취하고 물로 너그러이 깨우는 것이다.

말하자면 만사를 감적醯適 격렬함에 부쳐서 속기俗氣를 유수에 시침이다.

★ 주중 진리酒中眞理

여하간 한 잔 들어가면 어쩐지 즐겁다. 또한 한 잔 들여보내는 데 많은 방도方途가 존재한다.

좋도다! 이리하여 우리는 항상 술잔을 드는 것이다. 슬퍼서 마시며, 기뻐서 마시며, 분하다 하여 마시며, 봄날이 따뜻해 마신다.

세자世子 이를 이름하여 주酒의 공덕이라 하나, 이 또한 '인 · 삐노 · 베리타스'가 아니냐! 되고자 하는 자에게, 비로소 도달한 우리는 술 가운데 처음 세계의 완전을 보는 것이다.

인생이 우울함에 하등의 죄과도 없다. 모든 눈물은 신성하다. 모든 사람은 화원을 가지고 있지 않다.

오직 사람이 괴로웠던 것이다. 인류 일일日日의 생명이 행복하건, 불행하건 그를 구태여 논할 것은 없다.

적어도 그것이 현실인 한에 있어서 속진俗塵의 순수 진리는 그 허식, 그 조잡, 그 엄혹嚴酷으로 하여 평면경을 통해서는 대죄의 내구성을 지독히 감쇄할 뿐임으로, 우리는 호호탕탕연하게 술 속에 제2 진리를 구하여 크게 홍소하는 힘을 얻는 것이다.

일 배一杯 일 배 부일배에, 이미 나는 내가 아니고, 너는 네가 아니다. 그럼으로써 그때에 내가 비로소 내가 되고, 네가 비로소 네가 된다. 실로 피血는 속이지 않는 까닭이다. 우리의 얼굴이 장미화 할 뿐이 아니다.

이제 만천하가 하나의 불그레한 화단이다. 문득 우리의 머리에 철학적 쾌활이 온다. 그리하여 우리는 모든 성질, 모든 생활이 한 개의 가탁假託

이외의 아무것도 아니었음을 깨닫는 것이다.

우리가 사랑하는 것만이 아니라, 용서치 못할 적까지를 우리는 끓는 가슴에 굳이 안으려 한다.

★ 부족증不足症

만일 우리에게 무슨 불평이 있다면, 그것은 술잔에서 시작되고, 술잔으로 해결된다. 문제는 마시는 데 있다.

술만 입을 통과하면 만사는 그만이다. ─ 그러나 성가신 일은 술잔도 여러 가지가 있다는 뜻이다.

보통 와인글라스Wineglass로 일본주日本酒를 마시지 아니하고, 리큐르liqueur 혼성주 글라스에 칵테일을 따르지 않음은, 현재 음주가의 상식이 되어 있다는 것이다. 공기로 맥주를 마셔보면, 사실 맛도 굉장히 없어 보인다. 이는 습관과 감각의 불가사의한 연결 작용이라 할 것이다.

이리하여 술과 그에 속하는 잔에 의한 무수히 많은 음주 법은 각양으로 성립할 수 있을 것이다. 모든 술은 수용하는 입장에서 각자 취미의 전 계열을 우리가 전적으로 존중함은 물론이다. 이 술은 이렇게, 저 술은 저렇게 마셔야 할 것이다.

가령 이곳에 세상에도 드문 고가高價한 일 배의 브랜디가 있다면 ─ 이 음료의 온도와 그 자연의 예향藝香 내지는 그 투명한 색채 등을 정관靜觀함이 없이, 누가 무지하게도 이 술을 한 모금에 없앨 자이랴!

상상컨대 오인吾人 나. 우리은 이 진귀한 주배酒杯를 엄숙히 들었다가 고요히 내리기를 기십 번이나 거듭할 것이다.

그러나 이와는 전연 다른 의미에서, 여기서 나는 주배酒杯라는 물건에 대하여 참을 수 없는 큰 불행과 고민을 가지고 있다.

즉 모든 주배가 오인의 체력에 충분히 주정酒精을 수송하기에 너무도 그 용적이 적다는 것이다. 벌써 수배로 주잔酒盞을 물리칠 수 없는 우리임에 두주斗酒를 소배小杯로 듬도 어리석어 보이는 까닭이다.

술의 진의가 마실수록 부족한 가운데 은연히 나타남은 오인 주지의 사실이다. 취해 넘어지는 순간까지 우리가 '한 잔만 더하자'는 사상에 지배되는 것은 무엇보다도 잔이 적기 때문에 비극이라 할 것이며, 잔이 적음으로써 더욱이 우리의 부족증은 고열을 발하는 것이다.

소배小杯에 의지함 없이는 일합一合의 술인들 마시기 어려운 습관에 우연히 살게 된 우리는, 최후에는 결국 두주斗酒를 마심에 이르렀다 하더라도, 그것은 너무도 비통한 과정을 밟은 이후의 사실이 아닌가 싶다. - 그것이 전혀 소배의 책과는 아닐 것이다.

우리는 하여간에 말이다. 여태껏 술을 충분히 먹어본 적은 한 번도 없었다. 몇십 번이나 취해 자빠져 실로 많이 마셨다고 긍정하나, 그러하되 부족함 없이 충분하게 만족토록 먹었다고는 생각할 수 없었던 것이다.

주중 호걸豪傑 이태백李太白에게 물어보아도 그의 대답은 이와 틀림없을 것이다. 세상에 - 음주가의 부족증처럼 무모한 것도 드물 것이다.

(1933년 5월 「중명衆明」 창간호創刊號)

주중교우록 酒中交友錄

우리가 마시는 술은 결코 헛되지 않다. 술은 우정에 대한 일종의 시멘트 공사요, 때로는 부족한 삶을 위로하는 제방 공사를 의미한다.

나는 술을 약간 마실 줄 안다. 술을 마실 줄 알 뿐만 아니라, 나는 즐기지 않는 사람에 비하면 술을 좋아하는 축에 들 것이다. 술을 마실 줄 알고 술을 애음하는 사람은 이 세상에 허다하다.

가만히 생각하면 마시는 일같이 쉬운 일은 세상에 다시없을 듯도 싶다. 물론 나는 술에 소질이 없는 사람이 술을 적구適口도 못하며, 술 한두 잔에 전신이 붉어지는 생리적 사실을 모르는 바 아니다.

그렇다고 해서 나는 음주가 항상 '취하지 않는 머리'와 '맑은 정신'을 가지고 용감히 단정해 버리듯이 명예로운 습관과는 스스로 먼 타락적인 행동에 속할는지도 알 수 없다.

그러나 이러한 구구한 판단이 술의 부동의 가치에 대해서, 과연 무슨 힘을 가지랴!

우리들 주도酒徒가 한 번 주배를 들매, 우리는 문득 번잡한 현실을 초월하고, 오묘한 정애情愛의 세계에 유유하는 자이니, 그때 일체의 악착한 세상사는 벌써 오인吾人의 관심할 바가 못 되기 때문이다.

마시는 자로 하여금 마시게 하라. 마시는 자로부터 마시는 행동을 방해하지만 않으면 그뿐이다. 그러므로 나는 일찍부터 박카스Bacchus 제단에 참가하게 된 한 사람임을 술을 마시는 데 유래하는 경제적, 시간적 기타의 불소한 희생에도 불구하고, 단 한 번인들 후회한 일은 없다.

결국은 술을 마시고 아니 마시는 것도 일종의 숙명이라 볼 수 있으니, 우리는 그 좋은 예증의 하나를 앞날에 마시던 사람이 무슨 이유로 단주斷酒를 결행하려 할 때, 그의 굳은 결의가 오래 유지될 수 없다는 사실 속에서 찾아낼 수가 있다.

친한 벗의 손목을 잡으매, 그의 결심은 모래 위의 집과 같이 힘없이 무너지는 것이니, 어찌 우리의 다감한 우정을 한 잔의 술로 축임이 없이, 단 한 번의 악수와 두어 마디의 인사말로써 고담高談하게 갈릴 수 있으랴!

흔히 술을 하지 않는 친구들이 간단하게 만나, 간단하게 헤어지는 맹숭맹숭한 장면을 우리가 목격할 때, 그들의 물과 같이 담담한 우의의 표현에 일종의 기이한 느낌을 품지 않을 수 없거니와, 우리에게 술이 없을진대 피상적 교제를 피할 수 없을 것은 두말할 필요가 없다.

다행히 좋은 친구를 만났는데, 불행하게도 돈이 없거나 시간적 여유가 없어 섭섭히 갈리는 수도 없지 않아 있는데, 이때의 적요감이 얼마나 큰가 하는 것은 주도가 아니면, 이해하지 못할 심경이다.

주우酒友가 주우를 그리워하는 정의는 애인이 애인을 그리워하는 정의에 못하지 않으니, 일언이폐지一言以蔽之하면 주붕酒朋은 애인 상호간에 있음과 같이 본능적으로 서로 떨어지기 싫은 것이다.

주우는 술을 통해서 아름답고 씩씩한 우정의 영원을 의욕하는 것이니, 술이 우리의 의식을 완전히 혼돈시킬 때까지, 또는 심야가 우리에게 취면을 강제할 때까지, 우리는 초연한 고영孤影이 되고자 않는 것이다.

우리는 술을 마시기 위해서 술을 마시지 않는 것이요, 우리는 단순히 우정을 열정적으로 체험하고 그 완전을 기하기 위해서 술의 응주應酒를 거듭하는 것이다.

우리가 마시는 술은 결코 헛되지 않다. 술은 우정에 대한 일종의 시멘트 공사요, 제방 공사를 의미하기 때문이다.

두말할 것 없이 술은 중간적 음식물로써 많은 것을 위해서 필요한 존재물이거니와 우정의 심화를 위해서 술은 불가결의 요소이다.

혼자서는 먹고 싶지 않은 술이 동무의 얼굴만 보면 생각이 나고, 또 혼자서 마시면 쓴 술이 벗과 마주 앉아 마시면 단 이유는 이상도 하지만, 이것은 술의 우정에 대한 생리적 관련이란 사실을 가지고 설명할 수밖에 없다.

이리하여 우리는 친고親故를 만남에 으레 만난萬難을 배하고, 이해를 초월하여 서로 주머니를 털어 주배를 높이 든다. 하루에 연달아 두세 번을 만나도 우리는 어쩐지 서로 그립고 서로 떨어지기가 싫기 때문이다.

술 먹는 사람이면, 누구나 경험하는 심각한 감정에 소위 부족증이라는 것이 있다. 우리가 벗과 서로 행복스럽게 어깨를 겨누고 이집 저집 술집을 더듬을 때, 아무리 마셔도 쓰러지기 전 한순간까지는 술이 부족한 느낌을 품는 것은 술이 부족해서 그런 것이 아니라, 우정에 대한 부족감에서 오는, 다시 말하면 우정의 만끽을 요구하는 정열에서 배태되는 감정이다.

우리가 무슨 여유가 있음으로써 음주에 종사하는 것은 아니다. 사람이 경제적 여유를 얻으면 우정과도 술과도 멀어지는 것이 보통이다.

우리가 급한 볼일도 제쳐놓고 돈이 없을 때는 외상술을 마시며, 심하면 전당典當질을 해서까지 술을 나눌 때, 이것은 확실히 비장한 행동에 틀림없으나, 보통 사람이 보면 이 같은 주교酒交는 적지 않은 망동으로 여길지도 모르지만, 그러한 열병적 정열에 몸을 바치는 우리들 자신에게 있어서는 한없이 큰 행복의 하나이다.

말하자면 우리는 술로써 우리네 상호의 육체를 마취시키고 모살함으로 우리의 정신에 아름다운 정의 꽃을 피게 하려는 것이다.

이 세상의 행복에도 여러 가지가 있겠지만, 나는 좋은 벗들과 같이 앉아 술잔을 드는 때같이 행복된 시간을 달리 알지 못한다.

그래서 이 세상에는 우리가 생각하기보다 행복은 의외에 적은 것이요, 그러므로 나는 내가 술을 마실 줄 알고, 술을 마실 줄 앎으로 많은 좋은 벗들을 가질 수 있는 것을 분외의 영광으로 여기고 있다.

돌아보건대, 나는 일찍이 이러한 행복을 얼마나 자주 누릴 수 있었던가. 원래 나는 재미도 퍽은 없게 생겨먹고 가난하기로 유명한 범용한 인위人爲인지라, 벗의 애고愛顧를 무릅쓸 아무 이유가 없음에도 불구하고, 그들은 많은 것을 희생해 가면서까지 나를 사랑해 주었다.

내 비록 그 생김이 우둔하다고는 하더라도, 어찌 그들의 지극한 우정에 대하여 감사의 마음이 없으리오. 두주斗酒는 태붕애胎朋愛라 하지 않는가. 내 두주가 아니오, 그 양이 가히 승주升酒에도 미치지 못하나 붕애朋愛는 항상 가슴을 넘쳐흐르는지라, 청함에 여기 '주중교우록'을 초하기로 한다.

우리의 고요한 기쁨을 천하에 공개함은 원래 우리의 본망이 아니나, 우리의 극진한 우정을 영원히 기념하기 위하여 여기 두어 마디 기록을 남기는 것도, 그다지 의미 없는 일은 아니라고 생각되기 때문이다.

미리 말해 두거니와, 우리들의 술은 소위 난봉과 한량의 호화로운 술이 아님은 물론이요, 또는 너무나 외교적인, 너무나 공리적인 술도 아니므로 돈을 흥청거리고 쓰는 맛으로 술을 마신다든가, 타산적으로 무슨 운동을 위해서 술을 먹는다든가 하는 그러한 세가世家의 음주 방법과는 거리가 매우 멀다.

우리는 오직 우정을 위해서만 술로 만나 아무 사념^{邪念} 없이 물과 같이 담담한 기분으로 술을 나누는지라, 세상에 가장 순결한 주도^{酒道}를 구한다면, 우리를 두고 없을 것이다.

그러므로 우리에게 주효^{酒肴}의 유무가 문제가 아니요, 술의 청탁^{淸濁}이 개의될 바가 아니며, 주기^{酒器}의 존비^{尊卑}가 문제 밖이다. 친고^{親告}가 서로 마음을 같이 하는 마당에 우리들이 서로 나눌 수만 있으면, 우리는 충분하다고 하고 안주 없는 쓴 술에도 곧 쉽사리 도취하는 것이다.

이러한 태도는 물론 술을 먹는 사람이라고 다 취할 수 있는 것은 절대로 아니다. 우리는 많은 사람이 좋은 친구와 대좌한 경우에라도 안주 없는 술, 여자 없는 술을 염기^{厭忌 좋아하고 꺼려함}하는 사실을 잘 알고 있기 때문이다.

말하자면 우정에 다감한 까닭이겠지 무조건하고 친구가 고맙고, 사랑스럽고, 미더운 까닭으로 서로 떨어지기가 싫어 값싼 술일망정 한사결단^{限死決斷 죽기를 각오함}하고 취할 때까지 마시게 되는 듯이 보인다.

물론 그 외에 달리 이유는 없다. 오직 그것은 일종의 종교적 신앙이라 간주할 수 있는 성질의 것으로 술에 대한 순정은 극히 좁은 범위에서만 성립될 수 있다.

술잔이나 먹는 사람이면 으레 연줄 연줄로 여러 가지 주석에 앉게 되므로 사실상 주교^{酒交}의 범위는 자연 확대하지 않을 수 없는 것이지만, 나는 단순히 친근한 주붕 몇 분만을 소개함에 그치려 한다.

술이 있을 때, 또는 술 생각이 날 때, 반드시 그리워지고 반드시 옆에 있기를 염원하는 주우^{酒友} 십수 씨^{十數氏}를 말하고 싶다.

(1939년 9월)

제야소감除夜所感

제야에 청춘이 가득하여 한 해를 보
내는 정취가 있지만, 나는 이 밤 이
시간을 인생의 방관자로서의 거리
산보에 모범을 사랑하는 자이다.

한 해를 생각하면 대단히 길기도 하지만, 퍽은 짧기도 한 것은, 하루하
루가 그 지리한 노역勞役 때문에 상당히 긴 느낌을 주는 데 대해서, 한
해 한 해는 이 해 안에 이렇다 할 만한 일을 할 수 없었다는 가치 의식
때문에 꽤 통렬한 허무함을 일으키게 하기 때문이다.

이 사이 물론 계절의 변화는 활발하여 꽃 피는 봄, 힘찬 여름, 서늘한
가을, 눈 오는 겨울, 이것은 제각기 우리에게 항상 새로운 그 자신을 향락
하도록 좋은 무대를 제공하는 것이다.

그러나 우리가 언제든지 가져야 하는 일정한 장소에서의 하루 자체의
내용은 판에 박은 듯이 동일하고 무취미한 것이니, 최소 한도의 생활을
보장키 위해서는 아침부터 저녁까지 일을 하지 않으면 안 되는 것이다.

이것은 확실히 통탄할 일에 다름없다고, 나는 아침에 눈을 뜨면 으레
한 번은 오늘을 꼭 불유쾌한 정통을 파괴하여 보자, 그래서 또 언제나
같이 잃어버려야 할 이 하루를 오늘만은 완전히 얻어보리라 결심하는
것이지만, 한 날을 획득하는 방법이 그다지도 강구키 어려운 까닭인지

일어나서 세수를 하고, 조반이라고 한술 먹고, 옷을 입고, 대문을 나서면 기계적으로 어느덧 발길은 어제의 그 길을 걸어간다.

나는 또 한 번 우울한 마음으로 습관의 무서운 힘과 사람의 고식姑息한 심성에 대하여 잠깐 반성해보는 것이지만, 그러나 이러한 반복되는 우울 같이 반항력으로서, 극히 무력한 감정도 드물다는 사실만을 통감할 따름이다.

여하간 하루는 의미 없이 길지만, 계절은 철없이 짧은 까닭으로 결국은 얼정얼정하는 동안에 추위는 오고, 얼마 안 되는 보너스를 받고, 몇 차례의 망년회忘年會에 의식적으로 참석하게 된다.

그러면 이 해는 또 우리를 한없는 불만과 후회 속에 남기고 가버리려 한다.

이래서 두말할 것도 없이 제야除夜는 일 년 최후의 밤을 의미함에도 불구하고, 이 제야는 이상하게도 하구 많은 저녁 중의 어느 날 저녁보다도 돌연히, 그리고 신속히 나타나서 우리를 여러 가지로 감동시킬 수 있는 성질을 가지고 있다.

그래서 이 밤에 있어 받는 감동은 사람에 따라 동일하지 않지마는, 가령 나 같은 사람이 받는 자극은 다행히 그다지 큰 것이 아니다.

나도 이왕에 희망이 남만큼 있고, 야심이 남만큼 있을 때는 이 제야에 나다운 후회에 매 맞고, 나다운 망상에 취하는 흥분은 결코 적다고 할 수 없을 정도의 것이러니, 이제 나는 일개 평범한 생활자로서 평범한 장래를 오직 계약하고 있는 사람에 불과한 자이다.

과급히 늙어가는 인생의 혜지慧智를 체득한 감이 있는지 알 수 없지만, 하는 것 없이 나이를 먹는 것에 대한 불평이 전에 비하면 거의 없다 해도 좋을 만큼 적어져서 제야에 내가 받는 감동은 대단히 무신경한 말 같기도 하지만, 과연 일 년은 탈토股兔 동작이 빠름와 같이 빠르기도 하다는 정도의 감개에 불과하다.

그러나 나는 무어라 해도 생활자로서의 다시 말하면 일가家의 부지자扶持者로서의 나의 책임감을 이 제야에서 무엇보다도 통절히 느낀다는 것을 숨길 수 없다.

제야와 가부권家父權의 관계는 적어도 당사자에게 있어서 상당히 중대한 문제라고 나는 생각한다.

원래 우리 같은 사람에게는 일 년이라는 것이 어디서 시작되어서 어디서 그치던 별로 관심될 바 아니지마는, 세상 사람들의 소위 제야를 목표로 삼고 일 년의 결말을 지우기 위해서 영영축축매우 바쁘게 지냄하는 것을 직접 목도하고, 그러한 분망한 생활이 전개되는 환경 속에 살게 되자니까, 자연히 이 생활의 일단락을 의미하는 동시에 경제적 암초를 의미하는 제야에 대해서 초연한 태도를 가질 수가 없게 된다.

생각하면 내가 살림이라고 벌린 지가 여러 해가 되지마는, 나는 연말을 초경제적으로 수월하게 지낸 기억은 한 번도 없다. 옛날 사람의 하소연에 지제석달 차불면至除夕達且不眠이란 것이 있다.

과연 무슨 까닭으로 그는 이 밤에 불면을 갖지 않을 수 없었는지 알 수 없지만, 나는 내가 가부권을 가지고 있는 유일한 이유로써 이 밤을 전과 같은 안면을 가지고 즐길 수 없는 것이다.

전부터 내려오는 것은 고사하고 일 년 동안에 모인 채무에 대해서, 나는 주인으로서의 책임을 느끼고 권위 없는 나의 가부권은 이 밤에 지극한 동요를 맛보는 것이다.

이래서 이 밤에 내가 더욱이나 비탄하는 것은 이 가부권은 자격의 유무를 묻지 않고, 우리가 사는 동안 우리의 장중掌中에서 탈락치 않는다는 것이다.

제일除日과 제야는 일 년이라는 하나의 특이한 시간적 총체의 최후를 의미하는 까닭으로 그것은 조금 감회가 깊다 할 것뿐이요, 그것인들 흘러가는 영원한 세월의 극히 적은 점에 불외不外하므로 많은 다른 밤과 같이 몇 시간만 참고 보면, 이것 역시 어디론지 흘러가고 만다.

이래서 우리는 일 년 동안 완성한 불행을 제야에 붙이고 새해의 새날과 같이, 새로운 불행을 더듬어가기 시작하는 것이지만, 우리같이 일년지계一年之計를 잘 세울 수 없는 자들에게 있어서는 확실히 제야의 감상은 가장 불유쾌한 것의 하나에 틀림없다.

나 같은 사람은 근본이 넉넉지 못한 까닭으로 사정상, 어느 정도까지 청빈淸貧에 대하여 이해를 가지고 있고, 또 필요에 응해서는 청빈이 조금은 괴로우나, 그것의 간簡하고 미美함을 주장도 한다.

하지만, 내가 거느리고 있는 우부愚婦와 동솔童率은 청빈의 좋은 점을 이해할 경지에 달하기에는, 너무나 속세의 호화를 숭상하여, 보통 때에도 자주 합치 않는 의견은 연말이 되어 세모 기분이 농후하여 감에 따라, 소위 경품부 세모 대매출의 깃발은 상술의 찬바람에 날리고, 물건을 흥정하는 사람들의 발길이 이 사이에 더욱 바빠질 때 대대적으로 충돌한다.

사실 사람이 상품을 사는 기쁨은 상당히 큰 것임을 나는 부정치 않는다.

돈이 있으나 없으나 간에 추운 겨울을 나야 할 현실적 필요는 사람으로 하여금 주머니를 털어서까지 많은 필수품을 사게 한다.

그래서 우리는 누구든지 다른 사람이 무엇을 사는 것을 보면, 우리도 자연히 사고 싶어지는 것이다. 이래서 사람이 물건을 잔뜩 산 뒤의 기분의 상쾌는 무어라 말할 수 없는 것이지만, 더욱이 연말에 있어서 경품의 유혹은 결코 적은 것이 아니다.

아이들과 부녀자는 무엇보다 특히 경품이 가지고 있는 우연을 시험하려는 데 흥미를 가지고 있는 듯이 보인다.

일 년에 한 번 몇 십 원의 상품을 사게 함으로 의해서 될수록이면, 그들에게 좋은 경품을 찾아오게 하는 것처럼 쉽고도 유쾌할 일은 얼른 발견될 수 없는 것이지만, 제야에 당해서 이러한 조그만 기쁨까지를 줄 수 없던 것을 생각하는 주인의 우울은 대단히 견디기 어려운 것이다.

이번 보너스는 이러한 기쁨을 위해서 하고 받기 전에는 생각도 하고, 또 할 수 없는 때는 약속도 하는 것이나 자, 한 번 그것을 받고 보면 그렇게 예산대로는 되지 않는다. 많은 사람에 있어서 보너스는 특별한 수입이 아닌 것이다.

우리는 이것을 생각하고는 일월이 시작되기가 무섭게 미리 조금씩 써버린 것이다. 그래서 돈이 얼마간 남는다 해도 마시는 사람에게는 사는 필요보다 마시는 필요가 더욱 긴급하다.

대강 이러한 이유에서 제야에 앉아 자기의 가부권을 통곡하는 사람도 그다지 적지는 않을 것이다. 그러나 이러한 가부권으로부터 우리가 완전히 해방만 될 수 있다면, 제야는 확실히 오는 새해 때문에 한없이 명랑한 것이요, 또 한없이 즐거운 것이다.

여하간에 모든 사람은 이 밤에 일 년 동안의 묵은 때를 씻어버리고, 새날을 맞을 준비를 할 수 있는 것이 아니냐.

제야의 청춘이 가득하여 한정^{巷亭}에 요화의 많음도 확실히 정취가 있지만, 나는 이 밤 시간을 인생의 방관자로서의 가리^{街里} 길거리의 산보에 보냄을 무엇보다 사랑하는 자이다.

이 밤을 한도로 하고 이 해의 모든 활동이 결산되는 거리거리, 사람이 가고 오고, 차마^{車馬}가 질구하는 가장 분잡한 이 거리거리 속에는, 이제

일 년의 성과가 가장 신중하게 고량考量 생각하여 헤아림되고 있는 것이다.

이 밤이 몇 시간 안에 지나가기만 하면, 모든 사람 위에 많건 적건 그 사람만이 가질 수 있는 변화가 나타난다는 것은 얼마나 재미있는 일인가?

나는 지나가는 사람의 얼굴을 마치 시험장에서 나오는 수험생의 얼굴을 보듯이 흥미 있게 보면서, 잠깐 그 사람의 표정에 의해서 일 년의 감상을 찾아내려 한다.

사람이 희망에서 산다는 것이 참말이라면, 우리는 무엇보다도 많이 설을 칭송해야 할 것은 물론이지만, 집집마다 이 밤을 새우고 설 준비에 바쁜 모양을 엿보는 감격은 항상 우리를 새롭게 한다.

이 밤에 모든 주장酒場과 요정은 만원이요, 특히 이 밤에 그런 곳에서 흘러오는 웃음소리란 사람을 실없이 감동시킨다.

(1937년 12월 「조광朝光」)

청천聽川 김진섭 연보

연 도	활 동
1903년	8월 24일 전라남도 목포 출생
1920년	양정고보 졸업
1921년	일본으로 건너가 호세이法政대학 법과 입학
1922년	예과로 전과
1924년	문학부 독문학과 입학
1927년	독문학과 졸업
1927년	손우성, 이하윤, 정인섭 등과 '해외문학연구회' 조직, 잡지 『해외문학海外文學』 창간. 창간호에 「표현주의문학론」, 소설 「문전門前의 일보一步」(Tomas Mann)와 시 「모든 것은 유희였다」(K. F. 메이야) 등 독일소설과 시 번역, 소개. 「무형의 교훈」
1929년	『동아일보』에 「수필의 문학적 영역」 발표
1930년	「모송론」
1931년	경성제대 도서관 근무. 윤백남, 홍해성, 유치진, 서항석, 이헌구 등과 '극예술연구회' 조직, 외국 근대극 번역 상연
1932년	「괴테의 범람」
1933년	「취인감학」 「하일염염」 「문학의 내용」
1934년	「창窓」
1935년	「우송雨頌」 「범생기」 「성북 동천의 월명」

1936년	「감기철학感氣哲學」 「내가 꾸미는 여인」 「춘양독어」 「올해는 어디를?」
1937년	「권태예찬」 「주찬」 「공상 1제」 「문학열」 「독서술」 「제야소감」
1938년	「화제의 빈곤」 「여성미에 대하여」 「없는 고향 생각」 「체루송」
1939년	「백설부白雪賦」 「매화찬梅花讚」 「여행철학」 「망각의 변」 「비밀의 힘」 「사상과 행동 참된 인간의 형성」 「주중교우록」 「장편대춘보」 「매화찬」 「재채기 양」 「문장의 도」
1940년	「생활의 향락」
1941년	「우림림」
1945년	경성방송국 근무
1946년	서울대학교 중앙도서관장 및 서울대학교와 성균관대학교 교수 역임. 서울신문사 출판국장 역임. 『독일어 교본』엮음. 「교양에 대하여」
1947년	첫 수필집 『인생예찬』 출간. 「병에 대하여」 「농민예찬」
1948년	그의 문명을 떨치게 한 『생활인의 철학』 발간. 「이발사」 「문화와 정치」
1950년	평론집 『교양의 문학』을 출판사에 남겨놓고, 8월 서울 청운동 자택에서 납북
1955년	『교양의 문학』 간행됨
1958년	박종화 주관으로 40여 편의 유고를 모은 『청천수필평론집聽川隨筆評論集』(신아사) 발간됨